OMNIBUS

Francesca Barra
Claudio Santamaria

LA GIOSTRA DELLE ANIME

Romanzo

MONDADORI

Questo libro è un'opera di fantasia. Personaggi e luoghi citati sono invenzioni degli autori e hanno lo scopo di conferire veridicità alla narrazione. Qualsiasi analogia con fatti, luoghi e persone, vive o scomparse, è assolutamente casuale.

claudiosantamaria.it
instagram.com/francescabarra1/

librimondadori.it

La giostra delle anime
di Francesca Barra e Claudio Santamaria
Collezione Omnibus

ISBN 978-88-04-71713-3

Pubblicato in accordo con S&P Literary – Agenzia letteraria Sosia&Pistoia
I edizione ottobre 2019

LA GIOSTRA DELLE ANIME

A Renato, Emma, Emma Angelina, Greta.
Tenuti insieme dalla vera magia: l'amore.

Prologo

Angelica, ottobre 2019

Gli esseri umani impiegano gran parte della loro esistenza sperando di vivere una qualsivoglia magia.

Di essere testimoni, se non addirittura protagonisti, di un miracolo: incontrare qualcuno che ci stravolga la vita. Vincere una competizione pur essendo già sconfitti in partenza. Fare un sogno che il giorno dopo si avvererà. Innamorarsi perdutamente. Opporsi a un destino ordinario.

Gli esseri umani vogliono in fondo una cosa molto semplice: vivere l'incanto, un attimo stupefacente che li distragga dalle paure di tutti i giorni.

Ma gli uomini non sanno cos'è la vera magia. È oscura, incontrollabile, enigmatica come la verità. Assomiglia a una madre possessiva, a un dio malvagio, alla sconfitta.

La magia conosce l'origine e decreta la fine di ogni cosa, è una scelta fra il bene e il male.

Non rende mai felici. Solo l'amore può farlo.

Per me la magia era molto più semplice di quanto immaginassi.

Era famiglia.

Prima parte

L'ORFANOTROFIO DEGLI ORRORI

Capitolo uno

La luce porpora del tramonto incendia le viti e le terre rigogliose della Lucania. La natura tace, il silenzio è rotto solo dalle grida acute di una donna. Grida di paura, di dolore, ma in fondo alle quali si intuisce, potente, un risveglio.

Quella donna, stesa in mezzo alla polvere, sta partorendo. Tutt'intorno la terra trema e il fuoco spento del cratere del Vulture sembra destarsi dopo anni, come appiccato dal sole morente che infiamma il cielo.

Un ultimo lunghissimo lamento, e dalla donna scivolano fuori due bambine, minuscole e urlanti.

La terra arsa e spaccata continua a tremare, finché si aprono crepe, e da lì sgorga latte candido, pronto a nutrire le due creature appena nate.

La giovane madre morì di lì a poco, i lunghi capelli rossi impastati di sangue e terra. Le piccole piansero per il freddo, per la fame, e sentendo quelle grida presto qualcuno le avrebbe trovate. Ma la terra volle tenerle con sé un altro po', forse per trasmettere loro qualche antica conoscenza segreta, e continuò a far sgorgare dal terreno quel latte immacolato che nutrì le neonate per poi farle addormentare placide, cullate da quell'immensa madre.

Fu grazie a quel latte miracoloso se riuscirono a sopravvivere.

A trovarle fu una lontana parente, sprovvista di mezzi e

avara di affetto. Si chiamava Filomena, e nella sua vita non aveva conosciuto altro che la durezza del lavoro nei campi. Aveva le mani piagate, la schiena sempre dolorante. Sarebbe stata dura crescere due creature, femmine per di più. Per fortuna in campagna si cominciava presto a dare una mano, e sperava si sarebbero rese utili almeno nei lavori di casa.

Il tempo trascorse veloce, lasciando traccia del suo passaggio in una fotografia. Intorno alle due bambine vestite di bianco c'era la loro nuova famiglia: un gruppo di uomini e donne in posa tutti con gli abiti neri del lutto, come presaghi di essere i protagonisti di una tragedia. Nel breve volgere di sette anni, tutte le persone ritratte nella fotografia morirono. Tranne le gemelle: Eva e Anna.

Capitolo due

Era proprio triste la vita a Villa Nivelli, era come se tutta la gioia e l'innocenza dei piccoli orfani venissero assorbite a poco a poco da quelle pareti alte e grigie che si stagliavano in una zona periferica della città, a margine della campagna.

C'era solo una giostra girevole arrugginita con cui giocare, ed era dunque scontato che venisse presa d'assalto dai diciotto piccoli orfani ospiti dell'istituto.

Spingersi sempre più velocemente era il loro modo per stordirsi in un entusiasmo ossessivo e strozzato. Come se quelle sei seggioline potessero staccarsi e portarli via da lì. Chiudevano gli occhi in quel moto circolare sperando che le cose, una volta fermi, si fossero trasformate. Invece, quando la giostra smetteva di cigolare e si arrestava, tutto era rimasto immobile. Uguale. Grigio.

Da quanto erano lì quei bambini? Da dove venivano? Non lo ricordavano più. Varcare la soglia di Villa Nivelli voleva dire cancellare il passato. E, cosa ancor più pericolosa, non poter mai più declinare il proprio tempo al futuro. Perché tra quelle mura non c'era cosa più remota e dolorosa che sognare.

Il suono della campanella coprì le voci e le grida dei piccoli orfani.

«Beppe, scendi subito da lì» tuonò suor Jolanda rivolta a un ragazzino dai capelli ricci e scuri. «Quando suona la campana non devo venirvi a chiamare. Sei un piccolo diavolo!»

La religiosa trascinò via il bambino per un orecchio perché lui non voleva spostarsi. I bambini guardavano la scena con la stessa espressione di sempre, era consuetudine che lui si opponesse agli ordini delle suore.

Interrotto bruscamente il gioco, per l'impeto delle spinte i piccoli barcollarono un poco prima di mettersi in fila, così com'era loro imposto per andare al refettorio. L'ordine. Davanti a tutto, sempre. Marciavano silenziosi con lo sguardo perso nel vuoto, sospinti dalla solita noia e dal rituale che non ammetteva imprevisti.

Eva e Anna, le gemelle, avanzavano una dietro l'altra, vicine e identiche come fiamme generate da un unico fuoco. Guai a separarle, a provare a entrare nei loro giochi e nel loro mondo fatto di sguardi, parole sussurrate all'orecchio e trecce lunghissime che ogni mattina, così come ogni sera, slegavano qualche istante per poi pettinarsi a vicenda.

Al riparo dagli sguardi severi delle suore, solo per poco scioglievano i capelli dalla morsa degli elastici consunti. Durante quei brevi momenti di libertà, i capelli rossi delle bambine ricadevano lungo le spalle e la schiena, come un'onda di istinti potenti e repressi. La carezza della spazzola, quello scambio reciproco di attenzione, era l'unico gesto d'amore che Eva e Anna nella loro breve vita avessero mai conosciuto.

Durava così poco l'amore?

Durante il giorno i loro capelli dovevano essere il più possibile discreti. All'orfanotrofio non era permesso nessun fiocco, nessun orpello che potesse esprimere la femminilità.

Anna sentì qualcuno tirarle delicatamente la treccia e una frase mormorata al suo orecchio: «Cosa ci toccherà stasera? La zuppa di cavolo o ancora quella con la carne? Tanto fanno schifo uguale».

Anna si voltò sorridendo e incrociò gli occhi scuri di Beppe, il capofila dei maschi, mentre Eva invece gli sussurrò arrabbiata: «Che fai? Lascia stare mia sorella!». Beppe, appena Eva si fu girata, scrollò le spalle e strizzò l'occhio ad Anna. Aveva dodici anni, uno più di loro, ed era l'unico ospite dell'orfanotrofio che provava a intromettersi nella cruna dell'ago: nella stretta, quasi inaccessibile intimità delle gemelle.

I bambini, sempre marciando in due file compatte, arrivarono nel refettorio, un enorme stanzone male illuminato che puzzava perennemente di cavolo bollito.

Maschi e femmine si sedettero a tavoli separati, seri e concentrati sul cibo, sempre lo stesso, annacquato e indigesto. In mezzo c'era il tavolo dove si accomodavano don Sandro, suor Alessia e suor Jolanda, ingentilito da una tovaglia bianca su cui sbiadivano le macchie rotonde e scure lasciate dalle caraffe di vino che si concedevano a cena. Non mangiavano le stesse cose degli orfani: al loro tavolo le inservienti portavano piatti fumanti di pastasciutta col sugo, o carne arrostita con contorno di verdure fresche.

«Gli adulti hanno bisogno di mangiare di più rispetto a voi bambini» diceva don Sandro con la sua voce potente, allenata da anni di prediche, guardando il piatto, ma era quasi una giustificazione con Dio.

Appena finito di mangiare, come foglie trascinate dal vento tutti gli orfani andavano in dormitorio. La cena era finita, ma a loro sembrava che non fosse mai iniziata, ridotta al minimo com'era. E pure il pranzo.

La pancia borbottava quasi a tutti, e quando accadeva non strappava neppure un sorriso.

I tre piani di Villa Nivelli, circondata da un parco, e con annessa una chiesetta e la casa del custode, erano tutto ciò che per anni, almeno fino alla maggiore età, gli orfani erano costretti a chiamare casa.

Al primo piano si trovavano la cucina e il refettorio; al secondo i due dormitori dei bambini, separati dalle stanze da letto delle suore. Al terzo piano abitava don Sandro. E infine c'era il piano interrato, con la sala medica e altre stanze in disuso.

Qualche mese prima un ragazzino con un angioma sulla guancia, che ai bambini ricordava una fragola sia per il colore che per la forma, aveva raccontato di aver sentito delle grida provenire da lì sotto. Era rimasto all'orfanotrofio per pochi giorni, poi era scomparso. Don Sandro aveva detto che sua madre era venuta a riprenderselo mentre tutti dormivano, ma nessuno ci aveva creduto, perché il bambino aveva rivelato agli altri orfani che sua madre era morta da poco, e che non aveva più nessuno al mondo. Un paio di notti anche Beppe aveva sentito dei rumori strani provenire dal sotterraneo, ma non aveva avuto il coraggio di andare a vedere. Si era detto che quell'urlo prolungato era solo un effetto distorto del vento. Dopotutto, l'orfanotrofio era un vecchio edificio, pieno di strani rumori e scricchiolii. E poi i fantasmi e i mostri esistevano solo nelle fiabe, ed erano anni che nessuno gliele raccontava più.

La villa – una costruzione massiccia di fine Ottocento – apparteneva ai discendenti della famiglia Nivelli che controllava, così si diceva, grossi affari in città. Si trattava di una famiglia un tempo numerosa, ora ridotta a una coppia di coniugi: Elvira Nivelli, che tutti chiamavano la Contessa più per gli abiti sfarzosi che sfoggiava nelle occasioni mondane che per effettivo titolo nobiliare, e suo marito, il dottor Antonio Bruni. L'orfanotrofio era stato dato in gestione a un ente religioso, ma due volte all'anno – solitamente a Natale e a Pasqua –, ben attenti a dare pubblicità alla cosa, i coniugi vi si recavano in visita insieme alle altre famiglie in vista della città.

Il dottor Bruni era sempre il primo a bussare al portone di legno. Sorrideva, stringeva l'enorme mano di don Sandro, si toglieva il cappello e faceva scivolare via dal braccio avvolto nella pelliccia della moglie il suo, molto più esile e nervoso. Chiedeva come stessero i bambini, lanciava veloci occhiate alle tavolate che nel frattempo venivano apparecchiate per il pranzo, elargiva complimenti per la disciplina e l'educazione dei ragazzi. Si rivolgeva agli amici o ai visitatori commentando con orgoglio la manutenzione del palazzo e ricordando che quei poveri orfanelli erano salvi grazie alla misericordia del suo compianto suocero, di don Sandro, suor Alessia e suor Jolanda.

«E naturalmente della mia straordinaria moglie, Elvira.»

Lei accoglieva il complimento sbattendo i tacchi degli stivaletti stringati sul pavimento di cotto, tirato a lucido per l'occasione. Non vedeva l'ora di andarsene di lì, quell'odore di cavolo bollito le si impregnava addosso ed era infastidita all'idea di portare di nuovo la pelliccia in lavanderia per togliere la puzza. Suo marito invece sembrava a proprio agio, ogni tanto si metteva addirittura a giocare con i bambini, a cui lei non riservava nemmeno un'occhiata.

Tranne una volta.

Si era accorta che il marito non toglieva gli occhi di dosso a due ragazzine, due gemelle dalla pelle bianchissima spruzzata di lentiggini e i capelli rosso fuoco.

«Cosa guardi?» lo aveva rimproverato. Lo stomaco per un attimo le si era stretto in una morsa. Non era la prima volta che il marito fissava così delle bambine, lo faceva anche la domenica durante la messa.

«Niente» aveva risposto lui imbarazzato, il sudore che gli imperlava il labbro superiore. «Solo che... hai notato che capelli? Non avevo mai visto quel colore... Dio, è magnifico!»

La signora Nivelli aveva serrato le labbra in una smorfia nervosa, poi era tornata a parlare con gli altri visitatori stampandosi in viso l'espressione compiaciuta di poco prima.

Quando la visita si era conclusa, Elvira si era rivolta benevolmente al marito: «Aspettami pure in macchina, io torno un attimo dentro perché mi sono dimenticata di chiedere a suor Alessia se i bambini hanno bisogno di altro materiale per le lezioni scolastiche».

Giunta al cospetto della suora, la afferrò per il braccio e, senza dare possibilità di replica, le ordinò: «Tagli i capelli a quelle due bambine. Sembrano figlie del demonio. E poi i pidocchi, come fate a non sapere che le rosse sono portatrici di pidocchi?».

«Oh Gesù e Maria, non lo sapevo. Non si preoccupi, signora, provvederemo.»

Capitolo tre

Il giorno successivo i bambini giocavano a mosca cieca nel giardinetto sul retro, polveroso e trascurato, e come sempre facevano la fila per salire sulla giostra. Anna ed Eva invece erano sedute sotto un albero, intente a raccontarsi i loro segreti, chiuse nel loro mondo privato. L'erba secca pungeva la pelle, ma loro non se ne curavano. Priscilla, l'ultima arrivata, se ne stava in disparte con Beppe. Aveva occhi spauriti e tondi nel volto pallido e magro, e piangeva spesso. Sua madre, rimasta vedova all'improvviso, non riusciva più a mantenere entrambe con il lavoro nei campi ed era stata costretta ad abbandonarla lì all'orfanotrofio.

«Ma don Sandro e suor Alessia sono come una specie di papà e mamma?» Priscilla chiese a Beppe, con il lembo di un lenzuolo logoro fra le mani.

«Ma sei matta?» la rimproverò lui, strappandole quel cencio dalle mani.

«Sei brutto, tu. In questo posto ci sono i buoni e i brutti. Tu sei brutto» disse a Beppe.

«Voglio proprio sapere chi sono questi tuoi buoni» urlò nuovamente Beppe. «Nessuno qui è buono. Entriamo buoni, usciamo diavoli. Hai capito? Diavoli, siamo tutti diavoli!»

Priscilla scoppiò in un pianto disperato. Beppe in quel momento faceva paura: aveva i lineamenti trasfigurati dalla rabbia. Gli altri orfani lo conoscevano, e sapevano che a volte perdeva la testa e spaccava tutto, perfino la croce di Gesù sopra il suo letto, e poi diventava taciturno, impenetrabile, per ore e perfino per giorni. Nemmeno gli schiaffi di suor Jolanda lo strappavano dal suo mutismo ostinato.

«Lasciala stare, lei è più piccola di te. Perché non te la prendi con me, invece?» Eva si parò di colpo davanti a Priscilla, guardando negli occhi Beppe con aria di sfida.

«Le rosse sono figlie del diavolo» disse lui indietreggiando e sventolando il lenzuolo come per proteggersi. Si sentiva a disagio con Eva: lei cercava sempre di provocarlo, di farlo arrabbiare. Tanto Anna era dolce e lo faceva sentire tranquillo, quanto la sorella gli trasmetteva una sensazione di pericolo.

«E chi l'ha detto?»

«Lo dice sempre don Sandro, e ieri ho sentito che ne parlava con suor Alessia.»

«Il tuo amico don Sandro farebbe meglio a pensare ai fatti suoi» rispose Eva.

«Prima o poi vi taglieranno i capelli. L'ha detto suor Alessia.»

«No!» strillò Anna, comparendo al fianco della sorella e stringendo fra le mani le sue lunghe trecce. «Noi non abbiamo mai tagliato i capelli.»

«Tranquilla, Annarella. Non permetterò mai a nessuno di tagliarteli» la rassicurò Eva in tono solenne.

«Don Sandro non è mio amico. E comunque volevo solo avvisarvi» sussurrò Beppe, voltandosi per raggiungere gli altri.

«No, tu volevi spaventare mia sorella. Sei cattivo. E noi invece non facciamo così con te.»

«Quando?»

«Quando te ne vai di notte» intervenne Anna. «Noi aspettiamo sempre di sentire i tuoi passi in corridoio per sapere che sei tornato a letto. Dopo possiamo dormire.»

Beppe si fermò stringendo i pugni. Sembrava pronto a picchiare qualcuno, poi tornò indietro e si rivolse ad Anna sorridendo.

«Annarella, dormi pure anche se mi senti uscire. Io di notte cammino nel giardino, mi fumo una sigaretta che rubo al custode, guardo la luna nel cielo. E mi sento bene.»

Anna e Eva annuirono scambiandosi un'occhiata. Sapevano che non era vero. Ma serviva a tutti crederci un po'.

Sprofondato in una poltrona dai rigidi braccioli, don Sandro fumava.

Il terzo piano della villa era a sua disposizione: accanto alla stretta stanza da letto c'era il suo grande studio, dove aveva sistemato i suoi 1280 volumi, di cui andava molto orgoglioso.

Si era rifugiato proprio lì per tenersi lontano dagli schiamazzi dei bambini e riflettere in pace, ma ora, schiacciato il mozzicone in un posacenere di marmo, si stava appisolando. Nel sogno alcuni bambini si rincorrevano, forse erano le grida che dal giardino salivano fin lì e disturbavano il suo sonno... ma poi le figure presero forma con più chiarezza: una donna rincorreva un bambino con un bastone, ed era sua madre, morta ormai da qualche anno.

Lo inseguiva, urlando alle sue spalle. E lui correva, correva per la casa, finendo poi fra le braccia dell'uomo che aveva preso il posto di suo padre. Era molto buono, Giacomo: asciugava le sue lacrime e lo accarezzava sempre.

Don Sandro si riscosse dal torpore, ebbe un sussulto e ripensò a quelle carezze, quando l'uomo lo toccava dolcemente per consolarlo. Alcune volte quelle carezze diventavano dolorose, ma Giacomo gli diceva che così era fatto l'amore, che si doveva avere il coraggio di soffrire un poco per l'altro, e che il loro legame era speciale, unico. Giacomo lo amava veramente, non come sua madre, una donna dura che gli aveva rovinato l'infanzia perché era gelosa del rapporto tra lui e il suo patrigno. E accecata dalla gelosia aveva voluto Giacomo tutto per sé, obbligando il piccolo Sandro a entrare in seminario per allontanarlo da Giacomo una volta per tutte, condannandolo così a una vita senza amore.

Quella notte Anna si rigirava tra le lenzuola rigide, non riusciva a prendere sonno. Così si alzò e scalza, senza far rumore, si infilò nel letto della sorella.

«Eva? Sei sveglia?» la scrollò con delicatezza.
«Mmh, che c'è, Anna?» rispose la gemella con la voce impastata di sonno.
«Non riesco a dormire.»
«E perché?» borbottò l'altra.
«Ho paura.»
«E di cosa?» chiese Eva, sforzandosi di svegliarsi. «Hai sentito dei rumori? Guarda che i fantasmi non esistono, quelle sul sotterraneo sono solo storielle inventate per spaventare i più piccoli, come Priscilla.»
«No, no, non è quello... ma ho il cuore che mi batte fortissimo, senti.»
Anna prese una mano della sorella e se la mise sul petto. Eva sentì il cuore della gemella che scalpitava impazzito.
«Anna, stai tranquilla, non c'è nulla di cui avere paura. Ci sono io con te. E ora lasciami dormire, che ho sonno» le disse, accarezzandole i capelli imbrigliati nelle trecce.
«E se tu vieni adottata e io no?»
«Questa cosa non succederà mai. Nessuno ci separerà. Noi staremo sempre insieme. Hai capito, Anna? Sempre. E nessuno ti farà mai del male.»
«Me lo prometti?» mormorò Anna.
Di colpo uno scalpiccio nel corridoio, e una sagoma si stagliò sulla porta del dormitorio. Era suor Jolanda, venuta a controllare che tutte le bambine dormissero. Una volta aveva scoperto che due bambine invece di essere nei loro letti erano scese a rubacchiare un tozzo di pane in cucina, e la punizione era stata terribile: la suora le aveva legate con delle catene ai termosifoni, come se fossero bestie feroci, e indifferente ai loro pianti disperati le aveva liberate soltanto dopo due giorni.
Gli orfani si chiedevano se fossero mai state bambine anche loro, così cattive, assoggettate al potere.
Suor Jolanda e suor Alessia toglievano a loro ciò che qualcuno aveva tolto loro da ragazze?
Anna, che sembrava avere una spiccata sensibilità nell'individuare la sofferenza nascosta nel cuore di ognuno, sembrava non tenersi nessun pensiero sigillato dentro la pau-

ra, a differenza degli altri, e aveva provato a chiedere che gioco facessero da bambine, se avessero mai posseduto una bambola.

Come se non si volesse arrendere all'idea che quelle due ancelle di don Sandro non erano affatto predisposte al dialogo familiare, ma erano il nemico a cui non consegnare la purezza.

Tuttavia le religiose, che solitamente avevano un ghigno teso sul viso come una cicatrice, si erano scambiate un'occhiata rassegnata, lasciando che le labbra si ammorbidissero e quasi tremassero per la fatica di essersi dischiuse. Come se fosse giunto il momento di fare i conti con il proprio passato avevano risposto, per la prima volta e forse anche l'ultima, con la voce quasi spezzata, senza alzare gli occhi dai vestiti cenciosi che stavano rammendando:

«Noi abbiamo avuto meno di voi. E alla vostra età non andavamo a scuola, ma a lavorare nelle campagne.»

«E non era bella la vostra campagna? La vostra famiglia?»

Ma a quel punto, come se il grembiule fosse un'armatura, se l'erano aggiustato, pronte a sferzare il duro colpo del silenzio. Avevano ristabilito la giusta distanza e con rigidità si erano allontanate, ognuna con i propri ricordi. Non erano più tornate nell'unico luogo dove a nessuno, in quell'orfanotrofio, era concesso dimorare, la famiglia, e quando accadeva ci voleva del tempo prima di riuscire a rientrare nel presente come se nulla fosse accaduto.

Anna si rannicchiò il più possibile vicino al corpo caldo della sorella, trattenne il respiro perché suor Jolanda non la sentisse e chiuse gli occhi. Solo quando la sagoma scomparve tornò a guardare Eva.

«Me lo prometti?» ripeté.

Ma la sorella si era già riaddormentata.

Cautamente, per non svegliarla, mise una mano sotto il cuscino e sfiorò i bordi della fotografia che ritraeva lei ed Eva da bambine insieme alle persone che le avevano cresciute. Era l'unico ricordo che avevano della loro infanzia, e tenevano quell'immagine a turno sotto il cuscino o nella tasca del grembiule. Non se ne separavano mai.

Anna, al buio, passò i polpastrelli sopra quella vecchia immagine e, come traendone conforto, piombò anche lei nel sonno.

Le parole di Beppe non tardarono ad avverarsi. Come se quel pugno non sferrato arrivasse dritto al bersaglio, con le sembianze di un enorme paio di forbici.

Fu suor Alessia a incrinare l'incantesimo fra Eva e Anna.

Varcò la soglia della camerata ben consapevole del timore che incuteva.

Tutti gli sguardi delle bambine puntarono sulle lame nelle sue mani, non avevano il coraggio di guardarla negli occhi per paura che sarebbe toccato a loro. Toccato cosa? Nessuno lo sapeva. Qualcuno pensò che la suora avrebbe tagliato loro un orecchio.

Il suono cadenzato delle sue pantofole nere che si trascinavano sul pavimento per poi risalire a sbattere di scatto sul tallone rimbombava nello stanzone disadorno e scalcinato, accelerando a ogni colpo il battito di quei piccoli cuori.

Con grande sollievo per tutte, suor Alessia si fermò davanti ai letti delle gemelle, e iniziò a battere le forbici sulla spalliera di ferro dalla vernice bianca tutta scrostata.

«Allora, chi vuol essere la prima?» ghignò la suora chinandosi su Eva e Anna, il crocifisso che le ondeggiava sul petto.

In un istante le gemelle furono in piedi e indietreggiarono verso il muro. E suor Alessia avanzava.

«Le rosse sono figlie del diavolo, meglio nascondere i segni del demonio. Altrimenti nessuno vi adotterà mai. È questo che volete?»

«Ma noi non siamo figlie del diavolo!» rispose Eva stringendo la mano di Anna, gelida e tremante.

«E invece sì. Avete portato la distruzione nella vostra casa, tutti i vostri parenti sono morti in circostanze misteriose... è colpa dell'impronta del diavolo che vi portate addosso. Ma ora Nostro Signore, che è infinitamente buono, vi offre l'occasione di purificarvi dai vostri peccati. Su, avvicinatevi e facciamola finita!»

Le due bambine urlavano, sempre più rannicchiate contro il muro, sotto gli sguardi terrorizzati di tutti gli altri, richiamati nel dormitorio femminile da tutto quel trambusto. Tra loro c'era anche Beppe. Paralizzato accanto a uno dei letti, stringeva i pugni così forte che dai palmi gocciolò del sangue. Una goccia rotonda come una moneta macchiò il cuscino, dove un lungo capello scuro si stagliava sulla federa grigiastra come un punto interrogativo.

Suor Alessia afferrò il braccio di Anna. Lei cercò di divincolarsi, di attaccarsi a sua sorella, che intanto si stringeva la testa fra le mani, scuotendola a destra e sinistra come impazzita.

La mano calda e sudata di suor Alessia si allargò all'infinito e Anna la sentì espandersi su tutto il suo corpo, come se lì confluissero tutte le sue terminazioni nervose, come un sole per un sistema di pianeti; divenne gigantesca come una porta: e Anna, fluttuante e inconsistente come aria, vi entrò.

Si ritrovò in una campagna assolata. Una bambina scorrazzava in lungo e in largo alle spalle di una donna con la schiena ricurva sul campo di grano. La donna si raddrizzò, si asciugò la fronte sudata con il polso e si rivolse a lei.

"T'agg' solo chiesto di badare alla bestia. Una. Una sola. Manco questo sai fare. Non vedo l'ora di mandarti in collegio dalle suore."

La bambina si fermò, fissò la donna negli occhi e le urlò che no, in collegio non ci voleva andare. Che voleva continuare a giocare.

La donna si guardò in giro, le disse di tacere, che stavano tutti lavorando, non perdendo tempo come lei. Ma la bambina continuò a correre dietro a una pecora, tentando di farle il solletico con una spiga e ridendo a crepapelle.

La donna, barcollando per le buche del terreno e tirandosi su il pesante gonnone di lanetta per non inciampare, arrotolandoselo sul braccio come se stesse cullando un neonato, le corse dietro e quando la raggiunse iniziò a picchiarla con tutta la forza che aveva in corpo. Lasciò la ragazzina a terra, sfinita dalle botte e in lacrime, mentre lei tornò alla sua postazione. Prima di riprendere a lavorare, si aggiustò il fazzoletto bianco sul capo, che si era allentato.

Poi tutto divenne nero.

Zac.

Anna, stordita dalla visione e dal taglio, cadde a terra senza più la treccia come una spiga falciata, come se fosse stato reciso tutto il suo corpo. E restò immobile con gli occhi vacui a guardare Eva, colpevole di non aver tenuto fede alla sua promessa di proteggerla.

Eva, mentre la suora incombeva su di lei, vide i lunghi capelli rossi di sua sorella, ancora annodati in quella treccia che sembrava un animale inerme sul pavimento.

E urlò, con tutta la forza di cui era capace.

Il pavimento sussultò e tremò, come per un terremoto improvviso. La luce del vecchio lampadario iniziò a sfarfallare, mentre le finestre della camerata si spalancarono e sbatterono come scosse da un vento impetuoso, mandando i vetri in frantumi. Entrò uno scroscio di pioggia violenta, che trasportò una scheggia sul viso di suor Alessia, colpendola proprio sotto l'occhio destro. Un rivolo di sangue le scese lungo la guancia come una lacrima.

Fu lei a indietreggiare, a quel punto. I bambini corsero agli angoli della stanza. Urlavano tutti, mentre i vetri continuavano ad andare in frantumi, uno dopo l'altro. Per ultimo esplose il lampadario, mandando schegge tutt'intorno.

Solo Eva era ammutolita, spaventata per la forza della sua rabbia, anche se sperava che tutti pensassero che fosse stato il maltempo a creare quel disastro. E che non incolpassero lei.

Le inservienti, accorse per soccorrere la suora ferita, cercarono di richiudere le finestre, ma furono respinte dalla forza indomabile della tempesta.

Beppe, che si era accovacciato a terra e si copriva la testa con le braccia, si rialzò in piedi e passando accanto a suor Alessia bisbigliò: «Mai mettersi contro una strega».

Capitolo quattro

Anna non parlò più.

La sua capacità di vedere era anche l'origine della sua bontà. Aveva visto il passato di suor Alessia e forse perdonato. Lei conosceva la fonte di ogni dolore e cattiveria.

Non serbò alcun rancore nei confronti di Eva, continuò a camminarle accanto come un'ombra gentile. Gentile, sì, ma muta. Annuiva o scuoteva la testa per rivolgersi agli altri, compresi don Sandro e suor Alessia.

Durante le lezioni di suor Jolanda, fissava la lavagna con sguardo vuoto.

Anche lei forse aveva vissuto qualcosa di simile a suor Alessia? Era diventata così dura perché la vita per prima l'aveva colpita? Perché di lei non aveva visioni? Non lo sapeva.

Mentre i suoi compagni si esercitavano con le tabelline o ripetevano a memoria versetti della Bibbia, lei riempiva il suo quaderno di strani disegni.

In mezzo a figure oscure dai lineamenti grotteschi, compariva sempre una donna ritratta con un vulcano fumante sullo sfondo. Aveva i tratti decisi e lunghi capelli mossi che le arrivavano alla vita. Chi era quella donna? Per suor Jolanda quella figura non poteva che essere un qualche demone partorito dalle fiamme dell'inferno.

La suora per punirla le aveva portato via il quaderno, e da quel momento Anna passava le lezioni a guardare fuori dalla finestra, gli occhi su un punto lontano. La religiosa, dopo l'episodio inspiegabile delle trecce, aveva paura di punirla più duramente, magari prendendola a bacchettate sulle mani come faceva di consueto con gli orfani indisciplinati.

La ferita sotto l'occhio di suor Alessia non si era ancora rimarginata, ed era lì a ricordare a tutti che quelle bambine avevano davvero qualcosa di strano.

Per la prima volta in quattro anni – da tanto tempo le sorelle erano rinchiuse nell'orfanotrofio – quelli che erano sempre stati i loro aguzzini sembravano volerle evitare.

Sull'istituto era calata una strana atmosfera.

Tutti si tenevano lontani dalle gemelle, soprattutto da Eva. Durante i pasti, nessuna bambina voleva sedersi vicino a lei. I maschi la osservavano timorosi e se qualcuno incrociava per sbaglio il suo sguardo subito distoglieva gli occhi.

Qualche bambino bisbigliava: «Allora è vero che è una strega».

Ma se era una strega, perché non l'aveva salvata?, si chiedeva Anna.

Perfino lei, quando sentiva mormorare i suoi compagni, lanciava un'occhiata, intimidita eppure compiaciuta, alla sorella. In fondo, se era una strega, lei era la sorella di una strega. E non meno strana.

Eva però avrebbe preferito sentirsi accusata, vedere Anna metterle il muso, girarle le spalle, rimproverarla. E invece no: dipendeva in tutto e per tutto da lei, ancora più di prima. Forse perché adesso aveva paura di lei.

Erano così diverse, malgrado fossero identiche fisicamente: guardare Anna era come vedere la propria immagine riflessa in uno specchio. Eva aveva sempre pensato che fosse un privilegio avere un'altra se stessa. Come poter vivere due vite differenti, una seconda opportunità.

"Proverà la stessa cosa che provo io?" Quante volte se l'era domandato... ma adesso non sapeva più cosa c'era nel cuore della sorella. Aveva tentato in ogni modo di farla parlare, a un certo punto era così esasperata che una notte le aveva addirittura dato un pizzicotto fortissimo. «Anna, parlami, accidenti!» l'aveva implorata. Ma Anna si era morsa le labbra e dalla sua bocca non era uscito nemmeno un suono, solo i suoi occhi si erano fatti lucidi di lacrime ed Eva si era subito pentita di quel gesto. Però, suo malgrado, sentiva crescere dentro di sé una rabbia sorda verso la sorella. Non capiva che senza le loro chiacchiere e le loro risate si sentiva immensamente sola?

Quando non era la sua ombra, Anna trascorreva del tempo con Beppe. Non che si parlassero o giocassero insieme, sembravano più che altro complici. Se erano a lezione e a Beppe cadeva qualcosa dal banco, Anna glielo porgeva. Se erano in giardino, Anna strappava un filo d'erba e lo dava a Beppe perché lo imprigionasse tra i pollici e improvvisasse una melodia. Lui non le toglieva mai gli occhi di dosso e le leggeva le favole di Rodari dal libro che aveva rubato nella biblioteca di don Sandro, approfittando del fatto che si fosse addormentato prima di ordinargli di uscire dalla stanza e di recitare tre Ave Maria e l'Atto di Dolore. Il libro rubato lo nascondevano dietro i lavandini del bagno, incastrato fra i tubi arrugginiti e umidi. Computava faticosamente le sillabe, e Anna gli sorrideva con gli occhi per incitarlo a proseguire, gli infondeva fiducia.

Eva li osservava e provava un po' di invidia. A lei non si avvicinava nessuno.

Tranne il giorno delle visite.

I pavimenti profumavano di pulito, i vetri erano splendenti, i bambini ben vestiti.

Ogni cosa quel giorno doveva risultare perfetta, nella speranza che qualche cuore si intenerisse sollevando Villa Nivelli dal peso del mantenimento di uno degli orfani.

Le famiglie in pellegrinaggio portavano provviste, qualche indumento smesso, prendevano informazioni sui nuovi arrivati con la promessa di pensarci su. Un sospiro annoiato e poi, con lo sguardo rivolto verso l'alto, qualcuno diceva sempre, per lavarsi la coscienza: «Ah, povere anime. Se potessi. Quanto vorrei. Ci penseremo, vero caro?».

Ma poi non accadeva. Alle famiglie importanti della città piaceva portare i figli durante quelle visite per rinfacciargli quanto erano fortunati, e si sentivano dei bravi genitori per aver mostrato loro un assaggio di vita vera. Quei ragazzini ricchi e borghesi però, cresciuti nella bambagia, sentivano un'istintiva avversione verso quei coetanei più sfortunati di loro resi goffi dagli abiti di taglia sbagliata, sempre troppo larghi o troppo stretti, con quei visi troppo pallidi, i capelli arruffati e gli occhi cerchiati dalle notti insonni. Non vedevano l'ora di tornarsene nei loro bei salotti, a costruire velieri in bottiglia o a giocare col cane aspettando che fosse l'ora di guardare *Le avventure di Ciuffettino* sul Programma Nazionale.

Per mostrarsi buoni agli occhi dei genitori, portavano agli orfani i loro giocattoli più brutti, o quelli rotti: trenini che non funzionavano, soldatini senza testa, perfino una bambola con un solo braccio. I genitori, dal canto loro, fingevano di non accorgersi che i loro figli per gli orfani provavano solo una vaga pietà venata da disgusto. Dopotutto, era quello che sentivano anche loro.

E infatti da troppo tempo nessuno adottava più, tanto che suor Jolanda aveva proposto di tentare qualcosa di nuovo.

Era la mattina di Pasqua. Quel giorno, dopo la messa nella cappella, i bambini vennero fatti entrare in una stanza buia, al terzo piano. Quando la suora spalancò gli scuri, il pavimento apparve cosparso di giocattoli: c'erano trottole, pastelli a cera, bambole, un cesto colmo di palle, un trenino, persino un grande orso di peluche. I piccoli erano paralizzati per lo stupore, gli sguardi si spostavano increduli dalle meraviglie davanti a loro allo sparuto gruppo di visitatori alle loro spalle, tre coppie che li osservavano con un sorriso incerto.

Era davvero tutto lì per loro? Finalmente era arrivata la ricompensa per i giorni di privazioni e maltrattamenti? Quello era il giorno in cui tutto sarebbe finalmente cambiato?

«Cosa fate lì impalati con le bocche spalancate? Su, su, cari bambini, giocate» li incoraggiò suor Alessia, un po' nervosa. Poi si sedette su una seggiolina in un angolo, estrasse dalla busta i ferri da lana e iniziò a sferruzzare, guardandoli ogni tanto e incitandoli a proseguire senza distrarsi. Come se il gioco fosse un lavoro da cui non distogliere l'attenzione, i bambini eseguirono gli ordini.

Eva e Anna si contesero una bambola con le ciglia lunghissime, le scarpine nere, i calzini bianchi e una testa sproporzionata avvolta da riccioli biondi. Eva chiese a suor Alessia il permesso di andare in bagno, scese di corsa al dormitorio e tornò in un lampo con la spazzola. Anna quando la vide lanciò alla sorella uno sguardo indecifrabile. Da quando la suora le aveva tagliato le trecce, le gemelle non si erano più pettinate a vicenda. I capelli di Anna le stavano ricrescendo in spunzoni ispidi, ed Eva in segno di solidarietà alla sorella aveva smesso di farsi le trecce e i suoi capelli erano un groviglio infuocato. Poi Anna sorrise alla sorella, prese la spazzola dalla sua mano e insieme tentarono di fare un'acconciatura alla bambola.

Ogni tanto Anna lasciava perdere la bambola e si avvicinava a Beppe, che se ne stava in un angolo a disegnare su una lavagnetta, e gli passava i gessetti colorati. Beppe la ringraziava con un sorriso e le allungava la lavagnetta perché lei potesse ammirare la sua opera.

Due macchinine di legno sfrecciarono veloci davanti ai loro occhi, mentre Tommasino, un bambino che tardava a parlare, le inseguiva a carponi ridendo come un matto. Eva, attratta dalla sua risata, lo guardò e notò degli aloni bluastri sulle tempie. Che strano, il giorno prima non c'erano. Chissà come si era procurato quei lividi. Si avvicinò al bambino.

«Ciao Tommasino» lo salutò.

«C-ciao Eva la s-s-strega» disse lui, senza ombra di malizia.

«Non sono una strega» fece Eva paziente. Tommasino si era rimesso a giocare con le macchine e già non le prestava più attenzione. «Tommasino, ascoltami. Come te li sei fatti quelli?» chiese Eva indicando le tempie del bambino.

Tommasino cominciò a oscillare ritmicamente avanti e indietro col busto e dalla sua bocca uscirono solo parole smozzicate: «Do-do-dottor El-elett-elettricista...».

«Ma chi, il dottor Vincenzo? È stato lui a farti quei lividi?» Il dottor Vincenzo era un vecchio amico della famiglia Nivelli. Un paio di volte all'anno andava all'orfanotrofio e visitava frettolosamente i bambini: distribuiva buffetti sulle guance, lozioni antipidocchi e olio di fegato di merluzzo come ricostituente.

«Dottor Elettricista cattivo-cattivo-cattivo-cattivo» si mise a ripetere ossessivamente Tommasino, oscillando sempre più veloce.

Ma prima che Eva potesse fargli un'altra domanda, don Sandro con la sua mole ingombrante entrò senza bussare e per lo spavento a Priscilla, che ormai era diventata tutta pelle e ossa perché odiava l'odore della minestra e il sapore della carne, cadde l'orsetto con cui giocava. Aveva un aspetto così fragile da sembrare lei stessa un giocattolino di legno, e Anna l'aiutò a raccogliere il peluche.

Don Sandro, nella sua tonaca nera che gli fasciava la pancia prominente, fece qualche passo lento e misurato e si rivolse con affabilità alle tre coppie intente a osservare i bambini.

«Questa è la loro stanza preferita, naturalmente, la stanza dei giochi.»

Poi camminò in mezzo agli orfani, che se ne stavano zitti e immobili, senza sapere cosa fare, cosa dire.

Anna guardò Beppe. Il ragazzino teneva gli occhi bassi per non incrociare lo sguardo del prete.

Suor Alessia si alzò in piedi interrompendo il lavoro ai ferri e raccontò aneddoti inventati lì per lì, per spezzare l'imbarazzo, nel tentativo di assecondare l'iniziativa di don Sandro.

«Una volta, che spavento! Le due gemelle giocavano a nascondino e non riuscivo più a trovarle, quelle birbanti. Sapete dov'erano? Proprio lì, in quell'armadio.» E rise. Mentre i signori si sforzavano di trovare divertente quel racconto, i bambini si guardavano cercando di capire perché la suora stesse mentendo.

Eva e Anna in quell'armadio non c'erano mai finite.

Loro in quella stanza non avevano mai giocato.

Nessuno di loro aveva mai avuto dei giochi.

Don Sandro continuava a camminare in mezzo ai bambini e allungava la mano per accarezzare una nuca, sfiorare una spalla, dare un buffetto scherzoso.

Ma quando le sue dita stavano per posarsi sulla testa di Anna, i capelli recisi malamente che le incorniciavano il viso smunto, una macchinina attraversò la stanza a tutta velocità seguita dal trenino, colpendo con violenza lo stinco dell'uomo, dalla cui bocca uscì un urlo soffocato.

«Don Sandro, sta bene?» Suor Alessia si precipitò al suo fianco.

«Tutto a posto, non si preoccupi» reagì lui scostandola con fastidio. «Cose che succedono, quando si sta coi bambini.»

Gli orfani assistevano alla scena atterriti, consapevoli che la presenza dei visitatori li avrebbe protetti. L'unica a non avere paura era Eva, che teneva la testa bassa e nascondeva un sorriso.

Per distendere quell'atmosfera così tesa, don Sandro tentò goffamente di calciare una palla di stoffa colorata verso i maschietti e chiese a Tommaso di ripassargliela.

Ma lui non si mosse.

«Già stanchi, ragazzi?» farfugliò il prete.

Una delle tre coppie, in leggero imbarazzo, iniziò a dire che si era fatto tardi e che per loro era sufficiente così. Subito gli altri colsero l'occasione per congedarsi. Entrare in un luogo triste contagia di tristezza. Iniziavano a provare una strana inquietudine e non vedevano l'ora di andar via.

Suor Alessia sventolò la mano in modo teatrale, come fosse un fazzoletto di stoffa. Del resto fino a quel momento era stata un'attrice perfetta.

La porta si era appena richiusa dietro i visitatori quando un gessetto fece una parabola perfetta e velocissima nell'aria e rimbalzò contro il battente, a pochi centimetri dalla testa di don Sandro.

Il prete si girò di scatto e incrociò lo sguardo di Beppe, sempre seduto nell'angolo a disegnare sulla lavagnetta. L'uomo gli rivolse un sorriso obliquo, poi raccolse da terra il gesso e glielo lanciò.

«Non l'ho tirato io» disse Beppe afferrandolo con la mano destra e poi disintegrandolo nel pugno.

«Certo. Ora i gessi volano da soli. Anche le macchinine e i trenini si muovono da soli. Ah, quanta fantasia hanno i ragazzi.»

Anna si avvicinò a Beppe e piano piano gli aprì il pugno che il gesso gli aveva colorato di blu. Prese ciò che restava del gessetto e se lo infilò in tasca. Sollevò lo sguardo, Eva la stava fissando.

I bambini tornarono a giocare. Come prede che stanno per essere sbranate, avvertivano lo scorrere del tempo sulle spalle. Come se davvero quelli fossero gli ultimi istanti di un condannato a morte.

A un certo punto suor Alessia batté le mani tre volte e ordinò agli orfani di allinearsi in due file. Poi chiuse gli scuri e la stanza ripiombò nel buio. Quando furono tutti fuori, chiuse la porta con due giri di chiave. I bambini capirono che non avrebbero mai più rivisto tutti quei giochi, e si fecero tristi di colpo.

«Cosa sono quelle facce scure?» li rimbrottò la religiosa. «Avanti, spicciatevi!» E fece strada lungo le tre rampe di scale, le gambe grasse strette nelle calze color carne.

Giunti al piano terra, Beppe ed Eva notarono che due visitatori erano ancora nell'atrio.

«Ciao ragazzi, avete già finito di giocare?» chiese la donna con dolcezza, sembrava sentirsi in colpa per aver desiderato andarsene così in fretta. La parte dietro delle due file si fermò. Suor Alessia, senza accorgersi del rallentamento, aveva svoltato l'angolo.

«Al mio cenno correte tutti, tutti fuori» disse Eva, con uno scintillio negli occhi.

«Come fuori? Abbiamo l'ordine di non uscire...» protestò debolmente la piccola Rosa, che di notte si sognava le bacchettate sulle dita sferrate da suor Jolanda.

«Tutti fuori! Volete o no stare al sole?» riprese Eva con tono maturo, scimmiottando la voce di suor Alessia.

I bambini iniziarono a ridere, a contorcersi per la paura e l'eccitazione.

I visitatori si scostarono per farli passare.

«Andate a giocare in giardino? Fate bene! È una giornata calda.»

«Ehi, cosa state facendo? Tornate immediatamente ai dormitori!» tuonò la voce di suor Jolanda, comparsa sul ballatoio del primo piano.

Ma era troppo tardi.

Correndo, i diciotto bambini si lanciarono nel giardino proibito, quello che abbelliva l'ingresso dell'orfanotrofio. A loro era concesso giocare solo in quel fazzoletto di terra polverosa e piena di erbacce che stava sul retro, dove era stata sistemata la giostrina girevole.

Saltarono i gradini a due a due, si tolsero le scarpe e le scagliarono lontano perché tanto sapevano che dopo la visita le suore le avrebbero fatte sparire. Erano sempre scalzi, e scalzi decisero di correre.

Corsero verso i cipressi, corsero sul vialetto, corsero sopra quelle panchine dove don Sandro si metteva a leggere e su cui loro non si erano mai seduti. Corsero a raccogliere le fragoline di bosco e le lanciarono tutt'intorno, per vedere l'effetto che faceva quello schizzo rosso sulle mattonelle del viale. E poi si sporcarono mangiando i frutti, mentre il piacere invadeva loro la bocca. Suor Jolanda e suor Alessia cercavano di riacciuffarli, ma erano lente e goffe e i loro ordini venivano coperti dalle grida di gioia degli orfani.

I bambini ridevano, risero fino alle lacrime sotto lo sguardo intenerito e curioso della giovane coppia, che continuava a seguire la loro folle fuga.

«Sono troppo vivaci, scusateli» disse affannato don Sandro, raggiungendoli.

«Sono bambini!» risposero loro, e si congedarono divertiti, invidiando la spensieratezza dell'infanzia. Non potevano immaginare quella che invece era la realtà quotidiana dei piccoli orfani di Villa Nivelli, costretti a diventare adulti prima del tempo.

Appena la Fiat 850 Coupé degli ospiti si allontanò rombando sul vialetto, gli orfani ansimanti e sporchi furono strattonati violentemente dalle suore e don Sandro.

«Piccoli indisciplinati» sibilò il prete tenendo Tommasino per il polso magro. Il bimbo aveva gli occhi dilatati dalla paura e tremava in tutto il corpo. «Ci penserà il dottore a insegnarvi l'educazione!» A sentire quelle parole, Tommasino emise un gemito roco e riprese a oscillare con il busto avanti e indietro. «Dottor Elettricista, dottor Elettricista, dottor

Elettricista, male-male-male-male» sussurrò poi in una nenia sempre più veloce, per poi esplodere in un grido di terrore e cadere svenuto con gli occhi rovesciati all'indietro. Ai bambini si gelò il sangue nelle vene.

«Basta, Tommasino!» Il prete lo scosse violentemente per farlo rinvenire. Il piccolo schiuse gli occhi, confuso. «Mettetelo sotto l'acqua fredda per farlo riprendere» ordinò a suor Alessia, e poi, rivolto agli altri orfani: «Ora tornate al dormitorio, muovetevi! Non voglio sentire volare una mosca, ci siamo capiti?».

Terrorizzati e a testa bassa, i bambini marciarono in file ordinate fino al primo piano e rimasero seduti sui bordi duri dei materassi, in attesa di nuove disposizioni. Una delle suore addette alla pulizia entrò nel silenzio dei loro respiri.

«Beppe, don Sandro ti vuole nel suo studio.»

Beppe si alzò, col cuore in tumulto, e seguì la donna. Passando davanti al dormitorio femminile la suorina entrò, tirandosi dietro Beppe che intercettò subito lo sguardo allarmato di Anna.

«Quanto a voi signorine, siete lagnose, false, matte. Siete tutti matti. Ma ci penserà il dottore a rimettervi a posto...» fece eco alla minaccia di don Sandro.

Quando uscì sbattendo la porta e trascinandosi dietro Beppe, le bambine iniziarono a prendersela con Eva indicandola con il dito.

«È tutta colpa tua!»

«Non dovevamo andare in giardino!»

«E se il dottore Elettricista vuole fare male anche a noi?»

«Stavolta l'abbiamo combinata grossa...»

«Non dovevamo uscire. E ora? Cosa ci faranno?»

«Oh, state zitte!» sbottò Eva. «Meglio cinque minuti di libertà che obbedire sempre. Tanto minacciano e minacciano, ma questo dottore non si è mai fatto vedere. Magari non esiste nemmeno. E comunque cosa potrà farci di peggio rispetto a loro?»

Le altre sembravano ancora incerte. Disabituate com'erano a scegliere per se stesse.

«E poi sono o non sono una strega?» disse.

Le bambine sgranarono gli occhi e si ammutolirono di colpo.

Eva aveva capito che doveva esercitare il suo potere su di loro per tranquillizzarle.

Poi sgattaiolò sotto le lenzuola con sua sorella e le sussurrò: «Hai visto, non ho lasciato che quello schifoso di don Sandro ti toccasse, prima... Sono stata io a lanciargli addosso i giocattoli. E anche il gessetto. Adesso mi perdoni? Puoi tornare a parlare con me? Ti prego, Anna, mi manchi così tanto...».

Anna la guardò con intensità, poi tirò fuori dalla tasca il pezzetto di gesso blu tutto sbriciolato. Lo mostrò alla sorella.

«Stai tranquilla, sono sicura che don Sandro non punirà Beppe, anche se pensa che è stato lui. Sai che è il suo preferito...»

Ma Anna continuava a fissarla senza parlare. La stava facendo sentire in colpa perché non aveva protetto anche Beppe? Da quando la sua gemella aveva deciso di volere più bene a quello stupido ragazzino scontroso che a lei? La rabbia la invase di colpo, e la rese crudele.

«E comunque che te ne frega di Beppe? Lui non ti guarda neppure. Guarda me, invece» mentì, con lo stomaco che si contraeva.

Anna trasalì e i suoi occhi si fecero opachi come la nebbia che certe mattine circondava Villa Nivelli. Quel pensiero non l'aveva mai sfiorata. Si rigirò su un fianco dando le spalle a Eva e sentendo per la prima volta freddo pur chiusa nel suo abbraccio, che di solito le portava calore.

Provò un sentimento mai percepito. Simile all'odio.

Pensò a Beppe e a Eva, un sodalizio su cui non aveva riflettuto. Possibile che fosse la sorella la vera destinataria del suo interesse? Forse Beppe stava tanto con lei per arrivare a Eva? O perché le faceva pena?

Mentre la testa le girava chiuse gli occhi, e nello stanzone non restò che il respiro delle compagne e l'odore di piscio e fogna che nessuno avrebbe mai cancellato.

Capitolo cinque

«Pensavate che la vostra cattiveria passasse inosservata?» Suor Alessia si rivolse ai bambini allineati nelle due solite file, in attesa di entrare in refettorio per la colazione.

Suor Alessia aveva trent'anni, ma il rancore era come un'iniezione di granito nelle sue vene; aveva prosciugato tutto in lei e la faceva sembrare molto più vecchia. I suoi grandi occhi azzurri erano ingannevoli: le conferivano un aspetto mite a cui i bambini all'inizio si affidavano, finché non venivano traditi. In realtà era crudele come la strega delle favole più spaventose. Eseguiva ottusamente gli ordini dei superiori, applicando gli stessi modi repressivi a cui lei era stata abituata.

«Sì, certo, speravate di passarla liscia, perché siete piccoli ma riuscite a essere grandi nella cattiveria. Lo sapete fino a che ora siamo state alzate per pulire il vostro disastro in giardino? E per di più avete sprecato il cibo. È un peccato che offende Dio. Oggi non mangerete, per tutto il giorno.»

A quelle parole gli orfani sbarrarono gli occhi. Avevano fame, sempre, e sapere fin dal mattino che sarebbero rimasti a digiuno per tutto il giorno scatenò la loro disperazione. Priscilla si mise a singhiozzare, e Anna ruppe la fila per andare a consolarla.

«Ferma! Giusto te volevo, figlia del demonio, che fai tanto la buona. Sei tu che hai bagnato il letto stanotte? O tu o tua sorella, chi delle due ha fatto la pipì a letto, eh? Vi ho visto, che avete dormito insieme stanotte.»

Suor Alessia si piegò sulle gemelle, sollevando Eva per i capelli e per un orecchio sua sorella. Eva aveva ancora le sue lunghe trecce e la presa fu facile. Anna ebbe l'impressione che l'orecchio le venisse strappato ma dalla sua bocca non uscì nemmeno un suono.

«Facciamo così: se non mi dite chi è stata vi mando tutte e due dal dottore, oggi è di sotto per le visite. Vediamo se così vi passa la voglia di fare le sporcaccione. Perché questo siete. Tutto il sudiciume che c'è qui è causa vostra. Nessuno vi adotterà mai e a noi toccherà tenervi qui, pulire il vostro schifo.»

«Lo giuro, lo giuro, non accadrà più!» urlò Eva.

«Allora sei stata tu? Vieni con me» le ordinò lasciando l'orecchio di Anna, che crollò sul pavimento, e trascinando con sé Eva per le trecce.

I bambini avevano appoggiato la schiena alla parete, alcuni si erano accucciati a terra, nel tentativo di occupare il minor spazio possibile, come sperassero di diventare invisibili.

«No!» Un grido improvviso lacerò il silenzio. Suor Alessia si voltò di scatto. «Lasciala stare, sono stata io. Quello è il mio letto. Sono stata io» disse Anna dopo settimane di assoluto silenzio.

«Ah, alla muta è tornata la voce. Allora il gatto non ti aveva mangiato la lingua» disse la suora con uno sguardo cattivo lasciando libera Eva, che corse a nascondersi in mezzo agli altri bambini.

Beppe la rimproverò: «Perché lasci che si prenda lei la colpa?».

«Non sono stata io a fare la pipì, è stata Anna!» Eva era ancora arrabbiata con la sorella, che da quando si erano svegliate non l'aveva degnata di un solo sguardo.

«Sei cattiva. Non ti meriti una sorella come lei!»

Ma suor Alessia nel frattempo aveva già afferrato Anna per un braccio e la stava trascinando al piano interrato. Non la condusse nello stanzino piccolo e angusto – gelido d'inverno e bollente d'estate – dove il dottor Vincenzo visitava i bambini, ma la portò in un'altra stanza in fondo al corridoio buio in cui Anna non era mai stata. La paura le bloccava il respiro, gli occhi angosciati le mangiavano il viso scarno, i capelli corti e arruffati la facevano somigliare a un uccellino caduto dal nido. Si aggrappò allo stipite con le mani, implorando suor Alessia di perdonarla, ma quella la spinse dentro con brutalità e si chiuse la porta alle spalle.

Anna si guardò intorno: la stanza era grande, la luce penetrava a fatica da una feritoia e la lampada tubolare sfarfallava, come per un contatto elettrico. Nell'angolo, sotto la statua di una Madonna posizionata in una nicchia del muro, c'era un lettino di ferro con delle cinghie che penzolavano. C'era anche una scrivania, e seduto su una poltrona in pelle c'era un uomo con un camice bianco che fumava e la osservava da dietro le lenti spesse degli occhiali.

Dopo averla studiata in silenzio per qualche secondo, l'uomo si alzò e le andò più vicino. Anna sentì il suo odore, un misto di tabacco, acqua di colonia e brillantina, e guardò i suoi occhi grigi. Per un istante sperò che non le facesse del male. Poi sentì risuonare una voce atona: «La leghi».

«Subito, dottore. La signora Nivelli si è raccomandata di farle una telefonata, dopo» disse suor Alessia, armeggiando con le cinghie.

Anna ora seguiva ogni gesto ma era paralizzata, il corpo non le apparteneva più, era come se osservasse tutta la scena, e se stessa, dall'esterno.

«Sì, dopo...» disse distrattamente il dottore.

«No, davvero dottore. Deve chiamarli. Vogliono sincerarsi che non accada più quello che è successo a... quel bambino. Sa, quello con la voglia sulla guancia...» azzardò suor Alessia.

«Incidenti di percorso» tagliò corto il dottore. «La scienza ha il dovere di sperimentare.»

«Certo, dottore» annuì servile la religiosa.

«I Bruni devono essere fieri di aver avviato un programma di ricerca nel loro istituto. Devono solo lasciarmi il tempo di avere i primi pazienti. E nel giro di un anno trasformeremo questo posto nel più importante ospedale psichiatrico infantile di tutto il Paese» disse il dottore con gli occhi scintillanti di eccitazione.

«Ah, guardi, di casi qua dentro ce ne sono tanti» rispose

suor Alessia a bassa voce, adagiando nel frattempo Anna sul lettino, come se fosse una bambola di pezza.

Non vedendo tornare la suora, un gruppo di bambini era scappato giù per le scale e si era assiepato fuori dalla stanza. Con il volto rigato dalle lacrime, Eva stava seduta a terra abbracciandosi le ginocchia. Dalla stanza non uscivano suoni.

Era buio lì sotto, mancava l'aria e faceva caldo: la luce negli inferi non arriva mai.

«Ma perché siamo scesi? Se ci scoprono finiamo dentro anche noi!» sussurrò Mimmo, un ragazzino dallo sguardo sempre impaurito, cresciuto con il padre pastore morto cadendo in un crepaccio di Monte Pollino. E proprio per questo lui era terrorizzato che qualcuno si potesse fare male. Perché era rimasto ai bordi del burrone per ore, senza riuscire ad aiutare il padre o a chiamare i soccorsi.

«Vai via se non te la senti. Restate su, fifoni» disse Beppe girandosi indietro. Ma quelli lo seguirono ugualmente.

«Lì dentro c'è mia sorella, ed è tutta colpa mia. Sono stata io a fare la pipì» sussurrò Eva.

«Allora fermali. Perché fai punire lei se è colpa tua?» la strattonò Beppe.

La ragazzina allora si alzò in piedi, pronta a prendersi la responsabilità di ciò che era successo, ma prima che potesse dire o fare qualcosa un bagliore filtrò da sotto la porta della stanza degli orrori. Si udì un grido lungo, straziante, e poi di nuovo il buio. E il silenzio.

Eva cadde a terra, gli occhi rovesciati all'indietro. I bambini le si fecero intorno, la chiamavano, le stringevano la mano, la scuotevano. Ma Eva non era lì. Era con sua sorella, adesso. Sentiva tutto quello che provava Anna, erano due anime in uno stesso corpo.

Una lampadina nuda le oscillava sopra la testa mentre suor Alessia la legava al letto stringendo le cinghie ai polsi e alle caviglie, sottili come spilli.

Eva sentì il terrore invaderla. Vedeva quella luce oscillare sopra di lei e aveva l'impressione di non riuscire più a muoversi.

Anna aveva fame e sete e avrebbe voluto essere forte, più forte di quei lacci, più forte delle persone con lei in quella stanza, ma aveva solo gli occhi sgranati e imploranti, le ciglia incrostate dal sale delle lacrime. Se solo le avessero rivolto uno sguardo, lei ne era sicura, l'avrebbero liberata, perché i bambini sono delicati, fragili come i fiori che spuntano dopo l'inverno, e invece quelle persone le stavano facendo male, tanto male.

Il suo corpo fu attraversato da una scarica elettrica così forte da farla gridare di dolore e poi vomitare.

Eva, fuori, era scossa dalle convulsioni. Le braccia e le gambe erano in preda a incontrollabili spasmi.

Poi Anna si sentì come galleggiare in una bolla bianca, sentiva i rumori ovattati: le grida dei bambini che picchiavano sulla porta, qualcuno che nella stanza diceva: «È meglio lasciarla qui per adesso, non spostiamola. Poi la metteremo nella nuova camera degenti, sarà la prima paziente del reparto psichiatrico». Riconobbe la voce atona del medico con gli occhiali.

«È la paziente ideale, dottore. Ha sempre qualcosa che non va. Non parla, è malaticcia, e poi è incontinente, va allontanata dai bambini normali» disse suor Alessia, vagamente sollevata dal fatto che si sarebbe finalmente liberata di quello sguardo da cui si sentiva sempre rovistata, frugata.

«Questa nuova terapia la curerà. Domani le faremo un altro trattamento, e vedremo se ci sono miglioramenti.»

In quell'istante Anna rientrò in sé e spalancò gli occhi. Al di là della porta, aprì gli occhi anche Eva. Tornò nel corpo, lo armò di un ultimo anelito e disse a se stessa: *Troppo dolore, troppo dolore, è meglio morire. Oppure vivi. Vivi e ammazzali tutti.*

Anna strinse i pugni, le cinghie la tenevano imprigionata, la luce sopra la sua testa ondeggiava e ondeggiava. Fuori sentiva un grande caos. Alzò gli occhi alla statua della Madonna rivolgendole una preghiera silenziosa. "Salvami, Madonnina mia, ti prego..." Ma la Madonna non la ascoltò, e i suoi occhi di ceramica continuarono a fissare il nulla. Galleggiò nel vuoto per un po', sforzandosi di tenere a bada il dolore che sentiva in tutto il corpo.

La sua coscienza si accendeva e spegneva a ondate, come una marea. A un certo punto distinse un'ombra che incombeva sopra di lei. Si sforzò di aprire gli occhi.

«La terapia ha funzionato?» chiese la voce grave di don Sandro.

«È troppo presto per saperlo. Dobbiamo continuare il trattamento per vedere dei risultati» rispose il dottor Elettricista, seduto alla scrivania.

Don Sandro si chinò ancora di più su Anna.

«Anche con questi capelli corti, sei ancora una bella bambina, proprio una bella bambina» le disse accarezzandole il capo.

Un flash esplose nella testa di Anna. Vide un uomo adulto seduto su un letto in una stanza spoglia, con un catino di zinco sopra un treppiede in un angolo, e un bambino. Il bambino era inerte mentre l'adulto lo attirava a sé con una mano e con l'altra tentava di slacciargli i bottoni della camicia.

«Giacomo no, per favore...» mormorò Anna.

Il volto di don Sandro si fece terreo, le labbra divennero livide.

«Cosa hai detto?» sibilò. Il cuore gli pompava nel petto così forte che sarebbe potuto esplodere da un momento all'altro.

«Giacomo... ti faceva del male» sillabò Anna a fatica.

«Figlia del demonio! Strega!» gridò don Sandro sconvolto, gli occhi dilatati. Poi si sforzò di riacquistare la calma e si rivolse al dottore: «La bambina sta delirando. Le dia qualcosa per farla stare zitta».

Il dottore le si avvicinò con una siringa, Anna sentì una fitta al braccio e poi piombò nel nero più profondo.

Capitolo sei

Beppe era accasciato contro la porta, gli occhi appesantiti da profonde occhiaie scure. Era così stanco che persino la testa poggiata sulle ginocchia gli pesava. Aveva trascorso le ultime tre notti nel piano interrato, arroventato in quel mese di luglio, seduto davanti alla porta della stanza in cui era stata rinchiusa Anna, e le aveva parlato tutto il tempo per cercare di distrarla.

«Anna!» sussurrava. «Lo so che mi senti. Sono io, Beppe! Sono qui per te, andrà tutto bene. Ti porterò via da questo posto! Mi senti? Ti porterò via! Te lo prometto!»

Silenzio.

E dopo un po' riprendeva: «Oggi i baffi di suor Alessia erano più neri del solito, sai? Sembrava un maschio!».

A un certo punto aveva appoggiato la fronte sulla porta, cercando di non piangere.

«Sai una cosa che non ti ho mai detto?»

Silenzio.

«Assomigli un po' alla mia mamma, anche se lei non aveva i capelli rossi come i tuoi...»

Beppe faticava a nominare la madre, ma avrebbe fatto qualsiasi cosa per aiutare l'amica.

Dall'altra parte, nel buio, Anna ascoltava immobile i suoi discorsi, legata mani e piedi al letto, incapace di parlare. Formulava nella testa tutte le parole che avrebbe voluto rivolgergli, ma non riusciva a emettere alcun suono.

Beppe continuò:

«... Era bella la mia mamma, e tanto buona, perché una mamma così bella non può essere cattiva, non può avermi abbandonato. Vero, Anna? Lo so che anche tu sei d'accordo con me.»

Silenzio.

«Sono sicuro che tornerà a prendermi prima o poi, e se vuoi porterà via anche te e tua sorella e staremo ancora insieme, staremo insieme per sempre! Ti ricresceranno i capelli, Anna. Anche se così stai benissimo lo stesso, io lo so che ti mancano i tuoi capelli lunghi, le tue trecce. Ma sai cosa ti dico? Ricresceranno più belli ancora. Anna, sei sveglia? Se non riesci a dormire ti canto la canzone che mi cantava sempre la mia mamma. Funziona.» E iniziò a cantare con la sua voce bassa e dolce.

Nia, Nia, Nia
sotte l'alebro ca rurmia
facia nu dolce suonne
de sveglià nun se putìa
tiri tiri tomme
nu panare de colombe
n'aute de amarene
a stu figlio voglie bene
tiri tiri tomme
nu panare de colombe
n'aute de cerase
a stu ninne da che nu vase
Na Na Na
quant'è belle stu figlio qua
la mamma ca lu tene
tutta quanta se accuntene
la mamma ca l'ha fatte
une ne tene e vale pe' quatte
la mamma ne tene une
nun lu vole da' a nisciune
la mamma lu tene care
camme 'na cascia de denare.

Una lacrima silenziosa le scese lungo il viso. Ma Beppe non poteva vederla.

Quella sera, nel refettorio, la ninna nanna gli risuonava ancora nelle orecchie, Beppe ne canticchiava a mezza bocca alcuni versi senza neanche accorgersene, tanto era esausto.

Fuori soffiava un vento freddo inusuale per la stagione, scrosci di pioggia violenti come schiaffi battevano su una finestra e poi su un'altra, come se uno spirito folle e straziato da un dolore cupo cercasse di aprirsi un varco per entrare nell'orfanotrofio. Le nuvole si erano infittite velocemente fino a oscurare il cielo e gli orfani si sentivano come uccellini in una gabbia su cui qualcuno aveva gettato un drappo nero per farli addormentare.

I bambini erano ordinatamente in fila e attendevano il momento in cui sarebbero arrivati davanti al pentolone fumante per essere serviti da suor Jolanda, che con lo stesso gesto automatico e sprezzante avrebbe riempito le scodelle senza preoccuparsi di macchiare le loro vesti logore o di schizzare con quel liquido bollente i loro visi ormai insensibili a ogni tipo di umiliazione. Uno a uno i bambini si trascinavano fino ai lunghi tavoli di legno e in silenzio, con lo sguardo chino sulle scodelle di latta, consumavano quella maleodorante brodaglia marrone in cui galleggiavano pochi spicchi di patata.

La porta cigolò, si aprì lentamente e comparve don Sandro. Tutti smisero di mangiare all'istante. Tommasino era così agitato che solo per un soffio riuscì a non rovesciare la scodella. Per fortuna, altrimenti sarebbe stato punito.

Consapevole e compiaciuto del timore che incuteva in quelle piccole creature indifese, il prete avanzò nel refettorio con passi solenni e si avvicinò lentamente al tavolo dei maschi, osservandoli uno a uno con il suo sguardo rapace.

Un cobra a una cena di ratti.

La sua sola presenza bastava ad agghiacciare le viscere di tutti quei bambini, che da qualche giorno avevano aggiunto alla lunga lista delle loro paure quella di essere mandati dal dottor Elettricista.

Don Sandro si fermò alle spalle di Beppe, si chinò su di lui appoggiandogli una mano umida sul collo e avvicinandosi al suo orecchio sussurrò: «Quando hai finito di mangiare vieni nel mio studio, ti devi confessare».

Come se quel cobra gli si fosse arrampicato lungo la schiena, il ragazzino si sentì percorrere da un brivido. Poi don Sandro si tirò su, lanciò un'occhiata intimidatoria a tutta la tavolata, quasi volesse assicurarsi che nessuno avesse l'audacia di guardarlo negli occhi, e uscì dal refettorio.

I bambini tornarono a respirare e ripresero i gesti interrotti; solo Beppe era rimasto immobile. Sapeva cosa lo aspettava, e una nausea improvvisa gli impedì di finire la zuppa.

«Cos'è, non ti piace? Il signorino preferirebbe ordinare altro?» lo schernì suor Alessia. Poi aggiunse, con tono glaciale: «Finisci la tua zuppa, Beppe, altrimenti nessuno di voi si alzerà da qui e sarete tutti puniti».

Beppe deglutì, riprese il cucchiaio e a fatica ingurgitò quello che rimaneva nella sua scodella. Il suo stomaco voleva vomitare tutto, ma il ragazzino si sforzò di tenere giù quella brodaglia. Non voleva mettere nei guai i suoi compagni. Quando finalmente sollevò la testa dalla scodella vuota, incrociò lo sguardo compassionevole di Eva e si sentì improvvisamente nudo e spaventato. Quegli occhi gli penetravano fin dentro l'anima, leggevano tutti i suoi segreti, i suoi ricordi. Turbato e pieno di vergogna tornò a fissare il piatto. Accadeva anche con Anna, solo che con lei non si sentiva giudicato.

Cosa voleva Eva da lui? Beppe si sentiva a disagio a stare davanti alla sorella sbagliata. Lui voleva bene ad Anna, era Anna che desiderava accanto a sé. Eva era troppo strana, sempre cupa e arrabbiata.

Negli ultimi giorni era addirittura peggiorata. Da quando Anna era stata rinchiusa al piano interrato, lei se ne stava quasi sempre a letto, senza unirsi ai giochi delle compagne. Sembrava assorta, rapita da qualche oscuro pensiero. Come un animale che si prepara alla muta.

Quando ebbero terminato di cenare, suor Alessia ordinò ai bambini di disporsi nelle due solite file disciplinate. Usciti dal refettorio, si avviarono tutti su per le scale verso il dormitorio. Ma Beppe fu fermato sulla soglia dalla voce di suor Alessia: «No, tu no. Non hai sentito don Sandro? Ti devi confessare. Chissà cos'hai combinato stavolta».

Mentre saliva mestamente le scale, Beppe ripensò alla sua prima confessione con don Sandro, all'epoca aveva solo cinque anni ed era appena arrivato all'orfanotrofio. Di quell'episodio ricordava poco, in realtà: il prete che lo fa sedere su una grossa poltrona di pelle, che si inginocchia di fronte a lui e gli sfila lentamente le scarpe logore, gli prende un piede nudo tra le mani portandoselo alle labbra... e poi solo bianco, una distesa di bianco a perdita d'occhio, come se tutti i libri che lo circondavano fossero spariti di colpo e quella poltrona fosse diventata una barca alla deriva in un mare lattiginoso in cui l'unico rumore era il fischio acuto e costante del vento.

Bussò piano alla porta dello studio, sperando contro ogni evidenza che non ci fosse nessuno per poter tornare al più presto dalla sua Anna. Magari don Sandro era sceso un attimo in chiesa, oppure era andato a parlare con il custode, oppure...

«Avanti!» rispose una voce dall'interno frantumando ogni sua fragile speranza, e Beppe entrò.

Lo studio era una stanza piuttosto grande, e lungo le pareti c'erano librerie cariche di volumi. Al centro un salottino composto da un tavolino basso, due poltrone in pelle scura e due poltroncine più piccole accanto a una radio a valvole in bachelite, che ogni tanto il prete accendeva durante i loro incontri perché nessuno li sentisse. Don Sandro era in piedi nella penombra accanto a una delle due poltrone e fece un gesto a Beppe, invitandolo a sedersi.

«In nome del Padre, del Figlio e dello Spirito Santo, amen» dissero poi quasi all'unisono.

Il prete gli appoggiò una mano sulla spalla: «Parla figliolo, confessa i tuoi peccati».

«Non ho nessun peccato da confessare» rispose il ragazzino, tenendo lo sguardo basso.

«Ne hai appena commesso uno. Hai detto una bugia.»
«Io non dico bugie.»
«Il Signore vede tutto, sai? E ti ha visto giù nei sotterranei. I peccati sono già due, mio caro. Hai pensato ad Anna, e molto assiduamente per aver rischiato di andare fin laggiù. Atti impuri. E poi bugie. Hai detto un mucchio di bugie.»
Beppe trasalì. Da un lato voleva assecondarlo e ammettere quei peccati inesistenti perché tutto finisse il prima possibile; dall'altro, però, le menzogne di don Sandro rinvigorirono il suo odio, e il pensiero di Anna gli diede la forza di ribellarsi.
«La tua mamma ti ha abbandonato, Beppe, e non tornerà mai più a prenderti. L'unica persona che ti vuole bene e che non ti abbandonerà mai sono io. Me lo ha chiesto il Signore, sai? Prenditi cura di quel bambino, mi ha detto, amalo come un figlio perché è solo al mondo. Soprattutto adesso, adesso che...»
E fece una pausa sospirando, come se la notizia che gli stava per dare fosse un dolore anche per lui.
«Adesso che Anna non c'è più.»
Beppe sentì che tutto il sangue gli defluiva fino ai piedi, per poi risalire violentemente alla testa. Ebbe un capogiro, pensò che sarebbe svenuto, poi strinse i pugni per ritornare in sé.
Alzò lentamente il viso su don Sandro e piantò gli occhi sulla tonaca, sul crocifisso d'argento che il prete portava al collo. Non voleva guardarlo negli occhi, offrirgli in pasto il proprio dolore.
«Non è vero...» gli uscì in un soffio. «Anna è viva.»
E solo a pronunciare quel nome, quel nome intriso di tutto il suo amore e di tutte le speranze che avevano la luce bella di un futuro fuori da quell'inferno, gli occhi gli si riempirono di lacrime e il petto iniziò a fargli male come se il cuore gli si stesse spaccando.
«È vero, purtroppo» continuò il prete. «Era molto malata, e le cure non hanno funzionato. Lei era una bambina deboluccia... Ma non ti devi preoccupare, perché ci sono io a consolarti e a prendermi cura di te. E io sono forte. Come te.»

A Beppe sembrò che tutta la stanza iniziasse a girare, veloce, sempre più veloce.
La mano fredda di don Sandro sul suo collo interruppe di colpo quel turbinio. Come mai aveva osato fare, Beppe reagì d'impulso a quel contatto, scrollando la testa come per liberarsi di un insetto disgustoso.
Se non c'è più Anna, io non ho nessuno. Voglio andare da lei, tenerla per mano, non deve avere paura. E finalmente staremo insieme per sempre.
Una raffica di vento spalancò una delle finestre dello studio. La pioggia scrosciante si fece largo nella stanza. Beppe non ci pensò oltre. E si lanciò nel vuoto, fra le braccia di un miraggio.

Capitolo sette

"Oh, Beppe. Piccolo mio, senza di te resterò solo."

Don Sandro non ebbe il coraggio di affacciarsi alla finestra, tornò alla poltrona e ci si lasciò cadere sopra. Con il peso dei suoi peccati, rimpianse di non essere più bambino, di non poter correre da Giacomo per farsi consolare. Ricacciò indietro a fatica i ricordi e si mise a pensare a come uscire da quella situazione.

Avrebbe detto che il ragazzo soffriva da tempo di gravi disturbi psichici, che lui aveva cercato in ogni modo di aiutarlo ma non c'era stato nulla da fare: il demonio aveva vinto. La polizia e la Curia non avrebbero avuto dubbi a credere a questa versione. Lui era uno stimato uomo di Chiesa, dalla reputazione impeccabile. Ma avrebbe tollerato a fatica il trambusto che quell'incidente avrebbe portato all'orfanotrofio. C'era il rischio, anche se remoto, che qualcuno ficcasse il naso dove non doveva. Per esempio, giù al piano interrato.

Oppure... oppure poteva nascondere il corpo e farlo sparire per sempre con la complicità di suor Alessia e suor Jolanda. D'altronde non era la prima volta che succedeva. C'era stato un altro incidente, in passato. Il macchinario del dottore aveva ancora qualche problema di messa a punto, e un ragazzino aveva reagito male al trattamento. Come si chiamava? Aveva quella strana macchia a forma di fragola sulla guancia, era così dolce, ogni volta che lo vedeva gli veniva voglia di mangiarlo di baci.

I suoi pensieri furono interrotti da grida scomposte e rumori provenienti dai piani di sotto, come di cose che cadevano e andavano in frantumi.

Cosa stava succedendo? Qualcuno aveva già scoperto ciò che era appena accaduto?

Stava per alzarsi dalla poltrona quando la porta si spalancò, sospinta da una colonna di fuoco che subito aggredì una delle librerie.

Le pagine avvamparono in un lampo accecante, la carta crepitava e il fuoco si propagava rapido, divorando con voracità un volume dopo l'altro.

Nel volgere di pochi secondi don Sandro si trovò circondato dalle fiamme, un girone infernale. Avvolto dal fumo acre, sentì appena le urla delle suore e dei bambini. Non cercò di scappare. Alzò gli occhi verso l'immagine della Madonna che teneva in braccio Gesù morente, si fece il segno della croce e sprofondò nella poltrona, pronto a raggiungere il suo Giacomo nel regno dei morti. Ma poco prima di morire si rese conto che nell'inferno che lo aspettava c'era soltanto tenebra, e in quel buio lui era solo.

Correndo tra le fiamme, Eva si spinse fino alla stanza in cui era tenuta prigioniera Anna. Dietro la porta chiusa, la bambina piangeva disperata legata al letto. «Sono qui, Anna, resisti, ti prego.»

Eva si aggrappò alla maniglia con tutto il suo peso, ma la porta era chiusa a chiave, non si muoveva di un millimetro. Diede due spallate rimbalzando indietro con violenza, poi si accasciò a terra, singhiozzando anche lei.

«Non possiamo morire così, non è giusto... non è giusto, hai capito, Dio?» Un urlo le salì dalle viscere, primordiale come quel fuoco che ardeva ormai ovunque, misterioso come quel latte che aveva nutrito lei e la sorella, sgorgando dalla pietra il giorno in cui erano nate. Eva era in ginocchio davanti alla porta, le mani strette a pugno, le lacrime le solcavano il viso, e urlava, urlava con tutta se stessa, urlava come una lupa a cui abbiano portato via i cuccioli. I muri del corridoio e il pavimento tremarono in una scossa violenta, tanto che dal soffitto cadde una pioggia di calcinacci, e la porta uscì dai cardini, mandando in pezzi la serratura. La porta finalmente si spalancò. Eva si lanciò dentro la stanza degli orrori. Le fiamme erano divampate anche lì, la scrivania del dottor Elettricista era uno scheletro carbonizzato. Eva agguantò le cinghie che tenevano Anna legata al lettino di ferro e quelle subito cedettero. Anna la guardava senza capire, senza riuscire a reagire.

«Forza, Anna, dobbiamo andarcene subito via da qui.»

La statua della Madonna si abbatté a terra, arsa dalle fiamme, e stava per attirare Eva nel suo rogo, ma lei scattò di lato e riuscì a non farsi colpire.

Prese Anna per mano e la spinse giù dal letto, trascinandola al piano di sopra. Anna la seguiva come un fantoccio, poi crollò a terra esausta a metà corridoio, proprio davanti allo scalone. L'uscita era ancora lontana.

«Anna, ti prego, qui sta cadendo tutto. Io non ti lascio, ma tu mi devi aiutare. Non voglio morire bruciata. Reagisci, forza!» la spronò, guardandola con amore e rabbia.

Anna sembrò risvegliarsi dal letargo. Guardò Villa Nivelli bruciare e portarsi via i suoi amici, inghiottendoli in morse di fiamme senza pietà. Il corrimano della grande scala che portava ai dormitori era una lancia incandescente. Anna fece un respiro profondo e si rialzò, attaccandosi al braccio della gemella. I piedi e le mani erano ancora intorpiditi dal formicolio, ma non c'era più tempo, dovevano scappare via da lì. Urlando dal dolore diede fondo a tutta la forza che aveva dimenticato di avere, e tenendosi per mano le due sorelle attraversarono l'atrio. Come se un manto invisibile le proteggesse, le gemelle non furono colpite dai calcinacci e dalle schegge delle vetrate esplose che come lame avevano attraversato il corpo di suor Jolanda, agonizzante in mezzo all'atrio, inchiodata al pavimento come a una croce.

«Suor Jolanda! È ancora viva, dobbiamo aiutarla!»

«È troppo tardi, Anna. Non ti girare, non guardare nessuno. Dobbiamo uscire subito, subito!»

Anna aveva il volto coperto di cenere, impastata alle lacrime: «Aspetta! Dov'è Beppe? Dobbiamo cercarlo! Non possiamo andarcene senza di lui».

«Non c'è tempo per nessuno, Anna. Pensa a noi. Pensa a te. Corri! Qui viene giù tutto!» E si diresse verso l'uscita, tenendo Anna per mano.

Ma Anna si liberò dalla presa, guardò Eva come se volesse imprimersi il suo viso nell'anima e tornò indietro, in mezzo alle fiamme.

Eva la perdette nel fumo.

Beppe, dove sei? Beppe, resisti, perché adesso siamo liberi. Dobbiamo andare a cercare la tua mamma e vivere insieme a lei, me lo hai promesso.

Mi cresceranno i capelli, e tu non dovrai più vergognarti per le cose brutte che ti fa fare don Sandro.

Giocheremo in un parco tutti i giorni, io pettinerò i tuoi riccioli ribelli e tu pettinerai la mia chioma lunga, vedremo la luce, mangeremo i fichi fino a farci venire mal di pancia.

Non mi lasciare, Beppe. Sei tu la mia famiglia.

Da "Il Giornale d'Italia", 3 luglio 1970:

Tragedia a Villa Nivelli, prestigioso istituto di carità e vanto del territorio, che nella serata di ieri è stato completamente distrutto da un incendio, forse innescato dal forte temporale che ha funestato la zona e provocato numerosi danni. La polizia locale tende infatti a escludere la matrice dolosa e ritiene che l'incendio possa essere stato scatenato da un banale cortocircuito. Di Villa Nivelli rimane ben poco: tutto è stato arso dalle fiamme, tranne una giostrina girevole di metallo, unico ricordo dei giochi che allietavano l'infanzia dei piccoli, sfortunati ospiti della struttura.

Non si registra nessun superstite, tranne una bambina di undici anni di nome Eva, attualmente ricoverata all'ospedale di Potenza con un principio di soffocamento da fumo, già affidata dai servizi sociali alle cure amorevoli della famiglia Nivelli-Bruni, proprietaria dell'orfanotrofio gestito dal com-

pianto don Sandro Pontini insieme a suor Alessia Gianti e suor Jolanda Privitera. Sotto shock i primi soccorritori, che si sono trovati davanti i cadaveri ustionati e martoriati dei poveri bambini, muri crollati, morte e desolazione.
La cittadinanza è in lutto. Resta appunto la giostra, simbolo di un istituto fiore all'occhiello del nostro Mezzogiorno migliore. Che si stringe oggi attorno alla famiglia Nivelli-Bruni, che nell'accogliere l'unica sopravvissuta di questa immane tragedia rinnova la generosità con cui aveva donato agli orfani un luogo dove trovare la protezione dalla solitudine dell'abbandono e il calore di una vera famiglia.

Capitolo otto

Sì, la signora Nivelli odiava Eva.

Era stata costretta a prenderla in casa per un ricatto morale. La ragazzina era l'unica sopravvissuta del terribile incendio che aveva distrutto l'istituto, una povera orfana che ora aveva perso anche l'ultimo affetto su cui potesse contare, la sorella gemella.

Accogliendola in casa sua, Elvira Nivelli si confermava agli occhi degli altri una donna caritatevole. La Contessa in realtà avrebbe voluto dei figli suoi, ma lei e Antonio non potevano averne.

I coniugi avevano deciso di adottarla anche per tenere a bada i suoi ricordi degli anni trascorsi a Villa Nivelli: sorvegliandola quotidianamente avrebbero limitato i danni che la sua testimonianza avrebbe potuto causare. Sarebbe stato uno scandalo, altrimenti.

Per tentare di cancellare i suoi ricordi, un paio di volte al mese la portavano nello studio di quell'uomo che all'orfanotrofio era conosciuto come "dottor Elettricista", anche se sulla targhetta della sua porta c'era scritto "Dottor Vincenzo Candiani, medico chirurgo". Quell'uomo la faceva stendere sul lettino, le metteva degli elettrodi sulla testa e poi il corpo di Eva veniva scosso dalle convulsioni. La bambina, una volta finito tutto, aveva la sensazione che una coltre grigia, simile alla nebbia, le avesse invaso la mente. Ci volevano giorni prima che quella nebbia si dissipasse e i suoi pensieri tornassero chiari e lucidi.

Come se non bastasse, ogni mattina a colazione Elvira e Antonio le davano certe pasticche grandi e amare che la facevano sentire confusa e stordita. «Prendile, Eva, sono vitamine» diceva Elvira. Ogni tanto provavano a farle delle domande sull'orfanotrofio e sulla sera dell'incendio, ma Eva rispondeva sempre che non si ricordava nulla. I Bruni allora tiravano un sospiro di sollievo, il trattamento del dottore funzionava. Era essenziale che la bambina parlasse il meno possibile del suo passato.

Dopo l'incendio infatti erano iniziate a circolare voci su ciò che gli orfani subivano all'istituto. Ma erano dicerie non confermate, che avrebbero finito per essere archiviate come pettegolezzi.

Tra i resti dell'incendio erano stati ritrovati strani macchinari carbonizzati, primo tra tutti l'apparecchio per l'elettroshock, la cui presenza non fu facile da giustificare. E poi catene di metallo risparmiate dalle fiamme, legate alle testiere di alcuni letti. Ma nessun inchiesta venne ufficialmente avviata: i Bruni avevano amici potenti, nelle forze dell'ordine e anche tra i giornalisti, e così la notizia si sgonfiò ben presto. Anche perché nessuno venne a reclamare giustizia: a chi mai poteva importare di quei piccoli orfani?

Eva fu al centro dell'attenzione mediatica solo nei giorni successivi all'incendio: i giornalisti volevano parlare con lei, strapparle una dichiarazione commovente che facesse impennare la tiratura, ma Elvira non permise a nessuno di avvicinarsi alla bambina e durante i funerali solenni, a cui partecipò anche il sindaco, si chiuse in casa, con tutte le imposte serrate. «La bambina è ancora sotto shock, ha bisogno di tempo per riprendersi» diceva a tutti. La gente della città ammirò la sua capacità di proteggere la piccola, e in breve tempo nuove tragedie riempirono le pagine dei giornali, fino a che quello che era accaduto a Villa Nivelli divenne nella memoria di tutti un ricordo lontano.

Eva trascorse i suoi primi anni in casa Bruni sotto gli sguardi attenti di Elvira e Antonio: la controllavano costantemente, ma lei non diede mai alcun problema.

Scivolava nei lunghi corridoi con le pattine, e aveva imparato a rendersi invisibile agli occhi dei tanti ospiti che frequentavano la casa. Era come un fantasma.

Ma nel passaggio dall'infanzia all'adolescenza non si poté più nascondere.

Quando entrava in una stanza, l'atmosfera cambiava. Aveva un magnetismo e un'intensità che non lasciavano nessuno indifferente. Catalizzava immediatamente tutti gli sguardi su di lei, come spilli attratti da un magnete. In particolare il dottor Bruni per lei provava ancora un'ambigua attrazione, che non era mai sfuggita alla moglie fin dai tempi in cui si trovava con sua sorella nell'orfanotrofio. Un motivo in più per odiare quella ragazzina.

Tra le mura di quella casa sontuosa, la matrigna e l'orfana di una fiaba dei fratelli Grimm prendevano vita. Eva si lasciava vestire, pettinare, educare, così come disponeva la signora. Elvira la portava dal parrucchiere una volta al mese per aggiustarle i capelli in un taglio poco sotto le orecchie che Eva detestava, ma sapeva di non potersi opporre. Come non si poteva opporre alle camicie, ai maglioni e alle gonne lunghe, abiti sempre neri o grigi, che la Contessa sceglieva per lei. Erano fatti delle migliori stoffe, i tessuti erano morbidi e caldi, ma sembrava che Elvira sbagliasse sempre le taglie: quei vestiti le cadevano addosso larghi, nascondendole il corpo e facendola sentire goffa.

E negli anni trascorsi in quella casa, mai, mai ricevette una carezza da quella donna, che al massimo le si rivolgeva con la sufficienza che avrebbe riservato a un soprammobile costoso e inutile. Come il nuovissimo televisore in legno laccato di bianco, che Antonio aveva comprato per godersi al meglio *Il buono e il cattivo*, in onda sul Secondo Programma.

Era vero per metà ciò che Eva diceva quando la interrogavano: della sera dell'incendio, in realtà, non voleva ricordare nulla. Quando cercava di tornare a Villa Nivelli con la mente, di visualizzare un dettaglio che l'aiutasse a ricostruire l'accaduto, le tempie iniziavano a pulsare finché non lasciava perdere.

Era sola, senza risposte, nel deserto della mancanza di Anna. Quando il dolore si faceva così forte da mozzarle il respiro, tirava fuori da sotto il cuscino la fotografia con la quale era entrata all'orfanotrofio. Il giorno dell'incendio per fortuna la portava con sé in tasca, e l'aveva risparmiata dalle fiamme. Passava ore intere a osservare quelle due bambine vestite di bianco: le altre persone ritratte non le interessavano, aveva pochissimi ricordi di loro. Ma non avrebbe mai potuto dimenticare Anna.

La mattina veniva seguita da un precettore: i Bruni non volevano mandarla alla scuola pubblica, col rischio che facesse amicizia con qualcuno e si facesse scappare qualche dettaglio su ciò che succedeva all'orfanotrofio. Il suo insegnante era un ex professore di liceo ormai anziano, poco avvezzo a stare coi bambini, che spiegava le lezioni con una voce così monocorde che Eva faceva fatica a non addormentarsi sulla scrivania.

Trascorreva quello che restava della sua giornata in camera a leggere i pochi romanzi che Elvira le prendeva dalla libreria – senza azzeccare mai il genere perché non sapeva quali fossero le letture più adatte a una bambina –, o in cucina insieme alla domestica Tina, l'unica in quella casa che la trattava con una gentilezza un po' ruvida ma che riusciva a strapparle qualche sorriso. Tina però era gravata dai lavori di casa, e aveva poco tempo da dedicarle.

Quando Antonio Bruni rientrava dal lavoro, era forzatamente galante con la moglie. Come se dovesse rassicurarla. Con Eva, davanti a Elvira che non li lasciava mai soli nemmeno per un attimo, era freddo e scostante. Ma quando per sbaglio incrociava il suo sguardo sentiva come se lei potesse leggergli dentro, e subito distoglieva gli occhi, vergognandosi dei tanti segreti che teneva sepolti dentro di sé.

Elvira e Antonio solitamente parlavano poco tra loro, diventavano loquaci solo nelle occasioni sociali: merende, pranzi e cene la cui organizzazione assorbiva gran parte delle giornate della Contessa.

Diversamente, c'erano gli strani incontri del giovedì sera che si svolgevano, sempre a porte chiuse, nel salotto e a cui partecipavano più o meno sempre le stesse persone, in un numero mai superiore a cinque o sei. A volte cambiava qualche ospite, ma c'era una presenza costante: una vecchia signora che indossava sempre eleganti abiti neri di pizzo e degli occhialini dalle lenti tonde e scure.

Una sera, dopo che si furono chiusi nel salotto come di consueto, Eva chiese a Tina chi fosse quella signora. Prima di risponderle, Tina la tirò gentilmente per un braccio portandola in cucina, e dopo essersi guardata intorno per accertarsi che nessuno potesse sentirla le sussurrò: «Dicono che quella parla con i morti!».

A quelle parole, Eva pensò immediatamente a sua sorella.

Le capitava spesso di sognarla, e la vedeva sempre avvolta dalle fiamme. Poi il fuoco si spegneva di colpo e il suo corpo fluttuava incosciente nell'oscurità illuminata solo da un debole fascio di luce. Eva la chiamava, ma Anna si allontanava sempre di più, come se un essere invisibile la portasse via, verso un luogo remoto e irraggiungibile. Da quei sogni Eva si svegliava sudata e col cuore in gola, la mancanza della gemella era uno strazio intollerabile.

«A me fa paura» proseguì Tina interrompendo il filo dei suoi pensieri. «Adesso ti do un po' di latte e cacao e poi fila a dormire, bambina, che la signora non vuole nessuno in giro quando c'è quella.»

Eva salì la grande scala in legno sotto lo sguardo attento della domestica, imboccò il corridoio e arrivò davanti alla sua stanza. Quando fu sicura che Tina fosse tornata in cucina a riordinare, aprì la porta e la richiuse con forza senza entrare, quindi rimase in attesa nel buio del pianerottolo. Quando sentì Tina ritirarsi nella sua camera al pianterreno, si tolse le scarpe e ridiscese le scale con passo leggero.

Giunta davanti alla porta del salotto, la fissò per qualche istante non sapendo bene cosa fare. Poi si decise, la aprì lentamente ed entrò nell'anticamera, che era immersa nell'oscurità.

A tentoni e facendosi largo tra i cappotti arrivò davanti all'altra porta e con cautela aprì uno spiraglio per sbirciare dentro. Sette persone, tra cui la vecchia signora in nero e i coniugi Bruni, erano sedute attorno al tavolo tondo di ciliegio e formavano una catena con le mani.

Un uomo con i baffetti ingialliti dal tabacco stava dicendo: «Laura, mia moglie si chiamava Laura...».

La vecchia signora pronunciò con voce stranamente potente una formula in una lingua che Eva non conosceva. «Laura, Laura mi senti?» disse poi con gli occhi chiusi, disegnando con la testa dei piccoli cerchi nell'aria. «Laura! Dammi un segno della tua presenza!»

Poi ebbe un sussulto e alzando il mento disse: «Eccola, la sento, è qui!».

«Dov'è? Dov'è?» disse l'uomo con il labbro che gli tremava.

«È proprio accanto a te, alla tua destra, e ti tiene una mano sulla spalla.»

L'uomo sgranò gli occhi incredulo. Voltò piano la testa a guardarsi la spalla, con un'espressione di desiderio misto a terrore.

Fu a quel punto che la porta si spalancò di colpo. L'uomo balzò sulla sedia come se fosse esplosa una bomba, portandosi una mano al cuore. Ma invece della trapassata coniuge nella stanza apparve Eva, in tutta la sfrontatezza dei suoi quattordici anni.

Non degnò di uno sguardo i presenti, che la fissavano attoniti, e puntò gli occhi sulla vecchia signora: «Voglio parlare con mia sorella».

Senza interrompere la catena formata dalle mani, Elvira Nivelli sibilò, gonfia di astio come un ragno velenoso: «Eva! Chi ti ha dato il permesso di entrare? Maledetta ragazzina! Torna subito in camera tua!».

Senza scomporsi minimamente Eva non distolse gli occhi dalla vecchia signora e ripeté, ancora più decisa: «Voglio parlare con mia sorella».

Poi appoggiò le sue mani su quelle della vecchia.

Dentro di sé sapeva che sua sorella non era morta. Erano gemelle, lo sentiva.

Ma voleva una conferma per poterla ritrovare.

Una scossa elettrica attraversò quella catena umana e la finestra che dava sul giardino si spalancò. I vetri esplosero e grida infantili presero a rimbalzare tra le pareti della stanza come biglie impazzite.

La lampada nell'angolo iniziò a sfrigolare e nell'oscurità intermittente apparvero i volti degli orfani bruciati dalle fiamme. Tommasino, Priscilla, Mimmo.

Come fossero seduti sulla loro amata giostrina, i volti dei bambini iniziarono a girare intorno al tavolo sempre più veloci, sovrapponendosi incorporei e urlanti alle facce terrorizzate dei presenti.

«Dov'è mia sorella?» chiese Eva come se la cercasse fra quei volti.

Poi staccò le mani di colpo e tutte quelle piccole anime si riversarono in lei, facendola crollare a terra svenuta.

Dopo averci tanto provato, ecco, finalmente è tornata. È a Villa Nivelli, ed è la sera del 2 luglio. Distesa a occhi aperti sulla branda scomoda, Eva aspetta di sentire in corridoio i passi strascicati di Beppe, di ritorno dalla visita a don Sandro. In mezzo alle grida del vento, percepisce un tonfo sordo, come di qualcosa che cade da una grande altezza. Non sa perché, ma quel suono le fa accelerare i battiti del cuore, un sudore freddo le affiora alla fronte, la nausea si impadronisce di lei. Per qualche minuto non succede nulla, poi sente le voci di suor Alessia e suor Jolanda che confabulano in corridoio, e suor Jolanda che piange.

Eva si alza ed esce, va verso le scale, vuole salire nello studio di don Sandro.

«Ferma! Vieni qui, tu, nessuno si muove dal letto.» Suor Alessia le è addosso e la prende per il braccio.

«Dov'è Beppe?»

«Non sono affari tuoi, torna immediatamente a letto.»

«Voglio sapere dov'è Beppe, vado a cercarlo.» Eva cerca di liberarsi dalla stretta, ma suor Alessia le stringe il polso più forte

e con l'altra mano le afferra le trecce, la spinge a terra: «Ho detto ferma!».

Eva, in ginocchio sul pavimento, alza lo sguardo su di lei.

La fissa, e un formicolio invade la testa della suora, proprio nel punto in cui l'attaccatura dei capelli esce scomposta dal velo. La religiosa allenta la presa per toccarsi e una vampa di calore le esplode sul viso. Non sente più nulla. Non vede più niente. Indietreggia urlando, invocando aiuto, ma scompare divorata dalle fiamme. Eva guarda quel corpo diventato un tizzone ardente. Chiude gli occhi.

È stata lei a dare origine all'incendio.

Lei aveva ucciso suor Alessia.

Lei sapeva come distruggere, ma non come salvare. Non poteva fare nulla mentre il fuoco divorava le tende, i mobili, la carta da parati. Tutto veniva giù come briciole sul pavimento incandescente. Non provò sollievo, non provò nulla. Se non quando sentì le grida dei bambini e realizzò che stava distruggendo anche quelle piccole anime, innocenti come lei.

Eva spalancò gli occhi. Era nel suo letto, ma percepiva qualcosa di diverso. Sentiva un odore acido di medicine. La testa le girava, le gambe sembravano un macigno. Provò a mettersi seduta, ma qualcosa inchiodava il suo corpo al materasso.

«Ti sei svegliata finalmente. Sono due giorni che dormi» le disse brusca un'infermiera aprendo la porta e uscendo subito dopo.

Elvira Nivelli arrivò dopo qualche minuto, avvolta nella sua vestaglia di seta rossa. Appoggiò sul comodino una tazza fumante e con calma chiese all'infermiera di lasciarle sole. Poi si sedette sul letto, alla giusta distanza, con poca disinvoltura.

Non era mai stata al capezzale di nessuno figuriamoci del pericolo. Eva non le staccava gli occhi di dosso. Era prigioniera in quel letto.

Elvira era sedotta dal male e dalle infinite declinazioni che quella ragazzina poteva offrirle. Ma nello stesso tempo la temeva. E in bilico fra quelle sensazioni decise di studiarla e di provare a domarla.

«Hai avuto una crisi epilettica. Ti dobbiamo tenere qui, sedata, per curarti. Per capire che cos'hai.»

Eva era pallida, magrissima, sotto le coperte il suo corpo era un ramoscello pronto a spezzarsi. Eppure lo sguardo che rivolse a Elvira fece sobbalzare la donna e la voce con cui le parlò non aveva più nulla di infantile. Era una voce decisa, profonda, conteneva l'eternità della roccia, e aveva la sua stessa durezza. Eva ormai sapeva la verità, non sarebbe mai più stata una semplice bambina. Ammesso che lo fosse mai stata davvero.

«Puoi farmi ciò che vuoi. Ma tanto i miei amici adesso sono qui con noi e non ci lasceranno mai.»

La signora Nivelli sbarrò gli occhi, indietreggiò inciampando fino alla porta e chiamò il marito gridando.

Poi si rivolse all'infermiera.

«Raddoppiate le dosi.»

Infine la guardò sorridendo. Se proprio non poteva sopraffare quel pericolo, doveva sfruttarlo.

Capitolo nove

Sette anni dopo, da qualche parte

«Mamma, ma non si fa peccato a stare qui? Dicono che i poteri glieli dà il diavolo in persona. Ho un po' paura.»

«Gioia mia, vuoi o no che Paolo torni da te? Lo sai: l'unico che può farti il miracolo è zio Michele.»

«Nella Prima lettera ai Corinzi si dice: aspirate pure ai doni dello Spirito, soprattutto alla profezia» intervenne un'anziana suora in fila dietro di loro, abbassando il libro di preghiere che stava leggendo. E proseguì: «Chi ha i doni delle lingue deve interpretarle».

«Le lingue? In che senso?» chiese la madre.

«Certi doni, chiamiamoli poteri, cosa sono se non lingue che nessuno conosce e che solo pochi possono interpretare?» disse ispirata la religiosa.

«Eh certo, certo» confermò la madre, in verità senza aver capito fino in fondo. Ma era stremata dalle pene d'amore della figlia e ben contenta di sapere che in qualche modo quel mago lucano era giustificato da Dio. «E se il dono te l'ha dato Dio sei una persona buona, non Satana.»

«Sei un carismatico» disse un'altra persona in fila.

«Ma che dici?! I carismatici si nascondono. Non fanno mettere la gente in fila» disse qualcun altro mentre la discussione prendeva forma e sostanza, anche per far passare quel tempo infinito di attesa.

«E allora zio Michele cos'è? Lui combatte il demonio. Il potere chi gliel'ha dato?»

E tutti guardarono la suora.

«Lei, ad esempio, madre, non sarebbe qui se non sapesse che zio Michele agisce per conto di Nostro Signore, è uno strumento della Sua volontà.»

Il chiacchiericcio s'infittì e aumentò di volume, fino a quando una vecchina, tutta curva e con al collo un filo di perle finte, sbatté a terra il bastone nodoso.

«Ma statev' citt. Che ve ne futt a vuij. Io sò ignorante, non mi intendo di Corinzi, lingue, carismatici... tutte cose da signori che hanno studiato. Chi glieli ha dati i poteri glieli ha dati, semplice. Qui c'abbiamo tutti nù problem'. C'avet nu problem? I medici n'hann capisciut? I pret vann aiutato? Ennò. E allora? Questo qui ci salva a tutti quant'. Per me è chiù forte di un santo. È nu masciaro.»

E la folla, a quel punto, tacque concordando all'unanimità.

Da qualche parte nel bosco, ai piedi delle Dolomiti lucane, una processione di infelici, malati e bisognosi si dirigeva in silenzio alla cascina di zio Michele, il contadino miracoloso, il guaritore. Tutti afflitti da qualche malessere: patemi d'amore, dolori, lutti, insonnie, sfortune attribuite al malocchio, malattie, sterilità.

Per ogni problema zio Michele aveva una soluzione. La sua fama arrivava lontano, a tal punto che, nelle file interminabili e ordinatissime che si creavano, si potevano trovare operai e imprenditori, semplici preti di campagna e monsignori e perfino persone ricche e istruite, che si camuffavano per non essere riconosciute.

La regola da zio Michele era chiara: davanti a lui, un po' come davanti a Dio e alla legge, tutti erano uguali. Nessuno poteva accedere a una corsia preferenziale.

«Per andare in Paradiso non serve il conto in banca» usava dire.

E visto che i guai li risolveva davvero, nei suoi confronti c'era sempre indulgenza. Sui suoi modi, sui tempi, perfino sulle sue reazioni. A volte si innervosiva e diventava sbrigativo, oppure capitava che fosse troppo debilitato e stanco e facesse rimandare tutti a casa dalla ragazza che viveva con lui e gli faceva da assistente.

Qualcuno diceva che quella misteriosa ragazza fosse una nipote orfana arrivata dal Nord, qualcun altro che in realtà fosse la giovanissima amante dell'uomo la quale, in cambio della garanzia di una vita al sicuro dalla fascinazione, ricambiava il favore in devozione. I bisbigli su quei due si sprecavano, ma nessuno osava dire alcunché a voce alta, per paura di attirare su di sé qualche maledizione.

«Statev' citt' che quid v' sent!», «Statevi zitti che quello vi sente!»

Le fantasiose ricostruzioni sulla presenza di quella ragazza in casa – che poteva sia essere sua figlia che non esserlo – non si sarebbero mai messe a tacere, perché la curiosità non si accontenta mai di risposte semplici. E in quel caso, dal momento che tutto ciò che riguardava zio Michele era circondato da un alone di stranezza, nessuno si voleva arrendere alla più normale delle spiegazioni; era come voler cambiare il finale di un vecchio film sperando, di riflesso, di modificare la monotonia della loro vita sempre uguale.

Se quella situazione, in altri casi, sarebbe apparsa sconveniente, quando si trovavano di fronte quella ragazza, così docile, tutto sembrava semplice e naturale.

Lei era lì perché così doveva essere.

A ogni modo, era tenuta in grande considerazione dai contadini e perfino dalle forze dell'ordine. Perché tutti, prima o poi, avevano bisogno di zio Michele.

La ragazza portava sempre un fazzoletto nero in testa, perché aveva il volto e parte della testa coperti di cicatrici da ustioni. In quel viso sfigurato, i grandi occhi verdi come la giada scintillavano di una saggezza mistica.

Quando fu il turno della madre che accompagnava la figlia abbandonata dal fidanzato, zio Michele la chiamò.

«Anna, tocca a te.»

Lei si fece avanti esitante, le due donne la guardavano con un misto di timore e ammirazione, la ragazza poteva avere al massimo diciotto anni, la sua stessa età. Ad Anna bastò sfiorarle la mano sinistra per capire cosa si agitasse nel suo animo. Desiderava che il suo innamorato tornasse da lei, mesi prima l'aveva lasciata per un'altra. Anna non aveva mai conosciuto l'amore. Ogni notte, prima di addormentarsi, pensava a un ragazzino coi capelli ricci e gli occhi scuri, l'aria ribelle. Beppe. Ma Beppe era morto.

«Hai portato qualcosa di suo?»

«Ho questi, glieli ha tagliati mio cugino, lavorano insieme» mormorò la ragazza porgendo timidamente un piccolo sacchetto di tela che conteneva una ciocca di capelli biondo scuro.

Anna prese una grossa arancia da un vassoio sul tavolo, accese una candela e lasciò colare la cera sopra il frutto, come se lo ricoprisse di glassa. Con un coltello forò la buccia, e in quel pertugio infilò la ciocca di capelli dell'amante fedifrago. Poi avvolse l'arancia in una guaina di spago, facendola ruotare lentamente. Una volta che lo spago la ricoprì interamente, estrasse da una madia il cestino da lavoro. Da lì prese dei piccoli spilli, che con delicatezza prese a conficcare nell'arancia, pronunciando una formula in una lingua che le due donne non compresero.

Completato l'incantesimo, affidò il frutto alle mani trepidanti della ragazza: «Quando arrivi a casa, mettila sotto il materasso, e poi dimenticatene. Vedrai, lui tornerà presto. Perché è legato a te, come lo spago all'arancia».

Sette anni prima, in quella maledetta notte di luglio, zio Michele aveva avuto una delle sue premonizioni. Ci era nato, con quel dono che a volte era una benedizione e molte altre una condanna.

Durante la guerra, anche se era solo un ragazzino, fu preso di mira dai tedeschi arrivati in Basilicata. Qualcuno doveva aver raccontato di questo Michelino, che "sentiva" le persone, forse un gruppo di paracadutisti italiani.

I nazisti pensavano che gli italiani avessero tradotto male, ma lo mandarono ugualmente a chiamare e provarono a capire se fosse una spia, più che un sensitivo.

E lui, che proprio intelligente non fu mai, ma furbo di sicuro, fece finta di essere tonto, di non capire, di non sapere, di non avere nessun guizzo nemmeno per essere un infiltrato, e i tedeschi, che non avevano tempo da perdere, lo lasciarono andare.

La notte, il più delle volte, scivolava nelle campagne alla ricerca di qualche ferito, e lo curava. Partigiano o nazista che fosse: non gli interessava capire da che parte stesse, per lui era obbedire alla sua missione.

La sua fama in quei luoghi diventò anche per questo, ben presto, leggenda.

Ecco perché quella notte di luglio zio Michele aveva visto fiamme, bambini che bruciavano, aveva udito il loro pianto disperato e le urla. In piena notte si era incamminato senza una meta, sperando che il suo fiuto infallibile e quell'istinto che nemmeno lui riusciva a spiegarsi lo conducessero fino al luogo della tragedia.

Vagò a lungo e, quando arrivò, era troppo tardi. In quell'edificio ridotto a una landa arida erano tutti morti, tranne una bambina, rannicchiata come una conchiglia sulle proprie ferite, che respirava a malapena. I vestiti bruciati le si erano fusi al corpo. L'uomo la avvolse nella sua camicia e la trasportò a casa.

Non pesava niente quel corpicino, adagiato fra le sue braccia come se fosse cullato per la prima volta.

Zio Michele pianse tutto il tragitto invocando la Madonna di non fargliela perdere.

«In cambio mi metto più al tuo servizio, lo giuro» disse invocando il cielo più e più volte, alternando le preghiere alla ninna nanna e pensando che quel giorno, dalla terra, era arrivata la sua bambina.

A casa si dedicò anima e corpo a farla guarire. Si chiuse dentro la cascina e non si fece vedere più per un bel po', se non quando usciva a cercare provviste. Curarla era la sua delizia e il suo tormento.

La bambina, quando si riprese, alimentata con pazienza con erbe e decotti, si guardava attorno come un uccellino che aveva smarrito il suo nido.

Urlava dal dolore quando zio Michele le cambiava le bende per disinfettarla e ogni volta lui soffriva come se stesse provando lo stesso strazio.

I primi giorni furono terribili, più volte ebbe la sensazione che la piccola fosse sul punto di morire. Ma qualcosa in lei lottava ostinatamente per rimanere in vita.

Durante la notte poggiava la testa vicino a lei per controllarle il respiro. E quando rimaneva in ascolto poteva distinguere dei nomi, che la piccola pronunciava ripetutamente.

Due, soprattutto. E non smise mai di sognarseli. Beppe ed Eva.

Dovevano essere stati molto importanti per lei. Ma non osò chiederglielo mai.

La piccola sembrò ritrovare un po' di vigore quando zio Michele le portò un cucciolo di cane bianco, trovato proprio fuori dalla cascina.

«Pure lui è solo, vedi. Gli vuoi fare compagnia?»

Si accucciava ai piedi del letto, in attesa che la bimba si riprendesse, ogni tanto le leccava le mani.

Fatto sta che la guarigione accelerò da quando la bestiola era arrivata nella loro vita.

Zio Michele tuttavia non poté fare nulla per le ustioni sul viso e su parte della testa, se non alleviarle il dolore con infusi di erbe.

E il giorno in cui si accorse che le piaghe, simili a cicatrici, sarebbero rimaste per sempre sul suo viso eliminò tutto ciò che in casa avrebbe potuto riflettere la sua immagine.

Per il resto a poco a poco anche il dolore passò, e Anna prese a vivere con zio Michele affezionandosi a lui come se fosse qualcosa di molto simile a un padre.

Che poi il confronto non lo poteva fare, perché lei, un padre, non l'aveva mai avuto. Ne aveva però visti alcuni di passaggio all'orfanotrofio quando c'erano le visite, ma in genere non parlavano mai.

La prima volta ne aveva guardato uno per tutto il tempo senza mai staccargli gli occhi di dosso, perché voleva vedergli fare un gesto da papà.

Ma quello si era sentito a disagio per quel suo sguardo insistente e aveva cambiato stanza.

Malgrado il legame che tra i due diventava sempre più forte, Anna non volle mai raccontare nulla del suo passato, e lui non la forzò.

Ben presto fu chiaro perché quella notte di luglio l'uomo aveva avuto la visione dell'incendio: Anna aveva un dono, proprio come lui. Riusciva a leggere nella mente e nel cuore delle persone senza bisogno di parole, bastava solo che le toccasse. Proprio come zio Michele, era una predestinata, ma anche una reietta della società. Perché in segreto tutti si rivolgono ai maghi, ma nessuno vuole rivelarlo.

Sarebbe un segno di debolezza. Nessuno frequenterebbe mai persone così stravaganti.

La ragazzina cresceva, malgrado il volto sfigurato si faceva sempre più bella e quel suo corpo di donna, in quella convivenza, era impossibile non notarlo.

E poi, per quanto zio Michele le volesse bene come un padre, quel legame di sangue non c'era davvero. Così, quando una sera notò, attraverso la camicia da notte, i piccoli capezzoli della ragazzina, irrigiditi dal freddo, decise che avrebbe dormito all'aperto. Si era fatto alla bell'e meglio una capannuccia con un tetto di canne di bambù e trascorreva la maggior parte del tempo in cui erano soli là dentro, per darle la possibilità di gestire i suoi affari da femmina, senza imbarazzi.

Quando le erano venute le mestruazioni aveva sentito un urlo provenire dalla cascina. Era subito corso dentro e l'aveva trovata mortificata, con le mani indaffarate nel ripiegare tutto in fretta per non mostrargli la vergogna del lago di sangue. Aveva strappato un lembo di lenzuolo e se l'era messo fra le gambe a mo' di tampone. Anna aveva capito che si doveva trattare di qualcosa che accadeva quando non sei più bambina, perché una volta, all'istituto, aveva visto una macchiolina sulla tonaca di suor Jolanda. E quando gliel'aveva fatta notare lei si era schiacciata al muro e le aveva detto:

«Capita quando diventi grande. È la condanna di essere femmine.» E aveva malamente cacciato tutta la folla di bambini che si era fermata a guardarla, impressionata.

Ecco, zio Michele invece sapeva esattamente cosa stava succedendo, ma non aveva il coraggio di chiederle nulla, mentre la guardava con tutta l'arrendevolezza possibile. Le fece tenerezza una piccola donna così, sola, senza altre femmine ad aiutarla, a spiegarle.

Così richiuse la porta, si infilò un filo di erba nei denti e ciancicandolo si avviò verso casa di Commà Teresa su a Pietrapertosa.

Ritornarono dopo qualche ora, e trovarono la casa tutta in ordine. I panni stesi. Anna doveva già averli lavati per bene nella tinozza in giardino.

Commà Teresa entrò e fece segno a zio Michele di lasciarle sole. E quando arrivò la notte lei uscì, con lo scialle sulle spalle ossute, e gli disse:

«Puoi portarmi a casa. È proprio una brava ragazza. Non se lo merita di restare qui, fra le chiacchiere della gente, a crescere come un animaletto. Ogni tanto mandacela da noi, che facciamo le chiacchiere buone e le cose da femmine. Magari le insegniamo qualcosa che le può essere utile per il suo avvenire. Non solo a cucinare le erbacce puzzolenti che le fai mangiare tu. Ma pure a cucire. Insomma, mandamela eh.»

Zio Michele annuì. E pensò che fosse giunto il momento. Non solo per mandarla in paese a stare in mezzo a quelle donne, ma perché lei andasse incontro al suo vero destino. Aspettò qualche giorno, in modo che quelle cose rosse sparissero, perché sapeva che la sfinivano, e poi le chiese di seguirlo. Le fece preparare delle sacche con provviste e due coperte e se le caricò sulle spalle.

«Vuoi mandarmi via perché ho sporcato le lenzuola?»

Zio Michele sorrise, inseguito da quel fuscello che riempiva la sua ombra, alle spalle, e non rispose.

Poi, arrivati in prossimità di un torrente, davanti alle cascate, si fermò, e le fece segno di sedersi.

Restarono così, in silenzio, in quella giornata in cui il vento smuoveva tutto, anche le domande.

E in quel silenzio cercò le parole. Perché lui quelle cose le aveva sentite crescere, ma non sapeva proprio come spiegargliele.

E dopo tanti anni, da quell'ultimo pianto in cui l'aveva condotta in salvo fra le sue braccia, deglutì, come per rimandare indietro una commozione, e la guardò profondamente.

«Il tuo destino non è sapere come si usano le erbe, come si toglie il malocchio. Lo sai, vero?»

Anna guardava di fronte a sé, ipnotizzata dal corso di acqua della cascata, che si divideva in due su una roccia.

«Che fai, Anna, mi ascolti?»

Anna aveva chiuso un occhio, inclinato la testa e con il dito ripassava i contorni di quella forma.

«Sembra il volto di Maria con il velo. Guarda, zio.»

«Ti sto parlando, Anna. Sei una bambinetta» le disse innervosendosi. Non sapeva come rivolgersi a una bambina per dirle cose così importanti.

Così la prese di forza, costringendola ad alzarsi, e la spinse dentro l'acqua.

«Avrò sentito sì e no due parole in tutta la mia vita da mio padre e mia madre, eppure con i gesti mi hanno insegnato tutto ciò che so. Ecco qui. Basta parole.»

L'acqua del torrente era gelida, e i piedi di Anna diventarono quasi pietrificati dal freddo, ma lei soffocò in un moto di orgoglio la voglia di tornare sul greto e si lasciò guidare dalla voce di zio Michele, stringendo i piccoli pugni.

«Ascolta» le disse lui, e poi: «Guarda».

Lei dapprima ascoltò il rumore del corso dell'acqua infrangersi sulle rocce tutt'intorno. Contrasse la vescica per trattenere l'impulso di fare la pipì, e quasi voleva dirglielo a zio Michele che era l'unica cosa che sentiva.

Poi però chiuse e riaprì gli occhi. Più e più volte. E ogni volta che li riapriva riusciva a vedere quello che stava dietro alle cose, l'abito invisibile che le rendeva vive e che a parole non si poteva spiegare.

Povero zio Michele, pensò Anna, così profondo e nero, come un pozzo da cui non si esce più.

Sul fondo del torrente, accanto ai suoi piedi, si stendeva

il riflesso del cielo e le nuvole che si rincorrevano. Sembrava fumo distante.

Anna allargò le braccia, iniziò a muovere le dita dei piedi, non più intorpiditi. Il sole posato su di lei sembrava ora lava che si ferma sull'acqua e si arrende alla sua potenza.

Il fuoco si spegne con l'acqua, pensò.

Il fuoco che tutto distrugge si può fermare con l'acqua. E allora capì.

Io sono acqua.

Zio Michele poteva sentire i pensieri di Anna, senza nessuna pozione o senza nessuna magia.

Era un battesimo quello, era il battesimo di Anna che diventava lo strumento con cui domare il fuoco.

Si affiancò a lei e la trovò in lacrime.

«Se solo avessi avuto l'acqua, avrei spento l'incendio e ora sarebbe tutto diverso.»

«Indietro non si torna. Però questo è il tuo dono. Tu sei buona, Anna. Userai il tuo dono per fare cose buone, per salvare. Non per distruggere.»

Anna aveva capito. Aveva anche capito di avere un dono così profondamente diverso da quello di sua sorella Eva.

Le lacrime di Anna caddero come spilli sull'acqua formando dei piccoli cerchi. E i suoi grandi e inconfessabili dolori, come lava, si scioglievano via dal suo petto per essere purificati in quella sorgente.

In Anna si sedimentò, dopo quella iniziazione che fu quasi una rinascita, la convinzione che tutti quegli insegnamenti l'avrebbero condotta verso un'altra verità. Che lei fosse destinata ad altro, e che quella casa e zio Michele fossero in realtà un passaggio. Un traghetto verso un'altra sponda.

Ma immaginarsi in un altro luogo a lei faceva solo un grande spavento.

Cresceva mite, paziente e taciturna. Al suo fianco c'era sempre Alice, il cane bianco apparso la notte in cui era arrivata alla cascina di zio Michele.

Zio Michele si era opposto al nome: «Alice è il nome per una persona, non per un cane».

«Alice è pure il nome di un pesce allora, più che di una persona» gli aveva risposto lei.

E poi aveva insistito perché quel nome le ricordava Alice Cascherina, la favola di Rodari che leggeva sempre all'orfanotrofio e che la faceva ridere come se le facessero il solletico.

A lei e a Beppe quanto piaceva quel nome, Cascherina. La bambina che cadeva sempre e dappertutto. Proprio come quel cane che quando era piccolo sbatteva da tutte le parti e inciampava sugli scalini.

Erano stati pochi i momenti felici nel suo passato. Ma quei pochi li voleva sigillare da qualche parte. Anche in un nome, se necessario.

Il passato per Anna era un dolore da dimenticare e così i giorni, i mesi e gli anni trascorsero mentre il suo dono veniva perfezionato e rivolto ad alleviare le sofferenze altrui.

Lei e zio Michele sopravvivevano grazie alle provviste portate da chi chiedeva il loro aiuto. E poi vendevano la frutta e la verdura dell'orto, e quello che riuscivano a ricavare dal piccolo uliveto.

Quello sì che aveva saputo insegnarglielo. A piantare le zucchine, i pomodori. A bagnare la terra, a raccogliere le olive invece di starsene appollaiata sotto gli alberi sventolando qualche rametto. Ma soprattutto gliel'avevano insegnato le comari al paese.

«Oh, finalmente ti ha fatto venire zio Michele!»

«Guarda quanto sei carina! Però quel ciuffo davanti agli occhi dobbiamo sistemarlo.»

Anna usava, per nascondere le cicatrici, delle strisce di stoffa annodate sulla testa e lasciava fuori quell'unica onda di capelli che le era rimasta.

Ma il risultato era goffo e disordinato. Commà Teresa la fece sedere sulla sedia di fronte a sé. E quando si avvicinò, per mettere le mani sul suo capo e prendersi cura di lei, Anna si sentì turbata per quel calore improvviso che non sentiva più da anni.

La donna le aveva sciolto quell'acconciatura, senza darle l'impressione di provare disgusto per il suo volto sfigurato a metà, per quei capelli radi che le incorniciavano il volto. E insieme con le altre comari, fra le risate e i racconti quotidiani contro i propri mariti, le consegnò un turbante fatto da loro, con degli spilli rossi e celesti per tenerlo bene annodato.

Quella specie di cappello sarebbe stato, per tutta la vita, la sua divisa.

«Mi insegnate a cucire?» aveva domandato. E loro, orgogliose di avere qualcuno a cui tramandare la propria arte, le dedicarono tempo e sapienza contadina.

E fu da loro, sedute sulle seggioline fuori dalle porte di casa, allineate come grani di un rosario, che imparò a farsi volere bene.

Capitolo dieci

Zio Michele era un uomo complesso, sfuggente. Caustico con i potenti, ma anche protettivo e generoso con la povera gente. Le donne si innamoravano perdutamente di lui, come se fossero vittime di un incantesimo, e alcune si straziavano dopo che lui le abbandonava. Anna aveva dovuto imparare a preparare per loro un filtro capace di liberarle dalla morsa di quell'amore non corrisposto.

La verità era che nel cuore di zio Michele non c'era spazio per un nuovo amore. Non era mai stato padre e neppure marito, ma quella ragazza che aveva salvato quando era ancora una bambina possedeva un dono che per lui era più importante persino dei suoi poteri magici. Gli aveva insegnato ad amare.

La loro vita insieme era scandita dall'abitudine: non solo la cura della casa e dell'orto, ma soprattutto la cura delle anime. Le persone bisognose di aiuto venivano da tutto il Sud Italia, richiamate dalla fama dell'uomo dei miracoli e della ragazza misteriosa che viveva con lui.

Le uniche pause che Anna si concedeva dal "lavoro" erano dedicate alle passeggiate nel paesino arroccato di Pietrapertosa. Era il momento in cui si ricaricava, lontana da tutti i disperati che affollavano la cascina. Era come se quelle pietre inanimate la cullassero, si prendessero cura di lei, fra i labirinti che si dipanavano fuori dalle abitazioni. Percorrere quelle stradine tra le case le dava l'impressione di immergersi nella vita normale, che a lei era sempre stata preclusa. Abitare lì l'avrebbe fatta sentire meno isolata, rispetto alla cascina di zio Michele circondata da boschi e solitudine. Le sarebbe piaciuto andare ad abitare in una casa come quella delle comari.

In quella cerimonia tutta sua, quando non si voleva fermare con loro a chiacchierare, Anna si sedeva su uno dei picchi a oltre mille metri, tra le braccia delle Dolomiti lucane, sospesa tra le pietre e il cielo. Seduta su una sella rocciosa, le sue gambe penzolavano nel vuoto, e lei si toglieva il turbante dalla testa, per godersi la carezza del vento. Quello era il punto più alto della terra, una specie di confine immaginario che la separava dalle sue mansioni quotidiane.

Da quella posizione guardava i panni stesi sui fili, tra le finestre delle case scavate in mezzo alle rocce. Seguiva con gli occhi l'ondeggiare pigro di lenzuola, tovaglie, pantaloni dei contadini, della biancheria immacolata delle donne di casa.

Ogni tanto una mano femminile si sporgeva dalla finestra per ritirarli in casa. La voce di un bimbo irritato richiamava l'attenzione della madre, e la mano si muoveva più in fretta.

Il filo restava vuoto, una comoda altalena per gli uccelli che volevano riposarsi.

Anna col dito, come d'abitudine quando voleva vedere oltre le cose, tracciava i profili delle abitazioni e delle montagne e si chiedeva se un giorno avrebbe posseduto anche lei una casa normale. Se sarebbe mai diventata qualcosa di diverso dalla masciara figliastra di zio Michele, la guaritrice.

Per quanto volesse restare sola, sentiva sempre i passi di Alice avvicinarsi. Era l'unica ammessa in quel rituale di solitudine. E comunque non avrebbe potuto fare altrimenti, la bestiola non l'avrebbe mai lasciata sola. Sembrava una sentinella mandata da qualcuno a proteggerla, pronta a ringhiare semmai si fosse avvicinato un pericolo.

In quei momenti tutti per lei a Pietrapertosa rifletteva sulla sua vita. Lei era ormai un'esperta di fascinazione, tuttavia ne era anche annoiata. Fare del bene scalda l'anima, se credi davvero di alleviare dei traumi. Ma in quegli anni si era accorta che la maggior parte delle persone era vittima della superstizione.

«Quando non hanno niente, di' loro che hanno la fascinazione» le spiegava zio Michele.

«Ma non è una bugia?»

«Scommetti che si sentono meglio? Prima del corpo è la mente che ha bisogno di cure.»

Non c'era nessun malocchio nelle loro vite, ma quella menzogna effettivamente li acquietava.

«Sono ammaliata?»

«Sì, lo sei» diceva Anna, poi faceva il segno della croce con l'indice e il pollice sulla fronte della disgraziata di turno da curare e ripeteva le sue formule.

«Affascene ca vaie pe cie trouce a Ccriste pe Mmarie...»

Poi abbassava la voce e riprendeva il suo tono solenne verso il finale:

«Chi t'adda sfaceva? U padre, u figlie e lu spiriti sande.»

I tizzoni nel camino scoppiettavano e zio Michele approfittava per dire che era un segnale. Nessuno, infatti, aveva il coraggio di mettere in discussione le sue parole.

Benché Anna fosse grata al destino di quella nuova vita, delle ore trascorse con le signore del paese, le mancava la scuola, le mancavano le lezioni all'orfanotrofio, imparare cose normali.

Le mancavano i libri di seconda mano che ogni tanto i visitatori portavano ai bambini. Lei leggeva con Beppe soprattutto le favole di Rodari. Le aveva imparate a memoria e ancora oggi, da adolescente, poteva ricordarne alcuni passaggi.

Così aveva iniziato a chiedere ai pazienti se oltre al cibo e a qualche indumento potevano portarle dei libri. E lo chiedeva soprattutto a chi veniva dalla città: li riconosceva dalle stoffe che indossavano, velluto morbido o seta.

«Sai leggere?» le chiedevano stupiti, e lei si mortificava.

«Certo» rispondeva. Ed era anche brava per tutto l'allenamento che aveva fatto in orfanotrofio, anche perché era l'unica cosa che potevano fare.

Tuttavia aveva impiegato dieci mesi a finire *Cime tempestose*.

Ma attraverso Emily Brontë aveva imparato l'amore. Si era innamorata segretamente di Heathcliff. Era un orfano, e da piccolo era scontroso e selvatico, con una massa di capelli scuri e ricci... le ricordava Beppe.

Grazie a quel libro aveva scoperto che a distruggere gli uomini non erano solo la povertà, la solitudine o il peccato. Ma anche l'amore, che provocava gelosia e sete di vendetta.

Oh, come avrebbe voluto riportare in vita Catherine, perché lei e Heathcliff potessero stare insieme!

A furia di leggerlo – con il respiro spezzato, infilando la testa sotto il cuscino – l'aveva consumato.

«Che vuol dire reprobo?» chiese una volta a una maestra che si era rivolta a loro perché aveva sempre sonno e stanchezza e le avevano detto che di sicuro aveva la fascinazione.

«E come ti viene mo'?! Vuol dire malvagio. Perché?»

E Anna le aveva spiegato che c'erano dei termini che aveva letto e riletto, ma che non sapeva cosa volessero dire.

Allora la donna, che si chiamava Maria, si offrì di spiegarle anche il significato di tutti gli altri termini. E tornò alla cascina per consegnarle un quaderno e una matita.

«Che diavoleria è che in una casa una ragazza non abbia niente per scrivere?» chiese un po' piccata rivolgendosi a zio Michele.

Ma il quaderno restò immacolato. Anna non aveva avuto più tempo e nemmeno una spinta per imparare.

Anzi. Man mano che passavano i giorni e le settimane, non aveva nemmeno più sfogliato *Cime tempestose*.

Perché quando non hai la speranza che tutto il sapere ti possa servire te ne dimentichi.

Sembrava che le cose potessero andare avanti così per sempre.

Ma quando, si domandava, sarebbe diventata davvero acqua contro il fuoco, quello vero? Quando avrebbe potuto espiare la sua colpa antica e profonda? Da quando zio Michele le aveva rivelato il suo dono, era come impaziente di fare altro. Non era riuscita a spegnere in tempo la rabbia di sua sorella. Avrebbe potuto evitare quel disastro se solo avesse compreso che l'odio di Eva poteva essere spento. Perché quell'odio in una bambina era soltanto la paura di essere sola al mondo.

E come se il cielo avesse ascoltato la sua preghiera, il suo destino, assumendo le sembianze di una donna dimessa, bussò alla loro porta.

Alice voltò di scatto la testa verso la porta. Anna, che si era addormentata, si svegliò di soprassalto. Si alzò piano preceduta da Alice, che poi si bloccò e si accucciò di lato per farle spazio, come non faceva mai. Solitamente voleva essere lei ad accogliere i visitatori.

Aprì la porta.

Davanti a lei si presentò una donna con un cappotto sbottonato. Si intravedeva fra i lembi aperti la divisa da domestica che forse non aveva fatto in tempo a togliere.

Quando il viso di Anna, sporgendosi, si rivelò totalmente alla sua vista, la donna sobbalzò e fece un passo indietro.

Anna non si scompose: si era dimenticata di rimettersi il turbante in testa, e sapeva che le sue cicatrici da ustioni potevano avere quell'effetto sui visitatori. Tuttavia la donna, arrivata lì in affanno, si riprese subito e disse: «La prego. Dovete aiutarci, una ragazza sta male».

«Una ragazza? Dov'è?»

«Accompagnatemi a prenderla, è in città. Delle persone le stanno facendo del male. Io sono la domestica, mi chiamo Tina. I signori non saranno in casa per tutto il giorno. Vi prego, dobbiamo sbrigarci, dovete venire adesso.»

Zio Michele si avvicinò all'uscio.

«Non siamo noi a muoverci, sono i visitatori che vengono qui» disse brusco, sul punto di chiuderle l'uscio in faccia. «E se la ragazza è minorenne, finiamo nei guai. Perché non va dalla polizia?»

«Ma la polizia è amica dei padroni. Vi prego, è una situazione d'emergenza. La ragazza è un'orfana, l'unica superstite dell'incendio di Villa Nivelli. È segregata in una stanza da anni.»

Don Michele trasalì guardando Anna. «Perché sei venuta qui? Cosa vuoi da noi?»

«La ragazza si chiama Eva.» E rivolta ad Anna aggiunse: «Ed è identica a te».

Capitolo undici

Cinque mesi più tardi

Da lì, dalle grotte nel parco della Murgia, Matera risultava rassicurante senza perdere un briciolo della sua bellezza. I comignoli della città antica, da secoli immobile come l'allestimento permanente di un presepe, sputavano fumo nel cielo e dentro le case la gente si riscaldava e arrostiva le castagne sul fuoco.

«Secondo te come sarà abitare da soli?»

«Non sarai sola, ci sarà il bambino con te.»

«E a chi ci domanderà da dove veniamo, chi siamo, di chi sia il bambino, cosa dirò?»

«Basta non parlare con nessuno.»

«La fai facile tu. Ma guarda che la gente normale parla con i vicini. La gente fa paura. Perché la gente domanda, vuole sapere tutto. E poi ti fissa.»

E nel dirlo Eva fissava Anna e il suo volto bruciato.

Quando era scappata dalla casa dei suoi genitori adottivi, Eva era l'ombra di se stessa. I suoi capelli rossi avevano perso lucentezza ed erano più corti, tagliati sopra le spalle come aveva voluto Elvira. Nemmeno gli occhi erano più gli stessi, lo sguardo si era come spento.

E neppure la sua condizione riusciva a restituirle luce. Sì, perché Eva era incinta. Di quattro mesi.

Da quel giorno le sorelle avevano trascorso gran parte del tempo nascoste, nella cascina di zio Michele e, più tardi, in una grotta poco lontana. Eva si stava avvicinando al parto, e non potevano rischiare che il bambino nascesse mentre alla cascina c'era il solito viavai di visitatori: le voci sarebbero corse velocissime, e i Bruni avrebbero scoperto il nascondiglio di Eva. E si sarebbero portati via la creatura.

Accucciate sotto un affresco dipinto nella voragine di tufo, si sentivano al sicuro da ogni pericolo. Il tempo di Eva ormai era scaduto, le contrazioni erano costanti da un paio d'ore. Anna le accarezzava la fronte sudata.

«Sicura che non vuoi che ti porti in ospedale?» le chiese sollecita.

«Non posso rischiare che qualcuno mi trovi. Voglio iniziare una nuova vita con il mio bambino, lontano da qui.»

«Io credo che sarà una bambina.»

«Spero di no. I maschi sono più liberi, non conoscono tutte le brutture del mondo.»

Poi le contrazioni si fecero più forti, Eva si morse le labbra per non urlare. Strinse la mano della sorella e provò a respirare profondamente per controllare le ondate di dolore. Ma tremava in tutto il corpo.

«Ho portato degli stracci puliti e delle lenzuola. Insomma, tutto quello che ho trovato. Ma mi spiegate perché un bambino deve nascere qui, così?» chiese zio Michele entrando in punta di piedi in quell'intimità femminile. «Io qui non posso stare, non sta bene. Ma non vi lascio, sto qui fuori a fare la guardia con Alice. Sta arrivando Ninetta, la levatrice. Lei vi aiuterà e potrà badare al bambino per le prime ore, il tempo che tu ti riprenda. Me l'ha detto lei.»

«È fidata?»

«È una di noi.»

«Non mi accadrà niente di brutto o lo avreste visto. Vero, Anna?»

Eva le afferrò le mani, spaventata. La sorella annuì, poi le mise un braccio dietro la schiena e la fece stendere su una stuoia di vimini imbottita con delle pezze immacolate che aveva portato in una grande cesta.

Anna le aveva lavate e rilavate, e poi stese al sole attendendo che fossero pronte. Immaginava come sarebbe stato avvolgerci un bambino, lì dentro.

Che paura che aveva Anna.

E che paura aveva Eva.

Entrambe sapevano che il destino può ripetersi, soprattutto nelle sventure, e temevano che Eva potesse morire, come la madre.

Come aveva detto loro una volta suor Jolanda.

«Due streghe che hanno fatto morire la madre di parto e poi tutti i parenti.»

Eva iniziò a gridare forte, sempre più forte, la pelle sul ventre tesa fino a spaccarsi e il corpo lucido di sudore. Poi un altro urlo: la terra iniziò a tremare, la luce della lampada a olio sfrigolò per poi spegnersi, e di colpo la grotta si riempì di altre grida, grida antiche, luttuose, grida di morte.

Anna, come in trance, con gli occhi rovesciati all'indietro, tenne stretta la mano della sorella e aprì la bocca. Le voci, come in un turbine, si riversarono in lei. E poi ci fu un altro urlo, un vagito, un pianto non di morte ma di vita.

Eva diede alla luce una bambina.

Eva era forte, stava bene.

Era così forte che il giorno dopo sparì. Da un momento all'altro non la trovarono più: né in cascina, né nella grotta. Se n'era andata.

Non tornò mai più.

E Anna fu costretta, per non abbandonare quella creatura, a prendere il suo posto.

Fu così che Anna diventò la madre di Adele.

Le aveva dato il nome dell'unica bambina venuta a trovarli all'orfanotrofio che le aveva rivolto uno sguardo gentile. Le sembrò di ricambiare quel gesto di solidarietà e purezza arrivato da un mondo normale.

Seconda parte

LA MIA VITA SENZA TE

Angelica la ciuota,
Angelica la pazza.
Angelica è il demonio
chiudetela in manicomio.

Angelica la ciuota,
Angelica la pazza,
Angelica la rossa,
si scaverà la fossa.

Angelica la ciuota,
Angelica la pazza.
Angelica porta sfiga
e che Dio la maledica.

Quante volte l'ho sentita questa filastrocca odiosa. Infinite volte, negli interminabili anni delle medie. Ce l'avevo così tanto nelle orecchie che spesso, sovrappensiero, mi sono ritrovata a canticchiarla tra me e me, stando attenta a non farmi sentire da mia madre. Se avesse saputo come mi trattavano non mi avrebbe più lasciata in pace. Lo so, lo avrebbe fatto per proteggermi, ma poi come sempre lei si sarebbe agitata troppo, magari avrebbe addirittura pianto, e io avrei dovuto rassicurarla e consolarla.

Ci speravo tanto che cambiando scuola sarebbe cambiato tutto, e la mamma era così contenta quando ha saputo che volevo iscri-

vermi al liceo classico. Contenta e preoccupata, ma non importa, perché lei è sempre preoccupata per qualcosa. Finché c'era la nonna era diverso: loro discutevano sempre, e litigavano anche, ma eravamo al sicuro.

E invece dopo la morte di nonna Anna il destino è venuto a cercarci.

Capitolo uno

Matera, 2018

La ciuota. A scuola tutti la chiamavano la ciuota, Angelica. Ma anche la svitata, la pazza. Quella che porta sfiga. L'appestata. Attorno a lei da sempre si tramavano storie immaginarie, si sussurravano canzoncine, filastrocche che passavano di bocca in bocca, senza tregua.

Aveva sperato che cambiando scuola tutto sarebbe finito, che al liceo avrebbe potuto smettere di difendersi. E invece.

Fin dal primo giorno Angelica era stata presa di mira. Era timida e mite, la preda perfetta in quel circo di adolescenti feroci. E più le chiacchiere su di lei si amplificavano, più Angelica finiva per comportarsi in modo goffo, muovendosi come un elefante in una cristalleria. Nei corridoi, al suo passaggio sentiva echi di risatine maligne, battute a mezza voce, e gli occhi di tutti addosso. Così inciampava nei propri piedi, o lasciava cadere i libri, confermando suo malgrado quella cattiva reputazione che non aveva fatto niente per meritarsi.

Perfino il muro scrostato dei bagni delle ragazze al primo piano recitava: "Cosa ne pensate di Angelica di I A? Lasciate un commento qui sotto!".

L'antica tradizione del capro espiatorio: scegli una vittima indifesa e lascia che tutti sfoghino le proprie frustrazioni su di lei.

In tanti avevano accolto l'invito e sotto, con il pennarello, avevano declinato ogni umiliazione possibile. Perfino "troia". Un insulto che proprio non le apparteneva. Anzi, pensò Angelica leggendolo: "Magari lo fossi! La mia vita sarebbe più semplice".

Aveva quattordici anni, l'età in cui non si è più bambine ma non ancora donne, e in cui sarebbe bello sentirsi leggere e spensierate. Ma la leggerezza non sembrava concessa alle donne della sua famiglia.

«Troia, poi...» avevano commentato i docenti nella sala loro riservata. La bidella li aveva avvertiti degli insulti comparsi in bagno. «Una che cammina ripiegata su se stessa vergognandosi del proprio corpo...»

«Però, conciata così, un po' se la cerca, dài. Non capisco la madre come faccia a non intervenire. Non la vede? Sempre vestita di nero, sembra un corvo. Forse le piacciono le ragazze, ed è per questo che se ne sta sempre isolata.»

«Ai nostri tempi quelli con il suo look si chiamavano dark. Cosa c'è che non va? E poi, anche se fosse lesbica? Quale problema ci sarebbe?» commentò la professoressa di educazione fisica sorseggiando il caffè.

«Che parole, su!»

«Che male c'è a dire le cose come stanno? Lesbica non è mica una parolaccia. Sono un po' preoccupato. Se questi discorsi li facciamo noi adulti, figuriamoci i ragazzi. Spero non sconfinino mai in atti di bullismo» intervenne il professore di latino.

«Ma quale bullismo! Il bullismo non esiste, sono invenzioni moderne da talk show. E che nessuno affronti l'argomento in classe o saremo inondati di genitori isterici» tagliò corto la vicepreside Rienzo. «Sono le solite prese in giro: ci siamo passati tutti, e dico tutti, da ragazzi. Non è il caso di farne un dramma. Magari così quell'Angelica si darà una svegliata. Pensasse a studiare invece di andare dietro alle ragazze» disse ponendo fine alla discussione su Angelica. «Comunque qualcosa di lugubre ce l'ha» borbottò poi uscendo, legittimando così le manifestazioni di sospetto e scaramanzia. Tanto che qualcuno fece le corna, inducendo gli altri a ridere.

«Non è vero ma ci credo...»

La Rossa. Le si rivolgevano così i ragazzi, come se avere i capelli rossi fosse un orribile difetto. Aveva i capelli infuocati in mezzo a teste color carbone, la pelle bianchissima e delicata tra quelle carnagioni olivastre. Era diversa dagli altri, in un posto dove essere diversi voleva dire essere sbagliati. «Arriva la Rossa, arriva l'appestata!» scherzavano quando, d'estate, le lentiggini che le ricoprivano il volto e le braccia diventavano più accese e spiccavano sulla carnagione candida. Sua madre Adele aveva fatto di tutto per toglierle il complesso dei capelli rossi e delle lentiggini: avevano guardato insieme *La Sirenetta* e *The Brave, la Ribelle*, in cui entrambe le protagoniste sfoggiavano meravigliose chiome rosse, e da bambina le aveva letto e riletto i romanzi di *Anna dai capelli rossi* e *Pippi Calzelunghe*. Per far sentire la figlia meno sola, aveva anche provato a usare l'hennè, ma il risultato non era mai quello sperato: il suo castano scuro non si prestava facilmente alle tinte.

Adele, a differenza di Angelica, non aveva ereditato i capelli rossi di sua madre Anna, e quasi se ne dispiaceva, vivendo questa caratteristica comune tra nonna e nipote come l'ennesimo segnale della loro speciale complicità, da cui spesso si era sentita esclusa. Ogni sera prima di andare a dormire la nonna le slegava la lunga treccia, le pettinava i capelli e poi li intrecciava pazientemente, suggerendole di farlo sempre perché non si annodassero.

Nel bagno sudicio della scuola, dove i water venivano usati come poggiapiedi per nascondersi a fumare, Angelica passò il dito sugli insulti rivolti a lei: qualcuno di recente aveva aggiunto in pennarello rosso "iettatrice". Credevano che portasse sfortuna soltanto perché si vestiva sempre di nero? «Sei così bella, Angelica, come fai a non vederti? Andiamo al mercato, compriamo qualcosa di chiaro, che valorizzi i tuoi colori...», sua madre ci provava di continuo, ma lei non voleva assolutamente rinunciare al nero. Da quando nonna Anna era morta, un anno addietro, Angelica si era vestita sempre e solo di nero.

Lo faceva per rispetto nei confronti di quella nonna tanto amata, ma anche perché in questo modo le sembrava di passare inosservata. Non si rendeva conto che, al contrario, questa sua eccentricità attirava maggiormente l'attenzione. Come se non bastasse, si chiamava Nero anche di cognome, e questo per i suoi compagni era un motivo ulteriore per sbeffeggiarla.

Di ritorno da scuola, Angelica entrò in casa. Come ogni giorno, si sfilò le sneakers nel sottoscala, si tolse la felpona nera con cappuccio e zip che usava come giacca e la appese nel ripostiglio stretto come un cubicolo, ben spinto e schiacciato fra i numerosi soprabiti della madre. Andò in bagno a lavarsi le mani, poi si diresse in cucina. C'era odore di bruciato, e Adele borbottava tra sé perché come sempre qualcosa non le era venuto come sperava. La frittata troppo cruda, la pasta incrostata alle pareti della pentola di acciaio, gli hamburger stracotti e spappolati perché si ostinava a non usare la padella antiaderente, le zucchine dure, il riso scotto.

«Sei l'unica donna del Sud che non sa cucinare» la prendeva in giro Angelica.

«Nemmeno nonna Anna era capace! Diciamo che le donne della nostra famiglia non sono granché come massaie, abbiamo altri talenti...» ribatteva Adele, pur sapendo che così non era. La nonna sapeva cucinare, ma forse era stata troppo fagocitante nel voler fare sempre tutto lei.

Ma ad Angelica andava bene così. Tornata da scuola aveva così tanta fame che le sue fauci avevano la stessa forza di un bocchettone dell'aspirapolvere. Ingurgitava tutto di fretta, senza nemmeno sentire i sapori, dando l'illusione a Adele che tutto quell'appetito fosse scatenato in parte dall'apprezzamento per ciò che cucinava.

«Tutto bene a scuola, amore?» le chiese sollecita Adele guardandola con una punta di preoccupazione.

No, mamma. Ho preso 4 nel compito di greco e a educazione fisica sono caduta dalla fune finendo col sedere per terra e tutti hanno riso di me. E poi quella stronza di Federica mi ha nascosto le scarpe nello spogliatoio dei maschi, è dovuto andare il bidello a recuperarle.

«Certo mamma, tutto bene» disse invece, facendo poi sparire nella sua bocca un'enorme forchettata di timballo con le melanzane. Non sapeva di niente, ma quel calore dentro lo stomaco le dava una sensazione di conforto.

«Meno male, Angelica, meno male» le disse Adele rasserenata dalla menzogna, poi si sedette a tavola con lei, accese la tv e la sua attenzione fu catturata da un talk show pomeridiano che parlava coi consueti toni apocalittici di disagio giovanile.

«Per fortuna che tu non hai di questi problemi» disse Adele. «Vero, amore?»

Ad Angelica andò di traverso il boccone. Tossì, bevve dell'acqua e poi, appiccicandosi a fatica in faccia un sorriso che sembrasse naturale, disse: «Sicuro, mamma».

Capitolo due

Non c'era giorno in cui lo sguardo di Angelica non cadesse sulla credenza di acero profumato che era appartenuta a nonna Anna. Era un modo per sentirla vicina. La nonna le mancava tantissimo. Le era sempre sembrata eterna, e poi di colpo era sparita.

Adele aveva disposto in fila alcune delle sue vecchie e fragili ampolle ormai vuote, posate su carta da parati per proteggere il legno del mobile, e qualche bomboniera con dei confetti mai consumati, regalo dei clienti dell'erboristeria. Poi c'era una fotografia di Angelica neonata, nuda sul lettone. Alle sue spalle una cicogna bianca grande due volte lei, con le ali rivestite di foglioline di tulle e le zampe rosa, come il nastrino vezzoso che le adornava il lungo collo. La piccola tentava di afferrarsi i piedi con le mani e rideva, sdentata, di gusto. L'espressione felice le trasmetteva tristezza ogni volta che guardava quella foto. Perché in maniera così aperta e spensierata non ricordava di aver riso mai. Nonna Anna invece adorava quell'immagine: era capace di fissarla per interi minuti con occhi colmi d'amore. Non era mai stata in grado di guardare sua figlia in quel modo, e Adele lo sapeva. Infatti nel suo cuore aveva accusato molte volte la madre di essere troppo presa dalle sue cose, indifferente ai bisogni della famiglia, anaffettiva addirittura. Ma di certo questo non valeva per Angelica: la nonna era la persona che più di tutte l'aveva fatta sentire scelta.

Con disagio lo sguardo di Angelica scivolò su una pesante cornice d'argento vuota. Un brivido le attraversò la schiena. Non poteva dimenticare ciò che era accaduto l'anno precedente, ancora non riusciva a darsi una spiegazione.

Per anni quella cornice aveva protetto una vecchia fotografia che immortalava un gruppo di persone piuttosto bizzarre, tutte vestite di nero tranne due bambine con degli abiti bianchi, che sembravano capitate lì per caso. Ogni volta che aveva chiesto alla nonna chi fossero quelle persone, lei aveva distolto lo sguardo e dato delle risposte evasive: «Oh, è solo una vecchia foto saltata fuori da chissà dove».

«Ma non sei tu una di quelle due bambine con la cuffietta bianca?»

«Ma no tesoro, che stai dicendo?»

«Queste due bimbe si assomigliano così tanto... secondo me potrebbero essere gemelle!» insisteva Angelica.

«Amore, tu corri troppo con la fantasia» tagliava corto la nonna, per poi darle una carezza sui capelli e tornare alle sue occupazioni.

Ma Angelica si era convinta che la nonna le stesse nascondendo qualcosa, e quando l'anziana donna era in negozio passava a interrogare Adele.

«Ma è nonna Anna quella con la cuffietta bianca?» aveva provato a chiedere alla madre.

«Non lo so, tesoro, ma chi sarebbe allora l'altra bambina vestita come lei? Va bene che tua nonna è sempre stata misteriosa, ma sorelle non ne aveva, a quanto mi risulta. Sarà una vecchia foto scovata chissà dove, lo sai com'è fatta, l'avrà comprata in qualche mercatino delle pulci.»

In effetti la nonna aveva una passione smisurata per gingilli di ogni genere, purché antichi. Spesso riceveva in regalo dai clienti del negozio zuccheriere, sacchettini profumati, cartoline raffiguranti damine eleganti o luoghi in cui non avrebbe mai messo piede nella vita, saponette che restavano avvolte nelle loro carte eleganti e conservate in quella credenza che sembrava un bazar in miniatura.

«Ma non gliel'hai mai chiesto alla nonna chi sono queste persone?»

«Mi ha sempre risposto che è un vecchio ricordo di famiglia. E poi cambiava discorso.»

Nel corso degli anni, ad Angelica era capitato di sognare qualcuna delle persone che comparivano nella fotografia. Alla lunga quelle facce le erano diventate familiari. Così aveva iniziato a considerare quegli individui veri e propri componenti della famiglia e ad attribuire loro dei nomi e un passato.

Il più anziano, l'uomo in piedi all'estrema sinistra del ritratto, teneva una mano appoggiata sulla spalla di una donna seduta su una sedia di vimini. I lunghi baffi e gli occhi sottili come lame di coltello non rendevano ben visibili i suoi lineamenti.

Aveva deciso di chiamarlo Armando. Era un proprietario terriero molto efficiente. Gli piaceva comandare, ma poi era il primo a sporcarsi le mani nella sua terra.

Sua moglie doveva essere stata una donna robusta, ma ora di largo le erano rimasti solo il sedere e gli abiti. Forse era dimagrita a causa di una malattia. Sembrava triste. Allora provocatoriamente le aveva attribuito il nome di Allegra.

I tre ragazzi alle loro spalle, con lo sguardo vitreo, dovevano essere i figli. Avevano baffi identici al padre, la mano infilata nel panciotto. Dovevano avere pochi anni di differenza, e si assomigliavano moltissimo. Erano fratelli, senza ombra di dubbio.

Per lei erano Orso, Leone e Achille. Per spronarli a essere più coraggiosi rispetto all'espressione della fotografia.

Poi c'era una donna seduta accanto ad Allegra. Ma non sembrava una di famiglia per com'era vestita, portava il grembiule e aveva gli occhi bassi. Come mai però era seduta nel mezzo? Che fosse una parente? O peggio, l'amante di uno degli uomini e la moglie magari ne era al corrente? Ad Angelica gli intrecci piacevano. Così le aveva dato un nome irritante: Veronica, come quello di una compagna di scuola che le tirava sempre i capelli per farla piangere.

Accanto a lei una ragazza, poco più che adolescente. Con una calza leggermente allentata sul polpaccio, come se le stesse per cadere. Aveva due trecce sulle spalle, fermate da due fiocchi vistosi. Anche lei, l'espressione assente. Doveva essere la figlia del signore accanto a lei, che le teneva lo sguardo addosso. Loro si chiamavano Orsetta e Pietro. Lei aveva smesso di studiare e imparava dalle donne di famiglia a occuparsi dei bambini e della casa. Lui era un commerciante.

E dunque: Armando, Allegra, Orso, Leone, Achille, Veronica, Orsetta e Pietro. E poi c'erano le due bambine in prima fila, le uniche vestite di bianco. Avranno avuto tre o quattro anni. Alle due gemelle Angelica aveva destinato la più bella delle storie.

Una si chiamava Anna, e l'altra... dopo averci pensato su un bel po', aveva deciso di darle il proprio nome, Angelica. Le piaceva pensare che in un tempo lontano c'erano un'Anna e un'Angelica che crescevano insieme, pettinandosi i capelli e facendosi le trecce a vicenda. La nonna doveva essere la bambina dall'espressione più dolce che teneva per mano la sorella, mentre l'altra, rigida, guardava l'obiettivo come se al posto degli occhi avesse due proiettili. Dopotutto, anche a lei non piaceva essere fotografata, e non si era mai fatta un selfie.

Le immaginava correre a perdifiato giù per la collina su cui si trovava la loro grande casa di campagna, e i loro capelli – rossi come i suoi – si allungavano sulle spalle quasi fossero cascate sinuose di rame che il sole faceva brillare come lava incandescente.

Angelica si sentiva sola, e fantasticare sulle gemelle della fotografia la faceva sentire meno triste. Lo aveva fatto anche quel giorno di un anno fa, dopo il funerale di nonna Anna.

Immaginarla bambina le faceva sentire meno la sua mancanza straziante.

Era sola in casa, la mamma trascorreva molto tempo in negozio ora che la nonna non c'era più. Si era avvicinata alla credenza, aveva tolto la fotografia dalla pesante cornice d'argento e se l'era portata sul divano, pronta a immergersi nelle scorribande delle sorelle.

Chiuse gli occhi e respirò profondamente.

Suoni lontani. Risate argentine, il canto delle cicale. Le gemelle corrono in un prato punteggiato di fiori gialli tenendosi per mano. Un vento caldo gioca coi loro lunghi capelli rossi, li scompiglia. "Dovevamo farci la treccia!" ride una delle due. Poi il cielo azzurro di colpo si fa plumbeo e l'erba alta e rigogliosa si appiattisce e diventa nera, si trasforma in un lungo corridoio lugubre dal freddo pavimento di marmo. Le due sorelle corrono ma non stanno più giocando, ora stanno scappando, non sorridono più, qualcosa le insegue, un fuoco che cammina e vuole divorarle, bruciarle, loro corrono, corrono, ma hanno paura, il fuoco è sempre più vicino...

Angelica aveva aperto gli occhi di colpo e aveva stretto i bordi della foto, cercando di interrompere quella visione, ma era come se non dipendesse più da lei.

Il cuore aveva preso a batterle più velocemente e la fronte le si era imperlata di sudore, come se fosse lei stessa a scappare.

Poi d'un tratto una fiammella aveva iniziato ad ardere al centro della fotografia, come se qualcuno le avesse acceso sotto un accendino, o una candela. La foto aveva preso fuoco in un istante e Angelica l'aveva lasciata cadere a terra con un grido.

Pochi istanti dopo non era che un mucchietto di cenere.

Capitolo tre

Matera, 2004

«*Exorcizo te, creatura salis, in nomine Dei Patris omnipotentis, et in charitate Domini nostri Jesu Christi...*»

«Ma cosa sta dicendo, la sta esorcizzando? Che bisogno c'è? E perché parla in latino?» sbottò Anna, le guance imporporate dall'indignazione.

«Shhh, mamma, parla piano che ti sente. E comunque si usa» tentò di rabbonirla la figlia.

«Ma che dici! Non si usa più la formula per esorcizzare un neonato! E poi guarda che faccia che ha don Franco, sembra lui il posseduto. Non capisco perché guarda così Angelica. Povera nipote mia.»

Angelica, effettivamente, strillò. Il padrino e la madrina, Rocco e Lucilla, se la presero in braccio a turno tentando di calmarla, ma la piccola continuava a urlare disperata.

«Vedi che l'ha spaventata?»

«Ma no, è l'acqua santa. Tutti i bambini quando sentono l'acqua fredda piangono.»

A fine funzione tutti uscirono dalla chiesa dei santi Pietro e Paolo in piazza San Pietro Caveoso di Matera: Adele e la sua bambina, avvolta in una mussolina color panna, e il padrino e la madrina, che andarono al bar più vicino a prendersi un caffè. Tutti, tranne nonna Anna, che si attardò in chiesa perché aveva qualcosa da dire al prete.

Adele fece qualche passo sul piazzale, si avvicinò al parapetto e girò la sua piccolina verso la Murgia lucana: voleva condividere con sua figlia tutto ciò che anche lei aveva sempre guardato, fin da bambina.

La mostrò a quella terra come se la stesse presentando ai suoi calanchi, ai suoi Sassi dormienti.

Era incredibile pensare che quel panorama oggi così amato, quei vicoli alle loro spalle brulicanti di turismo e di vita, fossero rinati da poco.

Sua madre Anna, infatti, quando con lei appena nata si era trasferita a vivere in quei Sassi, l'aveva dovuto fare illegalmente, occupandone uno. Dopo lo sfollamento avvenuto negli anni Cinquanta, prima della riqualificazione, nessuno poteva abitarci. Ecco perché lei aveva scelto quel posto: per starsene in pace. E non era stata l'unica a trovare rifugio lì. C'era per esempio don Peppino, che si era aperto una bottega di Cuccù, i fischietti portafortuna di terracotta e di timbri per il pane; oppure la famiglia che aveva occupato la chiesa rupestre di Santa Lucia alle Malve, fra la navata sinistra e quella centrale, coprendo di calce gli affreschi per disinfettarla.

Quando Adele era piccola, Anna era riuscita a occupare un Sasso scavato nella roccia fortunatamente poco umido, proprio dietro la chiesa di Santa Lucia, in Rione Casalnuovo. Era poco più su della stradina oggi viavai di turisti e si affacciava su una terrazza a strapiombo proprio sulla Murgia lucana.

Adele non poteva sapere che era stata partorita proprio in uno di quei Sassi, e non da Anna.

Sapeva però che quel Sasso, a poco a poco, per via delle cure di colei che credeva sua madre, era diventato una vera casa, calda e confortevole, dove pigri gattini si rifugiavano ogni giorno, grazie alle amorevoli attenzioni di Anna e soprattutto grazie alle abbondanti razioni di cibo di cui venivano costantemente riforniti.

Solo Anna sapeva che i gatti non solo tengono lontani i topi, ma sono i primi ad avvertire il malocchio, innervosendosi e arricciando il pelo.

Accanto al portone di legno Anna aveva piantato un piccolo ulivo in una botte. Le era sempre piaciuto l'albero di ulivo, come quando scappava dalla cascina di zio Michele e si sedeva al riparo e in pace là sotto. Era come se si fosse portata un pezzo di casa, l'unica casa mai posseduta, anche nella sua nuova vita.

Adele da bambina pensava che si trattasse solo di un ornamento; in realtà durante la sua infanzia quell'ulivo era il punto di riferimento dei pazienti per trovare fra quei grappoli di abitazioni proprio quella in cui operava sua mamma per guarire i casi più disperati.

All'inizio le cose non erano state facili. Anna non era più tornata nella cascina di zio Michele. Era troppo pericoloso stare lì, se i Bruni l'avessero scoperta avrebbero trovato il modo di portarle via la bambina e farla passare per la loro figlia. Ma lì a Matera era una donna sola con una bambina, e non poteva trovare un lavoro: a chi avrebbe lasciato la piccola? Non aveva i soldi per pagare una balia. Senza contare che c'era un'unica cosa che sapeva fare: guarire le persone.

In quelle prime settimane faticava a trovare il denaro sufficiente per sfamare lei e la piccola. Alice per fortuna se la cavava da sola: qualcuno le dava sempre una ciotola di cibo. Anna si arrabattava a fare le pulizie, portandosi dietro la bambina. Zio Michele, che soprattutto di notte la raggiungeva per portarle da mangiare, iniziava a non potersi più spingere fin lì per aiutarla. Aveva troppo da fare alla cascina.

Una notte, una di quelle particolarmente faticose per via dei pianti di Adele, che non ne voleva sapere di dormire nemmeno con tutto ciò che aveva imparato Anna sull'arte di addomesticare i bambini al sonno, aveva sentito bussare.

Pensando che si trattasse di zio Michele, aveva aperto la porta girando subito le spalle e lasciandogli lo spazio per entrare e lasciare le ceste.

Ma non entrò nessuno.

A terra trovò una busta, legata con lo spago. E dentro c'erano soldi, tanti. Anna era così incredula che li contò e ricontò diverse volte, lasciando anche che la piccola piangesse e si addormentasse cullata dalle sue lacrime.

«Oh Adele, questa notte ti lascio piangere. Perché da domani potremo finalmente vivere bene e sono certa che dormiremo di più. Era ora che tua madre si occupasse di noi» disse, sapendo che c'era una sola persona al mondo che avrebbe potuto sollevarsi così dal più potente dei sensi di colpa.

Dal giorno dopo Adele non pianse più. E Anna, con quel denaro, poté dedicarsi a realizzare il suo sogno.

Il primo cliente lo aveva trovato quasi per caso, incontrandolo in un rione poco distante. L'uomo aveva perso la voce da quando la figlia si era sposata.

Dato che lui non riusciva più a salutarla, gli si era avvicinata percependo una difficoltà e lo aveva trascinato a casa. Gli aveva preparato un decotto e gli aveva detto di berlo per una settimana, ogni giorno alla stessa ora.

L'ottavo giorno la voce gli era tornata completamente, e fuori dalla porta di Anna si era già formata una fila. Ufficialmente Anna era un'esperta erborista e anche una specie di pranoterapeuta, e moltissimi si affidavano alle sue mani guaritrici, tanto che le sue giornate erano un viavai incessante di clienti.

Non si ha mai idea di quanto la gente sia alla ricerca della magia.

Più di una persona però le aveva fatto notare che non poteva continuare a ignorare la burocrazia.

«Ti aiuto io con i permessi in Comune» le proponevano, cambiando atteggiamento dopo averle parlato anche solo qualche minuto. C'era qualcosa in lei che li ammorbidiva.

Anna era cresciuta in un luogo dove l'unica legge da seguire è quella del cielo.

«Devi metterti a posto o ti fanno chiudere» le ripetevano.

E anche in quel caso Anna dovette imparare. Si rassegnò a occuparsi degli aspetti più pratici infilando la bambina appena nata in una fascia e portandola in giro da un ufficio comunale all'altro. Quella parte di casa inutilizzata e vuota si colmò di vita e di un viavai di consulenti per ottenere i permessi, di muratori per rendere agibile quello spazio dove lei avrebbe aiutato le persone, senza più nascondersi.

La fortuna, l'unica fortuna di Anna, era che tutti le volevano bene profondamente.

E dove non arrivavano il suo intelletto e la sua praticità, ci pensavano i suoi nuovi amici.
Soprattutto quando la convinsero a recarsi dal nuovo parroco, un certo don Franco arrivato da Trieste.
Lui le affiancò una sua parrocchiana per aiutarla con la bambina e darle la possibilità di avviare il negozio. Anna in pochi mesi trasformò quello spazio in un'accogliente bottega piena di libri e odorosa di spezie e piante da cui estraeva essenze per oli, saponi e profumi. Sopra la porta aveva fatto appendere un'insegna che recitava semplicemente "Erboristeria Alice".
Zio Michele fece appena in tempo a vedere il negozio aperto, perché morì pochi mesi dopo. Il suo cuore cedette di schianto mentre stava sistemando i filari di pomodori nell'orto.
Anna non smise mai di piangere la sua morte e non si perdonò mai di non essere stata al suo fianco.
Quando l'avvisarono fece ritorno a Pietrapertosa senza pensarci un istante. Arrivò trafelata, pensando di dover gestire tutta la parte organizzativa, come una brava figlia dovrebbe fare. Chiudere la casa per sempre, delegare qualcuno che continuasse a occuparsi dell'orto. Invece non appena spalancò la porta di legno e se lo trovò davanti, immobile e indifeso, capì che per la prima volta non doveva avere avuto nessun avvertimento. Era pallido, ma soprattutto aveva sul volto lo stampo di un grande spavento. Disteso così com'era sul letto, in attesa dei becchini, lo accarezzò per la prima volta in viso, come si fa con un padre. Gli sistemò i capelli, pettinandolo lentamente con le dita. Come se non volesse disturbare il suo sonno eterno gli sussurrò all'orecchio: «Grazie, ti porterò con me per sempre».
Poteva sentirla? I doni servono a qualcosa nel luogo in cui si va quando si muore?
Anna posò il viso sulla sua spalla e si abbandonò a un lungo pianto. Poi fece uscire tutti dalla stanza, chiese ai portantini della bara di aspettare ancora un attimo che fosse pronto, sgridò le signore del paese per avergli messo dei vestiti raffazzonati e chiuse la porta. La folla che si

era radunata fuori di casa udì delle urla ripetitive con frasi incomprensibili.

Piansero tutti quel giorno.

Pianse Anna, per prima e più di tutti, come se le sue lacrime potessero riempire la sorgente ai piedi delle cascate di San Fele, dove lui l'aveva battezzata.

Piansero i suoi compaesani, i suoi pazienti, perché non avrebbero mai trovato nessun altro come lui, pronto a comprenderli e a salvarli.

Piansero le sue donne, da cui era ancora profondamente amato.

E dovette piangere anche Alice, che da quel giorno si dileguò.

Quelle due perdite così ravvicinate diedero ad Anna un dolore immenso, ma non poteva permettersi di fermarsi: doveva pensare all'erboristeria, e soprattutto doveva pensare a Adele.

Adele non aveva mai saputo nulla delle sue origini. A volte Anna aveva cercato di parlargliene, ma non aveva mai trovato le parole giuste per farlo. Ed era stata talmente impegnata a sopravvivere da finire per smettere di cercarle.

Adele fin da piccola aiutava Anna nella gestione della bottega, e nel tempo libero le piaceva sedersi alla finestra della sua camera, che si affacciava sui tetti su cui erano spuntate naturalmente delle piantine di capperi. E al tramonto, in primavera, le piaceva contare le piccole rondini che garrivano sullo strapiombo della Murgia Timone.

Con sua figlia in braccio, il giorno del suo battesimo in chiesa, Adele ripensò a quei momenti incantati della propria infanzia e ai sacrifici che aveva fatto per lei sua madre. Si chiese se quel mondo in cui aveva sempre vissuto sarebbe piaciuto anche ad Angelica. E soprattutto se anche lei sarebbe stata in grado di fare così tanto per un figlio.

Nel silenzio assoluto, spezzato solo dal lieve respiro della piccola, Adele si godette l'emozione di quel momento, lontana da sua madre almeno per qualche minuto.

«Vedi, piccola mia, anche la mamma è nata qui. Non è la città più bella del mondo? Saremo felici, io e te. Sole, ma felici.»

Intanto, in chiesa, Anna non aveva perso tempo e si era diretta in sagrestia.

Era sempre stata diffidente nei confronti della Chiesa. «Ma non di Dio!» specificava. «Lui è ovunque, come potrebbe essere così bello il mondo senza di Lui? Ma i preti, a che servono?»

Eppure non riusciva a fare a meno di intraprendere estenuanti discussioni con don Franco, un triestino che chissà come era finito nel profondo Sud. Anche se non serviva a granché, dato che i due non arrivavano mai a una conclusione: borbottando, finivano per congedarsi dandosi le spalle.

Don Franco, poi, da quando era diventato esorcista si era indurito, e si prestava poco e malvolentieri a faccende ordinarie come battesimi, matrimoni e funerali.

«Avete troppi parenti qui al Sud» si lamentava. Aveva ottenuto da poco il mandato di esorcista dal vescovo, e preferiva dedicare il proprio tempo a studiare e perfezionare il sacramentale.

Ma per il battesimo della nipote di Anna il prete aveva fatto un'eccezione.

«Don Franco, lo sa che i Sassi di Matera custodiscono un'energia potentissima, oscura?» lo provocò Anna, entrando come una furia in sagrestia. Voleva capire perché il prete avesse cambiato la formula del battesimo. Il suo pessimo umore era peggiorato da un'emicrania dolorosa. Aveva passato una notte terribile: era stata tormentata da voci provenienti dal passato, tanto che si era svegliata urlando, in un bagno di sudore.

«Sciocchezze» le rispose lui ripiegando l'abito talare aiutato dalla fedele Giovanna, la nonnina del rione che aveva assunto di personale iniziativa il ruolo di perpetua.

«Se pensa che siano sciocchezze, perché è diventato esorcista? E poi perché ha usato quelle parole in latino per Angelica, sperava forse che non capissi? Ma io non sono stupida, dovrebbe saperlo. Non è che l'ha esorcizzata?»

«Anna, si usa. Io sono un prete all'antica, uso le formule della tradizione. E adesso per favore vai, che oggi ho da fare. Nessuna stranezza, nessun segreto. E tanti auguri per la piccola, è bellissima.»

«Angelica non aveva bisogno di essere esorcizzata» continuò Anna, «io non l'avrei nemmeno battezzata, ma Adele ci teneva. Lei che ne sa? È troppo nordico, troppo freddo per capire il Sud. Perché non si fa un giro da me, una volta? Da me vengono quelli con i problemi veri, e il latino di sicuro non serve per curarli. Io uso altri metodi, più efficaci, che però non si trovano su nessun manuale. Dovrebbe provarli anche lei.»

«Anna, lascia perdere tutte queste chiacchiere sulla magia. Io non ci credo.»

«Ma se lei è esorcista è perché crede nel diavolo. E che differenza c'è con la magia?»

«Di' tre Ave Maria, Anna, e vieni a confessarti.»

«Giovanna, diglielo anche tu che se io mi vengo a confessare lui come minimo deve venire nel mio retrobottega a vedere quello che faccio. Così siamo pari.»

La donna continuò a piegare diligentemente le vesti del prete.

«Va bene, verrò. Così tu mi mostrerai il mondo dell'occulto e io ti aiuterò a purificarti» disse don Franco in tono scherzoso.

«Giovanna, sei testimone! Ha detto che verrà.»

«Ormai è quasi sorda, è inutile che la tiri in mezzo.»

«Lei solo con una sorda poteva farsi compagnia! Così non la contraddice. Be', adesso vado. Don Franco, se vuole venire le offriamo un bicchierino di rosso.»

«Grazie Anna, dai un bacio alla piccola. Ma non posso, ho un convegno.»

«Uh, come è impegnato, don Franco, come è acculturato. Ma i preti non dovrebbero fare meno convegni e stare di più fra la gente?»

Il prete, invece di arrabbiarsi, si lasciò andare a una risata. «Anna, sei sempre impertinente! In confessione dovrai dire anche questo.» Poi la prese sottobraccio e la accompagnò verso l'uscita.

«Anna...» le disse tornando serio. «Se davvero pensi di avere un dono... delle doti, e io non dico che non sia possibile, sai cosa dovresti fare, vero? Non mi guardare così. Pensavi che non me le venissero a dire le cose che fai? Non sei una semplice pranoterapeuta. Ma allora dovresti fare in modo che la Chiesa ti riconosca come carismatica.»

Anna si bloccò e incrociò le braccia sul petto, l'espressione del viso che si faceva sempre più dura via via che il prete parlava.

«Sai cosa significa, vero? No. Allora te lo spiego con parole semplici, e non perché penso che tu sia ignorante ma perché sono cose complesse. Ecco... alcuni doni, chiamiamoli così, devono avere il riconoscimento e la benedizione cristiana. Stare dalla parte del bene. Altrimenti diventano doni di Satana, e tu una sua alleata.» Pronunciò queste ultime parole a bassa voce, avvicinandosi a lei. E lei lentamente sciolse l'intreccio delle braccia.

«Don Franco, io con la Chiesa non stringo alleanze. E stia sicuro: ho visto bene com'è fatto il diavolo. E aveva un vestito uguale al suo.» Poi, senza lasciare al prete il tempo di rispondere, si voltò e uscì per raggiungere Adele e Angelica. Adele stava ancora guardando il panorama, mentre la piccola dormiva beata.

«Non capisco perché l'abbiamo dovuta battezzare in chiesa» chiese alla figlia con tono polemico.

«Ssshh, parla piano sennò la svegli. Perché i sacramenti, mamma, si ufficializzano in chiesa. Dove pensavi di battezzarla, a casa?»

«Pure a casa, e se anche fosse? A chi serve questa formalità? Non la poteva battezzare giù al fiume? Era lo stesso, come per Gesù.»

«Mamma, ti prego, almeno per oggi potresti non ossessionarmi con le tue visioni alternative? E comunque nessuno ti obbliga a entrare in chiesa o a discutere con don Franco. Di questo gli dovevi parlare con tanta urgenza? Dell'inutilità del battesimo cristiano?» Adele era molto credente, e aveva sfidato la disapprovazione della madre quando, una volta adolescente, aveva deciso di farsi battezzare.

Il padrino e la madrina, tornati dal bar, si accostarono con un sorriso, sperando di interrompere la discussione tra madre e figlia prima che degenerasse in litigio.

Rocco e Lucilla erano marito e moglie e Lucilla era sempre disponibile a dare una mano ad Anna e Adele nell'erboristeria. Rocco e Lucilla, oltre a essere discreti riguardo a tutto ciò che accadeva nel retrobottega, erano riconoscenti ad Anna per averli liberati da una malattia che aveva colpito i nervi di lui e che nessun medico aveva saputo curare. La consideravano una sorta di santa, con quel turbante sempre legato sul capo come fosse un'aureola.

«Se non ci fosse stata Anna, il mio Rocco si sarebbe ucciso» sussurrò Lucilla nell'orecchio di Adele. «Forse tua madre non ha proprio tutti i torti. Secondo me fa del bene più lei che don Franco.»

Non ci fu una vera e propria festa dopo il battesimo, ma un pranzo a base di cialledda lucana, formaggi silani e pane di grano duro, una grande passione di Anna. Avrebbe potuto vivere di solo pane e olio, lei. E infatti aveva detto che solo così si doveva omaggiare la piccola: con gli ingredienti naturali e semplici della terra.

Adele avrebbe di gran lunga preferito avere qualcuno con cui condividere quella gioia, ma oltre a Rocco e Lucilla avevano scelto di non invitare altre persone per evitare la solita domanda imbarazzante: e il padre? Il padre quando torna? Perché per tutti il padre di Angelica era un viaggiatore, uno studioso.

«Mamma, smettila, tanto non ci crede nessuno» la implorava Adele quando la sentiva costruire storie immaginarie sul motivo per cui quel fantomatico padre era assente, pur di non alimentare chiacchiere sul suo conto.

«A me credono tutti. Poi un giorno lo faremo morire e tutto tornerà a posto» sentenziava Anna.

«In che senso lo faremo morire?» sbiancava Adele, preoccupatissima.

«Nei racconti Adele, nei racconti!» la tranquillizzava sorridendo Anna.

Capitolo quattro

Matera, 2004

Era appena scoccata la mezzanotte negli antichi rioni di tufo della città di Matera, quando le luci delle case iniziarono a spegnersi, una a una, facendo scomparire gli edifici nella nebbia autunnale. Dalle pietre sembrava sgorgare l'argento della luna.

La chiesa di Santa Maria di Idris, che sul suo sperone roccioso dominava il quartiere di Anna, quasi si faceva largo fra l'atmosfera lattiginosa che si era diffusa. Si riusciva a individuare solo la sua croce di ferro che indicava la via.

Nel silenzio riecheggiò lo scalpiccio di un animale che si aggirava per i viottoli bagnati dall'umidità. La luce debole dei lampioni illuminò una figura che scivolava nell'oscurità. Il cappuccio del mantello che indossava si scostò lasciando intravedere il lampo rosso dei capelli. Fu un attimo: una mano corse subito a risistemare il cappuccio. La figura si diresse con passo sicuro verso casa di Anna e poi restò per un istante immobile nel cortile dell'abitazione come in ascolto. Infine si mosse, facendo frusciare la lunga gonna di panno nero con una fascia di colore rosso alla vita, e si aggiustò la camicetta bianca ornata di merletti che indossava sotto il mantello.

In casa, Anna aveva riempito con cura sette sacchetti rettangolari di stoffa, chiamati abitini. Nel primo aveva inserito un pezzetto di ferro di cavallo come portafortuna, nel secondo tre chicchi di grano e tre grani di sale grosso per prevenire le fatture, nel terzo denti di volpe che sarebbero serviti per alleviare il dolore durante la dentizione. Nel quarto un nastro per allontanare gli sguardi ostili, nel quinto un pezzo di corda di campana per dissolvere le forze maligne, nel sesto un pizzico di cenere per liberare dai malefici, e nell'ultimo due aghi legati in croce per allontanare il malocchio.

Infine nella culla della nipote aveva nascosto un paio di forbici con la punta rivolta verso l'alto, a simboleggiare il taglio, la distanza dalle forze maligne. Poi si era pentita: Adele le avrebbe scoperte subito e si sarebbe preoccupata che la piccola potesse tagliarsi. E forse non aveva tutti i torti. Quindi le aveva riposte nella tasca del grembiule.

«Dormi serena, Angelica.» La piccola aveva una cuffietta ricamata che le copriva i pochi ciuffi ramati. Aveva la pelle candida e le ciglia lunghissime.

«Questo è il tuo battesimo vero» le sussurrò intonando una ninna nanna propiziatoria senza smettere di armeggiare con i talismani contro il malocchio.

Infine le baciò la fronte e se ne andò a letto.

Dopo qualche minuto, sentì suonare il carillon nella stanza di Angelica. Evidentemente Angelica si era svegliata e Adele stava cercando di calmarla con quel balocco. Eppure non si sentiva piangere. E, ora che ascoltava con attenzione, non si trattava della solita ninna nanna, la melodia sembrava accelerata e non si fermava.

«Si sarà rotto?» Anna si alzò, infilò gli occhiali e si spinse fino alla stanza dove dormiva la nipote.

La luce era spenta, le finestre chiuse come le aveva lasciate. Di Adele nessuna traccia. Ma Anna sentiva una strana tensione nell'aria.

Da una piccola nicchia scavata nel tufo, come un ragno bianco che si arrampica elegantemente nell'aria, spuntò il fumo di una candela appena spenta.

«Sei tornata» mormorò guardandosi attorno. Un brivido le corse lungo la schiena. «Vuol dire che io non basto più. Dove sei?»

Dall'angolo più buio della stanza si sentì il fruscio di una stoffa pesante.

«Sono passati quasi trent'anni, per tua figlia non c'è stato mai bisogno?»

«No, e lo sai anche tu» disse una voce dall'ombra. «Dovevo proteggerla.»

«Potevi farlo restando al suo fianco. E invece te ne sei andata» disse Anna.

«Restare era troppo pericoloso, lo sai anche tu. I Bruni avrebbero potuto trovarmi e portarmi via la piccola.»

«Ma non sei tornata nemmeno quando loro sono morti.»

«Era troppo tardi.»

«Troppo tardi per cosa, Eva?» chiese aspra Anna.

«Tu non sai niente!» gridò Eva. Angelica emise un piccolo gemito e si agitò nel sonno. «Tu non sai niente» ripeté Eva, stavolta con un tono più basso. «E comunque Adele non ha problemi.»

«Lo dici tu. Adele ha delle cicatrici profonde nel cuore.»

«Le ferite di cuore non hanno mai ucciso nessuno. Angelica invece rischia, è molto diversa. Pensi che ti basti portarla dai traditori, dai preti?» La voce diventò un sibilo furioso.

«Io non la porto da nessun traditore. Non potevo oppormi alla volontà di sua madre. Se solo tu le fossi stata vicina, le avessi spiegato...»

Ma Eva la interruppe, come se non avesse nessun interesse a parlare di sua figlia, e avanzò fino al centro della stanza. Le due sorelle ora si fronteggiavano, erano l'una davanti all'altra. Erano quasi trent'anni che non si vedevano. Ma ancora una volta, se non fosse stato per le cicatrici che deturpavano il volto di Anna, sarebbero apparse perfettamente identiche.

«Secondo te perché il prete amico tuo le ha fatto l'esorcismo?» chiese Eva. «Angelica ha risvegliato l'intera Villa Nivelli.»

Anna strinse i pugni.

«Hai condiviso con me il peso degli spiriti dei morti che non mi davano pace» proseguì Eva, «ma adesso loro sono sfuggiti al tuo controllo.»

«Sono ancora forte. Posso proteggerla» ribadì Anna.

Eva non rispose. Tornò nell'angolo più scuro della stanza confondendosi con le ombre.

Anna si lasciò crollare sulla poltrona nell'angolo della stanza. Dentro di sé sapeva che quel momento prima o poi sarebbe arrivato, che la morte e la distruzione che sua sorella aveva provocato sarebbero tornate a presentare il conto.

Quando aveva aiutato Eva a scappare dai suoi carcerieri e l'aveva ospitata nella cascina di zio Michele si era accorta che la sorella non stava bene. Non era solo colpa della gravidanza difficile, c'era qualcosa di più. Gli spiriti dei morti dell'incendio la tormentavano, la ossessionavano. Per questo Anna aveva deciso di alleviare la pena di Eva prendendo su di sé una parte della rabbia e del dolore di quegli spiriti inquieti, e grazie al suo dono era riuscita a contenerli, a impedire che si rovesciassero nel mondo causando altra sofferenza. Si era ammalata, per questo, una malattia che, lenta, le si era insediata sotto la pelle e la lasciava ogni giorno un poco più stanca.

E a nulla era servito l'intervento di don Franco, a cui aveva finito per raccontare tutto il suo passato. Lui aveva provato a esorcizzarla più volte, per far riposare finalmente quegli spiriti irrequieti, ma non ci era riuscito. E adesso gli spiriti avevano approfittato della sua debolezza per uscire da lei? La maledizione incombeva ancora sulle donne della sua famiglia, e minacciava la piccola Angelica?

Non avrebbe permesso a nessuno di farle del male, non finché fosse stata in vita.

Anna rimase così, immobile, ad ascoltare il respiro leggero della bambina e a vegliarla.

Sapeva che da quel momento sarebbero sempre state in due a proteggere Angelica. Ma senza parole. Il dolore, la tragedia che le sorelle avevano vissuto le aveva prima unite e poi divise irrimediabilmente.

In fondo non si erano mai conosciute davvero. E ora era troppo tardi per una riconciliazione.

Capitolo cinque

Matera, 2014

Quando si era accorta che la vecchia foto di famiglia non occupava più il suo posto sulla credenza, Adele aveva chiesto alla figlia che fine avesse fatto. Angelica aveva risposto di averla portata a scuola per un laboratorio teatrale e di averla persa, e tutto era finito lì. Adele non aveva mai amato quell'immagine e si sentiva oscuramente sollevata all'idea di non averla più sotto gli occhi tutti i giorni.

Angelica era turbata dall'accaduto, ma non ne aveva parlato con nessuno. Non aveva amici e non era abituata a confidarsi con sua madre, non voleva agitarla inutilmente. Si spiegò quel fuoco improvviso come una combustione naturale, una specie di conseguenza della sua tristezza di quei giorni. La nonna era morta da poco, e lei non si era mai sentita così sola. Come se la sua tristezza si fosse manifestata fuori di lei, dato che era incapace di esprimerla a parole.

Non era la prima volta che le succedevano delle cose strane. Da quando era piccola a volte bastava che sfiorasse un oggetto per capire cosa stesse pensando il proprietario, oppure vedeva cose che gli altri non vedevano. Una volta che era al parco, per esempio, e si stava arrampicando su un albero di fico, aveva notato vicino alle giostre una signora vestita tutta di nero con un velo sulla testa, come una suora. Quando la donna si era girata verso di lei, Angelica aveva sussultato. I suoi occhi erano pozzi di tenebra. Poi la donna aveva fatto un gesto strano con l'indice e il medio della mano destra, li aveva mossi come se fossero un paio di forbici, ed era scomparsa in una fiammata. Angelica si era spaventata tantissimo: aveva urlato ed era caduta dall'albero. Per fortuna era su un ramo basso e il prato aveva attutito la botta.

«L'avete vista quella signora?» aveva poi chiesto balbettando agli altri bambini. «Quella vestita di nero? Era qui vicino a voi!»

«Ma qui non c'è nessuno! Angelica, sei pazza!» avevano risposto i bambini. E avevano iniziato a cantilenarla: «Angelica la svitata! Angelica la ciuota!».

Ma poi, la conferma definitiva che lo fosse davvero, svitata e ciuota, arrivò qualche anno più tardi, alla fine della quinta elementare, quando ci fu la festa di compleanno di Federica.

Federica abitava in un appartamento vicino al Castello di Matera. Il palazzo non era granché a vederlo da fuori, ma la posizione centrale era strategica. E strepitosa era anche la casa esageratamente grande, che la madre vantava di aver ricavato dall'acquisto di due appartamenti sullo stesso pianerottolo e che aveva sontuosamente arredato facendoci costruire anche finte colonne e piazzando uno stemma familiare nell'atrio, intarsiato nelle mattonelle. Aveva perfino una piccola piscina in terrazzo e una palestra dove la madre allenava il suo corpo tonico fra un aperitivo e l'altro con le amiche della borghesia di Matera.

Il giorno della festa di Federica segnò il momento in cui Angelica divenne ufficialmente una bambina strana. Una che porta sfiga.

Adele aveva deciso di preparare un dolce da portare alla festa, anche se Angelica si vergognava e l'aveva pregata di lasciar perdere. Sua madre non era proprio capace di cucinare, malgrado l'impegno che ci metteva.

Quando Adele, dopo aver accompagnato la figlia, si congedò, la madre di Federica, che aveva accolto quel dono con un sorriso di circostanza, fece un cenno alla domestica: «Portalo in cucina, se vuoi puoi mangiarlo tu. Abbiamo già tante cose».

La torta al limone di Adele non arrivò mai sulla tavola imbandita, dove troneggiavano vassoi di pizzette, tartine e pasticcini preparati dalla miglior pasticceria della città.

Angelica se ne stette in disparte per tutta la festa. La sua timidezza le rendeva difficile interagire con gli altri bambini, che erano chiassosi e scalmanati. Tutto quel caos le dava fastidio, avrebbe preferito rimanere in camera sua a leggere i fumetti o a guardare i cartoni animati.

Rimase seduta in un angolo del salotto fissando intensamente l'orologio in attesa che la madre andasse a riprenderla.

Alle 16 il campanello suonò, ma purtroppo non era Adele. Era arrivato l'animatore.

Un mago che fin da subito un poco la inquietò, perché mentre eseguiva i suoi numeri continuava a guardarla. Aveva le gambe lunghissime, il viso tondo e piccolo come quello di un bambino, con un paio di baffetti a manubrio, e le dita, che si muovevano veloci, sembravano essere più di dieci.

Dopo diversi numeri di magia in cui aveva stupito e fatto ridere i bambini così come gli adulti, il mago si preparò al gran finale. Spinse il tasto *play* su un piccolo lettore cd e nell'aria esplose *Smooth Criminal* di Michael Jackson. Dopo una serie di giravolte e movimenti a tempo con la musica, prese da un grosso baule ai suoi piedi un secchiello di metallo e una manciata di monete colorate. Poi scrutò con sguardo fintamente minaccioso il giovane pubblico seduto a terra di fronte a lui e disse, con voce tonante: «Allora, chi vuole essere il mio aiutante per un emozionante numero di magia?».

Quasi tutti alzarono la mano gridando «Io! Io! Io!», e venne scelto un bambino in prima fila dall'aria simpatica e furba. Il mago lo mise al centro della scena girandolo verso la sala e chiese: «Come ti chiami?».

«Edoardo» rispose ridendo il ragazzino.

«Bene, Edoardo, ora infilerò queste sei monete nelle tue orecchie, dopodiché tu dovrai farle uscire una a una dal naso starnutendo quando te lo dirò io, tutto chiaro?»

Edoardo annuì trattenendosi a stento dal ridere, il mago gli piazzò il secchiello sotto il mento e con un ampio gesto delle mani mostrò le monete colorate a tutti per poi infilarle nelle orecchie del bambino.

«Edoardo!» gridò poi facendolo sobbalzare dallo spavento. «Sei pronto?»

«S-sì...»

«Mi senti con tutte quelle monete nelle orecchie, o sei sordo?»

«Sì!»

«Sì sei sordo o sì sei pronto? O sei un sordo pronto?»

Tutti ridevano a crepapelle, compreso Edoardo che riuscì solo a emettere un soffocatissimo «Pronto.» Tutti tranne Federica, che in quanto padrona di casa si sentiva derubata della scena e iniziava a essere nervosa, e Angelica, che non vedeva l'ora che la festa finisse per tornarsene finalmente a casa.

Il mago poi mise una mano aperta davanti al naso del ragazzino incitandolo a starnutire, e a ogni starnuto una delle monete cadeva nel secchiello. Dopo che ne furono cadute sei o sette, il mago disse: «E ora Edoardo, un ultimo sforzo. Al mio tre, uno starnuto grandissimo! E uno, e due, e tre!».

Quando il ragazzino starnutì una pioggia di monete uscì da sotto la mano del mago, che dopo aver guardato dentro il secchiello, strabuzzando teatralmente gli occhi, fece il gesto di lanciare il contenuto in faccia ai bambini, che alzarono le mani davanti al viso per proteggersi.

Ma invece delle monete colorate, dal secchiello uscì una moltitudine di stelle filanti provocando un "ooh" generale e un conseguente applauso da parte del pubblico.

Edoardo, coperto di stelle filanti, tornò raggiante al suo posto.

«E ora, per l'ultimissimo numero di magia, mi serve un nuovo volontario!» gridò il mago. «Chi sarà il fortunato, o la fortunata?»

Federica non stava più nella pelle, sapeva che ora il mago avrebbe chiamato lei, sua madre gliel'aveva promesso, chissà che numero stupefacente le avrebbe riservato. Se lo sarebbero ricordati tutti, e lei sarebbe diventata la bambina più ammirata della scuola.

E infatti il mago disse, indicandola: «Sei tu la fortunata! Vieni qui!».

Federica, raggiante, corse accanto al mago.

«Qual è il tuo nome, bambina fortunata?»

«Federica!» rispose lei con la sua voce argentina.

«Lo sapevo già eh! Sono un mago, no? Bene Federica, brava Federica, un applauso per FE-DE-RI-CAAAA!... Fermi! Non ha ancora fatto niente, ma cosa applaudite?!»

Tutti ridevano di gran gusto, compresa Federica, che gongolava di gioia per quel bagno di attenzione su di sé.

«Adesso, Federica, alza un braccio, così!»

Il mago diresse i suoi movimenti come se lei fosse un manichino e, dopo aver armeggiato dietro a un cubo coperto da un drappo, fece spuntar fuori magicamente due colombe bianche che posò sul braccio di Federica.

Ma quelle, con un rapido battito d'ali, presero il volo e andarono a posarsi sulle spalle di Angelica.

Di colpo tutti gli occhi furono su di lei. Angelica si sentì morire. Federica la guardò con odio, mentre le altre compagne bisbigliavano tra loro. Angelica provò a scrollarsele dalle spalle mentre il suo viso diventava paonazzo, ma fu tutto inutile. Le colombe non volevano staccarsi da lei.

Una ragazzina ridacchiò: «Guardate com'è rossa, adesso le scoppia la faccia!», e tutti presero a ripeterlo e a sghignazzare.

Un altro disse: «Ehi, mago, ma perché con una magia non fai sparire tutte le lentiggini ad Angelica?».

Solo Federica non rideva: era furibonda perché Angelica le stava rubando l'attenzione. «Ridammi le mie colombe, sfigata!»

«Buoni, bambini» provò a rabbonirli il mago. Ma Federica non gli diede ascolto e si avventò su Angelica per riprendere le colombe, mentre tutti i bambini ricominciarono a prenderla in giro, erano volti e occhi cattivi che le giravano attorno veloci, sempre più veloci.

Cosa volevano tutti da lei?

Di colpo le finestre della sala si spalancarono con un boato, i tovagliolini di carta iniziarono a volteggiare nell'aria come se li avesse investiti una raffica di vento e i quadri appesi alle pareti caddero a terra con uno schianto.

Tutti urlarono, terrorizzati, e le colombe iniziarono a sbattere freneticamente le ali e a volare come impazzite da tutte le parti. Poi si lanciarono nel gruppo dei bambini, che alzarono le braccia per proteggersi il volto.

Federica, distratta da tutto quel caos che stava rovinando la sua festa, non ebbe la stessa prontezza di riflessi.

Tutto ciò che era successo dopo si confondeva nel ricordo di Angelica: le urla, il sangue sul viso di Federica, e la lunga cicatrice sulla guancia che da quel giorno rovinò la perfezione dei suoi lineamenti.

Capitolo sei

Matera, 2009

«E quando hai versato l'olio cos'è successo?»

«Si è allargato, Anna! Non puoi capire, sembrava una tazza piena di olio.»

«Allora è così, avevi ragione tu. Fascinatura.»

«Ma se te lo dicevo! Da mesi, un mal di testa inspiegabile, mai sofferto di mal di testa in vita mia. E niente che lo faceva passare, il medico che mi diceva "Sei stressato, Giovanni, riposati". Macché stressato, questo è malocchio, lo sapevo io.»

«Va bene, procediamo.»

Era stanca, Anna. Da qualche tempo si sentiva esausta. Aveva delle emicranie che la sfinivano. Ma sapeva che per quel disturbo non c'era rimedio. Dalla notte della nascita di Adele ogni tanto le capitava con maggiore insistenza. Gli spiriti dei morti dell'orfanotrofio le stavano lentamente ma inesorabilmente avvelenando il sangue. Quella notte, per esempio, si era svegliata di soprassalto. Accanto al suo letto aveva visto suor Alessia. Stava bruciando, e gridava. L'apparizione era svanita dopo qualche secondo, ma le aveva lasciato un dolorosissimo mal di testa da cui non era riuscita a liberarsi.

Oltre alla stanchezza di quel giorno però c'era anche la soddisfazione. In tanti erano venuti all'erboristeria a chiederle un consulto. Adesso che, fatta la prova dell'olio, sapeva per certo che Giovanni era stato fascinato, poteva guarirlo.

Si sistemò i pochi capelli rimasti sotto il turbante che portava sempre in testa e andò a preparare il necessario. Dopo aver riempito un tino di acqua, prese dalla madia il recipiente del sale: nove pizzichi sarebbero bastati. Con la pinza estrasse dalla piccola stufa a legno tre tizzoni.

«Ehi, dove vai con quelli? Stai attenta!»

«Tranquillo Giovanni, so quello che faccio.»

Anna infilò con delicatezza i tizzoni nel tino, e uno sfrigolio si diffuse nel retrobottega. Poi immerse la mano sinistra nell'acqua e tracciò sulla fronte del paziente delle croci, pronunciando lo scongiuro: «Padre, Figlio e Spirito Santo, fascinatura va' da là via. Va' via da Giovanni Punto ca è carne battezzata. Padre, Figlio e Spirito Santo, fascinatura non sei più niente». Giovanni aveva chiuso gli occhi, sdraiato sul lettino si affidava completamente alle mani guaritrici di Anna.

Ne parlavano tutti così bene, avrebbe sanato anche lui.

Anna continuava a massaggiargli la fronte con dolcezza: «Abbiamo finito. Io torno di là, tu riposa pure qualche minuto».

Superata la porta che separava il negozio dal retrobottega, vide Adele al banco. Era intenta a spiegare a una cliente quale fosse la combinazione di erbe più adatta per curare il mal di fegato.

«Per queste cose deve andare dal medico, mi raccomando. Però questo aiuta. E il vino non lo so se può berlo. Ripeto: chieda al medico.»

La cliente uscì e le due donne rimasero sole.

Mentre Adele era intenta a sistemare il barattolo di tarassaco essiccato sullo scaffale, Anna la guardò. Adele non aveva preso nulla dalla sua vera madre: aveva i capelli scuri, la pelle olivastra, i lineamenti decisi. Ma era bella, di una bellezza timida di cui non era neppure consapevole.

«Dài che per oggi abbiamo finito. Aspettiamo che esca Giovanni e ce ne andiamo a casa. A proposito, domani viene Carla. Ha partorito dieci giorni fa, ma non ha latte. Vuoi che la guardiamo insieme?»

«Preferisco di no, mamma. Le preparo una miscela con l'erba galega, ma visitala tu se pensi ci sia altro.»

Non era la prima volta che Anna cercava di coinvolgere Adele nelle attività del retrobottega, ma lei non voleva. Non sapeva nulla del passato della donna che aveva sempre ritenuto essere la propria madre, eppure provava una spontanea, violenta avversione verso tutto ciò che sconfinava nel sovrannaturale, che aveva a che fare con cose inspiegabili, magiche. Perciò teneva lontana dal retrobottega anche Angelica. Anna, che avrebbe voluto la nipotina il più possibile accanto a sé, ne soffriva, ma si imponeva di rispettare la decisione di Adele. Sua figlia era fragile, sembrava potesse andare in pezzi da un momento all'altro sotto una pressione eccessiva, quindi non voleva forzarla a fare nulla. Anna si sentiva spesso in colpa nei suoi confronti: aveva cresciuto Adele nella menzogna. La amava, sì, con tutta se stessa, ma l'aveva sempre tenuta a distanza, per paura che Adele potesse scoprire la verità e la accusasse di essere una bugiarda. Il loro rapporto era stato da sempre complicato, pieno di silenzi. Era come se l'ombra di Eva si allungasse su di loro.

Anna e Adele erano diverse anche nell'amore profondo che nutrivano per quella piccola bottega. Per Anna rappresentava la vita che si era inventata dal nulla, che aveva voluto con tutta se stessa; era il riscatto della piccola, arrendevole Anna. Per Adele l'erboristeria era il rimedio alla solitudine che si portava dentro, il posto in cui poteva essere utile agli altri, accudirli con preziose miscele di erbe che lei conosceva e selezionava con razionalità e accuratezza scientifica.

Quella bottega odorosa di buono per entrambe era casa, era l'amore puro e muto che le legava, oltre tutte le parole che non sarebbero mai riuscite a dirsi.

Capitolo sette

Matera, 2018

Dal giorno di quella maledetta festa, Angelica dovette fare i conti con la cicatrice di Federica, con la sua sete di vendetta, con la diffidenza dei compagni e dei loro genitori. Scoprì cosa significa essere presi di mira e quanto sia difficile modificare il giudizio degli altri, una volta che si ha un'etichetta appiccicata addosso.

Alle medie lei e Federica erano capitate nella stessa classe. Federica era bella, la più bella della scuola, leader indiscussa del gruppetto di coetanee che sembravano la sua caricatura e la veneravano come una dea, pronte a obbedire a ogni suo capriccio. Crescendo, la cicatrice sulla guancia si era ridotta e Federica la copriva con il fondotinta, ma era pur sempre lì, simbolo di una guerra selvaggia contro l'avversaria, che la ragazzina non perdeva occasione di denigrare agli occhi degli altri.

I tre anni delle medie furono una via crucis, di cui Angelica ricordava le stazioni più terrificanti, gli episodi che le avevano impresso addosso il marchio della diversità. Una per ogni anno.

Prima media, una mattina di fine settembre. Angelica, al primo banco, stava seguendo attentamente la lezione di italiano. La professoressa stava leggendo un brano dei *Promessi sposi*. Era in anticipo sul programma – Manzoni si fa solitamente in terza –, ma voleva invogliarli a iscriversi al laboratorio teatrale, che quell'anno metteva in scena proprio la vita dello scrittore milanese. Mentre la professoressa stava declamando il capitolo in cui Don Rodrigo scopre di avere la peste, Loris, il bullo della classe, era esploso: «La peste ce l'ha la Rossa, con tutte quelle macchie in faccia, non fatevi toccare se no ve la attacca!». Angelica si era sentita avvampare, col risultato che le lentiggini spiccavano ancora di più sulla sua pelle. I suoi compagni avevano riso, e da quel giorno per tutti era diventata L'Appestata.

Seconda media. Gita di classe a Lecce. In un pomeriggio di maggio assolato e caldo, i ragazzi erano arrivati a destinazione. Scendendo dal pullman Angelica aveva alzato gli occhi al cielo, lo aveva osservato con attenzione e aveva mormorato fra sé e sé: «Tra poco pioverà».

«Ma sentitela questa idiota, dice che tra poco piove. Ma sei cretina o cieca? Non c'è neanche una nuvola in cielo!» aveva commentato Federica ad alta voce, provocando risate sguaiate da parte dei suoi compagni e facendola vergognare da morire.

Mezz'ora dopo, mentre passeggiavano per il centro storico, il cielo si era riempito di nuvole ed era scoppiato un temporale che era andato avanti per tutto il tempo che si erano fermati a Lecce.

«L'Appestata porta pure sfiga! Sarà che è brutta come la morte» aveva detto Federica sghignazzando.

Per tutto il viaggio di ritorno, i compagni le avevano tirato addosso palline di carta e avevano inventato canzoni su di lei.

Terza media, ultimi giorni prima delle vacanze di Natale. Angelica era arrivata a scuola in ritardo, erano già tutti in classe e la bidella stava pulendo le scale. Lei aveva attraversato l'atrio correndo e aveva lasciato inavvertitamente delle chiazze di fango.

La bidella aveva iniziato a sbraitare, urlandole dietro i peggiori insulti.

«Maledetta ragazzina, adesso lo pulisci tu questo schifo!» le aveva detto in ultimo, e poi era caduta improvvisamente dalle scale. Senza essere stata spinta o essere scivolata.

Si era rotta una gamba, e quando era tornata in servizio aveva iniziato a evitarla quando la incrociava nei corridoi e a farle le corna dietro le spalle. «Iettatrice» le sibilava contro, mentre tutti ridevano, ridevano, ridevano.

Angelica aveva sperato con tutta se stessa che la fine delle medie avrebbe coinciso con la fine del suo isolamento. Alle medie aveva due amiche, Stefania e Antonietta, con cui ogni tanto faceva i compiti il pomeriggio e che si erano iscritte al suo stesso liceo, il classico.

Dopo gli esami, Angelica aveva trascorso l'estate a fare progetti: sarebbe diventata più popolare, avrebbe cambiato le cose aiutata dalle sue due amiche, non sarebbe più stata la Ciuota, l'Appestata, la Iettatrice. E magari prima o poi un ragazzo carino si sarebbe accorto di lei e l'avrebbe invitata a uscire... Desiderava essere come gli altri, con tutta se stessa.

Ma al destino non si può sfuggire, è sempre lì che ti insegue, fino a quando non decidi di farci i conti.

E infatti la sua cattiva reputazione l'aveva preceduta, e come se non bastasse anche Federica, la sua persecutrice, si era iscritta al liceo classico. Erano addirittura finite nella stessa classe.

Per i primi mesi Stefania e Antonietta l'avevano evitata: non erano forti abbastanza per essere bollate come amiche della Iettatrice.

Una volta Stefania le aveva detto: «Angelica, sei tu che i guai te li vai a cercare. Non potresti, che ne so, adeguarti?».

«In che senso?» aveva risposto Angelica.

«Boh, guardati. Ti vesti che sembri un corvaccio, non ridi alle battute, non esci, nessuno ti caga! Comprati qualcosa di marca, mettiti una tuta decente, della Puma, dell'Adidas, mica questi quattro stracci da mercato rionale.»

«Che c'entrano adesso le tute firmate?»

«Ma che ne so, fai qualcosa. Tipo: smettila di farti la treccia, mica siamo negli anni Ottanta. Sciogliti i capelli e fatti una ciocca verde, che è fico. Col rosso poi sta troppo bene.»

«Mi piace la mia treccia...» aveva protestato debolmente Angelica.

«Almeno fatti Instagram, sei l'unica di tutto il liceo che non è sui social! Cioè, io boh, ma come fai a vivere senza? Noi abbiamo anche Telegram, è top! Oppure inizia a fumare, così almeno ti possono scroccare le sigarette e ti fai degli amici...»

«Ma a me il fumo fa schifo!»

«Angelica, devi smetterla di sembrare una sfigata. Sei fuori da ogni gruppo, lo capisci? Non sei nemmeno stata inserita nella recita di fine anno.»

«Ma ho alzato la mano. Non mi hanno voluta. Hanno fatto segno di no. È una Torre di Babele.»

Stefania e Antonietta si erano scambiate un'occhiata perplessa e avevano scosso la testa.

«Babele chi? Ma che sei, Wikipedia? Ti rendi conto che sei finita per fare l'aiutante alle scenografie?»

«Be', però mi piace, è bello...» aveva tentato di rispondere Angelica.

«Bello? Non sei nemmeno la scenografa, sei l'aiuto, l'ultima ruota del carro. E poi tutti dicono che sei strana, che forse sei lesbica e se ti frequentiamo lo diranno anche di noi. E a noi piacciono i ragazzi.»

«Ma anche a me piacciono i ragazzi» aveva puntualizzato Angelica timorosa.

«Ah sì? Per esempio chi?»

Angelica non aveva saputo rispondere e le ragazze, già annoiate dalla conversazione, se n'erano andate.

Così aveva smesso di sperare nella loro amicizia. Avrebbe voluto farsi degli altri amici, ma le sembrava che per una come lei, che viveva sola con una madre impaurita da tutto, senza niente di speciale da raccontare, essere interessanti fosse un'impresa impossibile.

All'uscita si defilava sempre, si nascondeva negli abiti come in un guscio nero e scappava a casa. Teneva i pugni stretti nelle tasche e il bavero della giacca alzato fino alla punta del naso, cercando di essere invisibile per evitare lo sguardo feroce dei suoi compagni.

Mancavano ormai una decina di giorni alla fine della scuola quando un pomeriggio, in preda alla solitudine, Angelica si ricordò del suggerimento di Stefania e decise di aprire un profilo Instagram. Iniziò a seguire alcuni compagni di scuola e aggiunse qualche cantante. Poi andò sul profilo di Federica e scelse i suoi stessi contatti: stilisti, marchi di moda, fashion blogger. Voleva imitarla. Studiò attentamente tutte le sue foto: nelle immagini Federica era sempre truccata con cura, indossava vestiti alla moda ed era circondata da amici. In molte foto era insieme al suo ragazzo, uno di quarta che suonava la chitarra in un gruppo popolare a scuola. Poi Angelica si scattò il primo selfie della sua vita: inquadrò solo una spalla e un lato del viso, e la foto uscì mossa. Ma l'effetto le piacque e ne scattò un altro, puntando la telecamera sulle labbra arricciate. Si ricordò di aver visto fotografie delle sue compagne in quella posa, e le scimmiottò.

Poi si inquadrò la mano sinistra, lunga e affusolata. L'anulare era decorato da un anellino d'argento con due ali. La condivise, insieme alla foto mossa della spalla e quella delle labbra. Ora mancava solo una cosa.

Sciolse la sua lunga treccia: i capelli le ricaddero sul viso e sulle spalle in un'onda ribelle. Inquadrò e scattò, poi applicò un filtro per farli sembrare più biondi che rossi e condivise anche questa immagine.

Bello fotografarsi, pensò, e potersi modificare. Poter essere diversa. Vide una notifica nella sezione messaggi e sentì un tonfo al cuore.

Era Pietro, un ragazzo di III B. Era il capitano della squadra di calcio del liceo ed era molto popolare. Metà delle ragazze della sua classe erano innamorate di lui e sarebbero state disposte a tutto per strappargli un appuntamento. Angelica guardò il suo profilo: c'erano foto di lui in campo mentre giocava, mentre ballava in un locale, mentre abbracciava ragazze sempre diverse e sempre bellissime.

Lesse il messaggio.

"Ehi, ma sei proprio Angi la Rossa? L'addomesticatrice di colombe?"

"Mmmh... sì" rispose, cercando di non prendersela.

"Sei figa in foto. Senza la treccia, finalmente."

"Grazie. Che fai? Ho visto che giochi a calcio."

Ma Pietro non rispose e sparì. Angelica si sentì morire. Pensò di aver scritto una banalità. Ma lui si riaffacciò in chat.

"Mi mandi qualche altra foto? Sei bella, sai?"

"Ho solo quelle che ho pubblicato."

"Fanne qualcuna solo per me, dài."

Angelica si alzò dalla scrivania e si sdraiò sul letto. Poi scattò un selfie e glielo inviò.

"Sei proprio bella, avevo ragione. Con te ci uscirei, sai? Ma dicono che sei lesbica..."

Angelica diventò tutta rossa.

"Ma no, è una bugia."

"Ah sì? Dimostramelo. Così possiamo uscire insieme."

"E come te lo dimostro?"

"Togliti la maglietta, così capisco che ti piaccio davvero."

"Ma no, mi vergogno..."

E Pietro sparì nuovamente dalla chat.

Allora Angelica, in preda al panico, piegò la testa da un lato, lasciò i capelli sciolti lungo le spalle, abbassò un po' la maglietta fino a far vedere il reggiseno. Si morse un labbro e gli occhi le si fecero lucidi, ma scattò. Poi inviò la foto a Pietro.

Lui la visualizzò immediatamente, ma non rispose. Non si fece più vivo per quella sera.

Angelica avrebbe voluto che la nonna fosse ancora viva per chiederle un consiglio, ma nonna Anna era morta. E lei era infinitamente sola.

Capitolo otto

Matera, 2017

«Amore, sei sicura di volerti vestire di nero? Non sei obbligata, i ragazzini non devono portare il lutto.»

Ma Angelica era decisa: al funerale di nonna Anna ci sarebbe andata vestita di nero.

Fu Adele a intrecciarle i capelli quella mattina e ad appuntarle la treccia sulla nuca in un morbido chignon. Nel salotto di casa si era raccolta una piccola folla: erano tante le persone che frequentavano l'erboristeria e desideravano salutare Anna. Le parole che accompagnavano le condoglianze erano sempre le stesse: «Com'era brava, sapessi quante volte mi ha salvata, mi ha guarita».

Ed era proprio così. Nel contesto magico dei Sassi di Matera, Anna aveva trovato il suo luogo ideale. Nel crogiolo di viuzze che si arrampicavano sul tufo, dove si alternavano botteghe di artigiani di ogni tipo, c'era anche la sua, l'Erboristeria Alice, nella quale si distribuivano erbe, profumi, saponi, ma soprattutto consigli, attenzioni, amore. Tutti cercavano l'amore, e nella bottega lo si poteva trovare: la cosa più importante è essere ascoltati, capiti, e Anna ascoltava, e capiva. Guariva i corpi ma anche le anime. Era questo il suo dono più grande. Fra piante, minerali, rimedi erboristici, Anna aveva donato la felicità.

In quella giornata di lutto Angelica capì quanta solitudine contenessero gli abiti neri di certe vecchiette che vedeva sempre sedute fuori dalle porte delle case. In quella terra ancora intrisa di riti arcaici, se si perdeva il marito non si indossavano più colori per il resto della vita. Così come gli uomini, a loro volta, portavano sempre un bottone nero attaccato alla giacca se restavano vedovi.

Fu così che Angelica, in quella triste mattina d'estate, decise che avrebbe portato il nero a vita per rispetto verso la sua amatissima nonna.

Non volle vedere la nonna distesa nella bara, per non avere come ultima immagine di lei un corpo gelido e immobile. Adele non si oppose, così la bambina trascorse in camera sua le ore della veglia funebre, mentre tutta Matera, fra preghiere e pianti, salutava Anna.

Nascosta dietro un paio di occhiali scuri, Adele stringeva mani e riceveva abbracci.

Osservò il profilo di sua madre, sembrava finalmente serena. Gli ultimi tempi per lei erano stati una tortura: Anna era costantemente tormentata da fortissimi mal di testa, che la costringevano a letto per giorni. I medici non avevano capito che cosa avesse, e le avevano soltanto prescritto antidolorifici sempre più forti. Anna però stava sempre peggio: aveva anche le allucinazioni e delirava, perché Adele di notte la sentiva sempre parlare con qualcuno. Allora andava nella sua stanza, e le prendeva la mano finché la madre non si calmava e si riaddormentava.

Poi, una mattina, era entrata con il vassoio della colazione. L'aveva scossa per svegliarla, ma Anna non apriva gli occhi. Non respirava più.

Sua madre era morta.

Adele doveva essere forte, per Angelica, ma si sentiva persa, completamente sola al mondo.

Era stata Angelica a consigliarle di annodare attorno alla testa di Anna il suo turbante preferito, quello verde bosco, da cui faceva capolino una striscia di capelli ancora rossi, con solo qualche filo candido.

Da dove arrivavano i suoi capelli castani, si chiese Adele, la sua carnagione olivastra? Chi era suo padre? Quante cose Anna non le aveva detto, e ora non avrebbe più potuto chiedergliele.

In quel momento nulla di sé la faceva sentire vicina a sua madre. Ma si rese anche conto di quanto dipendesse da lei. Erano bastate poche ore senza Anna, e Adele era disorientata, era come se le avessero tolto il mondo sotto i piedi. La morte di Anna, improvvisa e inaspettata, l'aveva svuotata di ogni energia. Se non fosse stato per Angelica, si sarebbe chiusa in camera e non si sarebbe più alzata dal letto. Ma non poteva lasciarsi andare al dolore, sua figlia aveva bisogno di lei. E lei, per la prima volta, avrebbe dovuto imparare a occuparsi davvero di Angelica.

Anna e Angelica, nonna e nipote, avevano un rapporto speciale fatto di sguardi complici e di una reciproca, silenziosa comprensione. Adele era stata gelosa di questa esclusività, che però l'aveva anche alleggerita di una responsabilità a cui proprio non sapeva come rispondere: l'essere madre.

Quando l'aveva battezzata da bambina e le aveva mostrato i suoi calanchi, la città in cui era cresciuta e che sin da subito aveva amato, lo aveva fatto con le migliori intenzioni: voleva essere una buona madre. Ma con gli anni non aveva saputo sostenere quel ruolo così come aveva sperato.

Non aveva un compagno, e crescere da sola la piccola con l'aiuto di una madre che per natura si occupava del prossimo l'aveva relegata a essere una figura marginale nella vita di sua figlia. Sapere che Anna si sarebbe presa cura di ogni esigenza della bambina l'aveva indebolita, e spesso si era sentita un'incapace.

Quando si specchiava in Angelica non riusciva a rintracciare nulla di se stessa. Non nei colori, non nelle curve. Come se fosse altro da lei. E non vedendo da tempo l'uomo con cui l'aveva generata non riusciva a sentirla simile a un altro essere umano, al punto che le sembrava quasi un'estranea.

Ora che però Anna era morta, Adele sapeva che Angelica stava soffrendo, ma non riusciva a capire come starle vicina. Sua figlia si era chiusa nel proprio dolore, e le era inaccessibile.

Partì la processione: come cullate da un vento caldo, lente e in silenzio, le persone uscirono con una marcia rispettosa dalla porta incamminandosi verso la chiesa, ognuno compreso nel proprio ricordo di Anna.

A rompere il silenzio, singhiozzi e una preghiera cantata a mezza voce. Era tutto molto triste.

Quattro becchini portavano sulle spalle la bara semplice della nonna, che ondeggiava per le stradine di pietra. Un altro uomo li raggiunse e prese una parte del carico sulle sue spalle. Angelica seguiva il feretro e un peso invisibile le gravava sul cuore, tanto che quasi faticava a respirare.

Durante la messa, officiata da don Franco che di tanto in tanto era costretto a interrompersi per soffiarsi il naso e tamponarsi gli occhi, Angelica era seduta al primo banco accanto a Adele, quando d'un tratto avvertì una folata di vento gelido, come una spinta. Subito dopo udì il cigolio della pesante porta della chiesa che si apriva.

Si voltò incuriosita, e vide entrare una donna con un mantello nero e la testa coperta dal cappuccio che si sistemò all'ultimo banco. Aveva qualcosa di magnetico e allo stesso tempo di familiare per Angelica: malgrado il cappuccio le coprisse parzialmente il viso, somigliava molto alla nonna. Che fosse una lontana parente di cui nonna Anna non le aveva mai parlato? Accanto a lei c'era un ragazzino sui dieci anni dai capelli ricci e scuri, vestito in modo singolare: aveva una camicia grigia e un paio di pantaloni vecchi e sporchi troppo grandi per lui sorretti da un paio di bretelle. In più, era scalzo.

Dal fondo della navata la donna osservò la bara per qualche istante, poi puntò lo sguardo dritto in quello di Angelica, che vi cadde dentro come trascinata da una sirena sul fondo di un mare oscuro.

La voce grave del parroco invitò i fedeli ad alzarsi in piedi, sganciandola da quell'amo al quale era imprigionata, e la mano della madre che con delicatezza cercava la sua la riportò al presente.

Quando tornò a guardare davanti a sé, un gruppo di persone apparse dal nulla circondavano la bara della nonna.

E anche quella donna vestita di nero si era fatta spazio tra quelle ombre.

Mentre un gelo improvviso le intorpidiva il corpo e la mente, le osservò incredula una a una, per poi riconoscere in loro con terrore crescente le persone ritratte nella fotografia che tanto aveva guardato e su cui tanto aveva fantasticato.

Erano lì, di fronte a lei, reali come reale era il marmo lucido su cui poggiava i piedi, e sentiva che la donna col mantello c'entrava qualcosa.

Ma prima che la sua giovane mente potesse darsi una spiegazione logica i contorni delle cose e delle persone iniziarono a confondersi fino a cancellarsi e un secondo dopo Angelica era a terra, svenuta al centro della navata.

Tutti si precipitarono a soccorrerla, la sollevarono da terra e la fecero sdraiare sulla panca. Don Franco, che aveva ancora gli occhi rossi per la commozione, si avvicinò con l'aspersorio cercando di rianimarla con l'acqua benedetta, mentre Adele le prendeva la testa fra le mani per controllare che non si fosse ferita.

«Angelica, amore, svegliati, ti prego!» la implorava.

La donna col mantello si avvicinò alla ragazza facendosi largo in mezzo alla folla di persone. Incrociò lo sguardo di don Franco, che sentì quella presenza come l'ineluttabile che attendeva da tempo e fece un passo indietro, stringendo più forte l'aspersorio. La donna si chinò su Angelica, e la lasciarono fare.

«Sarà un'infermiera, fate largo» disse qualcuno rincuorando Adele, che però continuava a piangere e non toglieva gli occhi di dosso ad Angelica.

La donna le fece una carezza sulla testa e sussurrò tra sé e sé: «Anche tu li vedi, allora... Siamo uguali io e te». Poi si rialzò, scoccò uno sguardo di sfida a don Franco, che aveva preso a mormorare la preghiera dell'esorcismo, e camminò svelta lunga la navata. Il cappuccio le ricadde sulle spalle, quando oltrepassò la soglia della chiesa i suoi capelli rossi brillarono alla luce del sole come una fiamma.

Capitolo nove

Matera, 2018

Angelica è sdraiata in un prato. Ha gli occhi chiusi e sente passare sul viso l'ombra di una nuvola, come un velo. Apre gli occhi e accanto a lei c'è Pietro, il ragazzo della III B che le sorride.

Tutt'intorno, in quel giardino che sembra un Eden e sa di fresco, l'erba umida la avvolge come fosse un unguento.

Ma il vento leggero si sta facendo sempre più violento, scuote i rami degli alberi. Si gira per cercare Pietro, ma lui non è più lì con lei.

L'erba perde il riflesso brillante e inizia ad allungarsi a dismisura, a farsi invadente costringendola a spostarsi, a rotolare, a fuggire in un groviglio di piante e rovi agitati che le frustano il viso e le graffiano braccia e gambe, mentre i suoi piedi e le sue mani rimangono avvinghiati in quei lunghi fili verdi che diventano spessi come liane e la immobilizzano come cinghie.

Si ritrova legata nella semioscurità di una stanza che non ha mai visto prima, e avverte sui polsi e le caviglie il freddo del metallo.

Poi una voce buona, la voce di un bambino.

Ciao.

Arriva da lontano, mentre il giaciglio duro sotto di lei comincia a muoversi e a cigolare.

Ciao, sente ancora.

Poi vede delle seggioline di ferro girarle attorno, e capisce di essere legata al centro di una giostrina.

Le passa davanti il volto di un bambino, e poi di un altro, e un altro ancora, sempre più veloce, e in questo vortice distingue dei capelli rossi che sembrano lampi. Appartengono a due bambine identiche, sono quelle della fotografia.

Di colpo si avvicinano figure scure e alte, i volti nascosti dal buio. Angelica sente delle piccole mani impaurite aggrapparsi a lei. Ma lei non si può muovere.

Il bambino che l'aveva salutata con la sua voce dolce ora inizia a urlare. La giostra gira sempre più veloce, le seggioline di metallo si inclinano, le urla diventano insostenibili. Quelle figure minacciose che l'hanno circondata le sono sopra, allungano le mani su di lei...

Angelica spalancò gli occhi. Il suono della sveglia. Ecco cos'era quell'urlo. Un sogno, solo un brutto sogno.

«Amore? Sei sveglia? Alzati, dài. Ti faccio la spremuta, però devi berla subito.»

«Arrivo, mamma» rispose. Poi si stiracchiò e andò ad aprire la finestra. La luce del giorno dissipò l'inquietudine dell'incubo, e Angelica si ritrovò a pensare a Pietro. "Oggi lo vedrò, magari all'intervallo lui verrà a salutarmi e a parlare con me... E io non farò la timida come al solito, gli sorriderò e gli parlerò come se fossi una ragazza come tutte le altre. Farò delle battute e proverò a essere divertente, come mi dicono sempre Stefania e Antonietta..."

Andò in bagno, si buttò in doccia e si fece la treccia con più cura del solito. A colazione ingurgitò il cibo che Adele le aveva messo nel piatto e bevve d'un sorso la spremuta compulsando il cellulare col cuore che le batteva forte. Aprì Instagram: Pietro non le aveva mai risposto, ma in compenso le poche foto che aveva pubblicato avevano ricevuto dei like e alcuni ragazzi del liceo avevano iniziato a seguirla. Un brivido di felicità le corse sulla pelle: bastava davvero così poco per essere considerata una ragazza normale! Da quel giorno tutto sarebbe stato diverso, se lo sentiva.

A furia di controllare le notifiche arrivò in ritardo, ma molti compagni erano ancora fermi sulle scale d'ingresso. Cercò di farsi largo fra loro, di infilarsi fra le strettoie dei corpi armati dagli zaini. Ma nessuno la lasciò passare. La accerchiarono, come un branco di lupi affamati.

«Allora, ce lo fai vedere anche a noi il reggiseno?»

«Ti piacciono il cazzo e la figa, eh, puttanella? Sei indecisa? Decidiamo noi cosa sei. Sei lesbica, punto. Quindi questi non ti servono più.»

All'improvviso sentì uno schiocco vicino alla nuca e la testa più leggera. Dallo stomaco le avvampò un fuoco che in una frazione di secondo le bruciò petto, collo e guance.

«Uuuuh, la Rossa è ancora più rossa!» la schernirono crudeli.

Portò una mano dietro alla testa e, proprio mentre si rendeva conto di cosa era successo, vide davanti a sé la sua treccia rossa, che venne passata di mano in mano fino ad approdare nel pugno di Pietro, che la sollevò come un trofeo.

«Questa adesso è mia.»

Scoppiò a ridere, seguito da tutti gli altri. Dalla folla indistinta emerse la figura di Federica. Si portò al fianco di Pietro e lo guardò compiaciuta. Era stata chiaramente lei la regista di un simile agguato. E Pietro, per compiacere la ragazza più bella e ambita della scuola, si era prestato a eseguire fedelmente gli ordini.

Qualcosa dentro Angelica si spense. Le avevano tagliato la treccia. I capelli che sua nonna le intrecciava con amore da quando era bambina.

«Angelica, i capelli sono energia. Non sono solo bellezza. Non tagliarli. Sono potenti» le diceva spazzolandoglieli pazientemente ogni sera, prima di metterle il pigiama e rimboccarle le coperte.

Angelica si sentì scivolare via. Le voci, le risate e le grida che le arrivavano addosso con violenza erano lontane, non la toccavano. Pensava solo alla treccia che non aveva più.

«Così sei una lesbica completa!» ghignò Federica, strappando la treccia dalle mani di Pietro e buttandola a terra. Era lunghissima, pesante. «La lesbica pelata.»

Angelica si riscosse dal torpore: afferrò la treccia e scappò via più veloce che poteva. Inseguita dalle risate, corse al bagno del terzo piano e vi si chiuse dentro. Si sentiva nuda come se le avessero strappato la pelle. Prese il cellulare, scorse la rubrica ma si rese conto che era tutto inutile: non sapeva chi chiamare. Non aveva amici, e sua madre sarebbe entrata nel panico se le avesse raccontato ciò che le era successo. Le lacrime le solcavano il viso pallido. Ancora una volta, era sola. E doveva fare quello che era necessario per sopravvivere: fare finta di niente, come sempre.

Ripiegò la treccia e la mise nella tasca della felpa. Poi si sciacquò la faccia nel lavabo, ma non ebbe il coraggio di alzare gli occhi allo specchio. Non voleva vedere come quegli stronzi l'avevano ridotta. Provò a farsi coraggio e si diresse in aula.

Non aveva nessun altro posto dove andare.

Fu accolta da un brusio sommesso e da qualche risatina trattenuta.

«Ma ti sembra questa l'ora di arrivare, Nero?» disse stizzita la professoressa Augenti. «Mi hai davvero stancata. Mettiti a sedere.»

La professoressa non riusciva mai a farsi ascoltare, figuriamoci a fine anno. Giunta alle soglie della pensione, era bassa di statura e aveva un viso piccolo e schiacciato che ricordava a tutti il maestro Yoda di *Guerre stellari*, da cui differiva solo per una montagna di capelli crespi castano chiaro e un paio di occhiali con lenti spesse e montatura tonda e pesante. E per la pelle non verde, ovviamente.

Aveva una voce stridula dalla cadenza soporifera, in grado di far addormentare anche chi aveva una lunga notte di sonno profondo alle spalle. Ma di tanto in tanto aveva delle impennate di volume e di tono che facevano rialzare teste e palpebre agli studenti appena prima di farli piombare dolcemente nel mondo dei sogni. Sembrava applicasse un sistema di tortura messo a punto negli anni.

«Angelica, apri il libro al Canto sedicesimo, pagina 127...» ordinò mentre Angelica prendeva posto al primo banco accanto a Salvatore Minozzi, un altro ragazzo che quanto a popolarità e successo con le ragazze era ben sotto lo zero. Poi la professoressa iniziò la lettura con conseguente parafrasi dell'*Odissea*.

«Che palle Yoda!» bisbigliò qualcuno da dietro. «Meno male che ci sono le foto di quella sfigata per farsi due risate.»

«Hanno già fatto il giro della scuola!» aggiunse qualcuno.

Angelica, in apnea, fissò lo sguardo sulle gambe rigide come tronchi della professoressa senza prestare la benché minima attenzione alle vicende di Ulisse, appena tornato a Itaca.

Aveva la mano destra infilata nella tasca della felpa, e stringeva la sua treccia tagliata sfregandola disperatamente tra il pollice e l'indice. Ancora non poteva credere a ciò che era appena accaduto. La sua treccia, la sua treccia!

Le sembrò di entrare dentro quei capelli morbidi come la seta, ricordando per ognuno di loro i momenti trascorsi con nonna Anna a pettinarli, oliarli, spuntarli e intrecciarli. Attimo dopo attimo, la classe con i suoi compagni, la professoressa, i banchi e le cartine geografiche appese alle pareti si facevano sempre più piccoli e lontani, mentre lei sprofondava nel buio di un cratere vulcanico spento.

Fu invasa lentamente da una pace e una calma che non aveva mai provato prima. Non c'era più nessuno, solo lei.

«La lesbica pelata» sentì sussurrare a Federica da una distanza infinita.

In un lampo improvviso, Angelica vide davanti ai suoi occhi il volto di una donna in fiamme che le si schiantava addosso, e sussultò di spavento. Si riebbe dalla trance in cui era piombata e sentì un calore cocente alla mano destra. D'istinto la tirò fuori dalla tasca insieme alla treccia, che a contatto con l'aria prese immediatamente fuoco. La lanciò via terrorizzata.

La treccia infuocata fece una breve parabola in aria per finire proprio sul libro della professoressa aperto sulla cattedra. La Augenti, presa dallo spavento, agitò le braccia per proteggersi spingendo quella cosa in fiamme sul pavimento, mentre indietreggiava con la sedia così rapidamente che una delle gambe di metallo si ruppe e lei rovinò a terra con un grido.

I compagni di classe, compresa Federica, guardarono Angelica, chi con una punta di timore chi con ammirazione per quel gesto assolutamente incomprensibile ma estremamente coraggioso.

La Augenti risorse lentamente dalla cattedra come una lucertola e nonostante l'inquietudine che ancora serpeggiava in classe a qualcuno scappò da ridere. Perché in quel momento la professoressa aveva esattamente la statura del personaggio di *Guerre stellari* e i più temerari le scattarono persino una foto con il cellulare.

Il cuore di Angelica batteva all'impazzata mentre guardava con gli occhi fuori dalle orbite la sua treccia sul pavimento, che sfrigolava e scoppiettava tra le fiamme.

Quando il piccolo fuoco si fu estinto fino all'ultimo sbuffo di fumo, la professoressa si voltò lentamente verso la classe, massaggiandosi la natica sinistra con una vaga espressione di dolore.

«Chi è stato?» disse piano per poi aumentare il volume della voce sempre di più, come una vecchia sirena a manovella.

«Chi è stato? Allora!... CHI DIAVOLO È STATO?»

Se avessero denunciato Angelica, ci sarebbero andati di mezzo tutti quelli che avevano partecipato al taglio della treccia, e non sarebbe convenuto a nessuno.

La Augenti continuava a sbraitare sempre più forte iniziando a schizzare con la sua saliva rabbiosa l'epopea di Ulisse, mentre tutti gli sguardi si abbassavano sia per il timore di incrociare il suo sguardo sia per la paura di scoppiarle a ridere in faccia.

In un attimo di silenzio pesante come un palazzo, la timida mano di Salvatore Minozzi si sollevò accanto ad Angelica. «Sono stato io» disse mortificato in un soffio, facendo distendere immediatamente i nervi sovraeccitati della classe.

Poi il ragazzo si voltò verso di lei, confessandole con uno sguardo più che eloquente che la amava segretamente e che, essendo già spacciato da tempo visti i suoi pessimi voti, si stava sacrificando per amor suo.

Angelica arrossì di colpo, poi si alzò di scatto balbettando un «Scusi devo andare in bagno» e uscì di corsa dall'aula.

Mentre si allontanava per il corridoio, udiva le urla della Augenti che, dietro la porta chiusa della classe, chiedeva spiegazioni al povero Minozzi.

Se ne andò da scuola senza permesso, sotto lo sguardo sospettoso della bidella che non riuscì, o forse non volle, fermarla. Prima di tornare a casa si fermò a guardare la sua immagine riflessa nella vetrina di un negozio. Si guardò come se fosse la prima volta, avvicinando il naso al vetro e scrutandosi fin dentro l'anima. Si passò una mano sulla nuca e provò una sensazione mai avvertita, quasi di complicità con la ragazza riflessa. E tutto il dolore che aveva provato, la rabbia, la solitudine, si trasformarono in profonda pietà verso se stessa. Un'emozione così intensa e nuova che la fece piangere.

Si asciugò le lacrime e giurò che sarebbero state le ultime. Poi tornò a guardarsi di profilo, la treccia non c'era più. La tensione le indurì i lineamenti, serrò la mandibola, i denti.

Gli occhi divennero proiettili, come quelli della bambina che osservava sempre nella fotografia, e quei proiettili non sarebbero mai più stati rivolti contro se stessa.

Mai più.

Da via Lucania, la parte più moderna della città, Angelica si infilò in via Volta e camminò spedita per raggiungere i Sassi e infine casa sua. Scese le scale davanti alla chiesa del Purgatorio e calpestò i viottoli lisci, rischiando di inciampare. Si fermò ad accarezzare qualche gatto di strada. Passò sotto la galleria con le dediche d'amore che tante volte aveva invidiato. Le conosceva a memoria, ma ogni giorno se ne aggiungeva qualcuna nuova. "Laura, il primo giorno che ti ho visto mi sono innamorato di te. By Alex" lesse Angelica, con una fitta al cuore.

L'amore.

Lei lo avrebbe mai scoperto? Si sarebbe mai innamorata di qualcuno, tanto da avere voglia di gridarlo al mondo?

Con quei pensieri continuò a camminare senza più una meta, lasciandosi alle spalle bed&breakfast, muretti sui quali erano seduti dei ragazzi a fumare, i cantieri con gli operai che ristrutturavano nuove grotte, forse per trasformarle in hotel di lusso – ci sarebbe mai entrata? –, le immagini religiose sulle pareti di tufo, i bassorilievi, le piante di capperi, il profumo di rosmarino.

Guardava tutto come se lo vedesse per la prima volta.

Ascoltava tutto – gli allarmi delle auto, le liti, i miagolii dei gatti, le mamme che chiamavano i figli – per sentirsi meno sola.

Respirava tutto: il profumo delle focacce e del pane sfornato, dei taralli, del caffè che fuorusciva dalle finestre delle case e dai bar.

Arrivò infine alla chiesa in piazza San Pietro Caveoso, dove era stata battezzata. Ne seguì il perimetro fino a intravedere il balconcino di don Franco, con i suoi vasi di fiori. Erano tutti appassiti: da quando sua nonna era morta, nessuno li curava più. Pensando a nonna Anna, Angelica non riuscì a trattenere un sorriso: diceva di odiare i preti, ma lei e don Franco erano amici, si rispettavano anche se non potevano essere più diversi e i loro battibecchi potevano durare ore intere.

Come le mancava la nonna. Entrò in chiesa, non c'era nessuno. Si sedette su una panca. Si passava la mano sulla testa, desiderando follemente che il tempo potesse riavvolgersi come un nastro per tornare indietro.

Pianse, di tristezza e di rabbia, e a un certo punto, esausta, si assopì.

Quando riaprì gli occhi e controllò l'ora sul cellulare scoprì che era già primo pomeriggio.

Uscì dalla chiesa e si affacciò al parapetto a guardare l'orizzonte. Respirò profondamente l'aria pulita di fine primavera godendosi il silenzio. La piazza era insolitamente deserta, anche le guide e i turisti sembravano spariti.

Poi la sua mente scivolò su quanto era accaduto in classe poco prima: la visione di quella donna, la treccia che prendeva misteriosamente fuoco... era tutto troppo strano. Meglio non pensarci. Scosse la testa e si voltò, pronta a tornarsene a casa.

Sui gradini della chiesa, davanti al portone chiuso, vide seduto un ragazzino. La osservava, poi alzò timidamente la mano in un gesto di saluto come se la conoscesse.

Angelica, incuriosita, mosse qualche passo nella sua direzione. Lo riconobbe: lo aveva visto al funerale di nonna

Anna. Avvicinandosi, vide che il ragazzino era vestito allo stesso modo: camicia grigia e pantaloni vecchi e sporchi sorretti dalle bretelle. Anche questa volta, era a piedi nudi.

«Ciao» lo salutò.

Ma lui non rispose. Si limitò a guardarla con quei suoi occhi che nel viso pallido e magro sembravano enormi.

«Eri tu al funerale di mia nonna un anno fa, vero? Mi ricordo di te perché sei entrato con una signora dai capelli rossi quando la messa era già iniziata. Conoscevi mia nonna?»

Il ragazzino rimase muto, poi si alzò di scatto, si spolverò con le mani il fondo dei calzoni e attraversò la piazza a passo svelto. «Ehi, dove vai?» gli gridò Angelica. Un impulso, irrazionale ma potentissimo, la spinse ad andargli dietro. Lo seguì fino a via Madonna delle Virtù, una strada trafficata perché sede di mostre di arte e del complesso rupestre, facendo zig zag sullo stretto marciapiede. Attraversò la strada nell'unico punto in cui si poteva scendere nella ripida valle del Parco della Gravina, si armò di coraggio, perché il ragazzino era già sparito dalla sua vista, e imboccò il sentiero verso la passerella sospesa sul torrente Gravina, una specie di ponte tibetano. Il bambino era già arrivato dall'altra parte. Camminava rapido, senza esitazioni. La passerella ondeggiò quando Angelica vi salì sopra e a lei mancò il respiro per quanto era alta. Poi, arrivata finalmente sull'altra sponda, corse pestando i fiordalisi e le campanule, così care a sua nonna per la preparazione degli unguenti. Un falco fendeva il cielo senza nuvole e spezzava il silenzio con il suo verso stridulo, come se annunciasse il suo arrivo.

Angelica aveva perso nuovamente di vista quello strano ragazzino. Dove si era cacciato? Tentava di camminare più veloce, ma con le sue sneakers continuava a inciampare su quel terreno generalmente destinato al trekking.

Matera era ormai lontana, e nonostante fosse una giornata calda, già quasi estiva, Angelica iniziò a sentire freddo. Lo percepì fin sopra la punta delle orecchie che sembravano essersi addormentate, mentre gli altri organi e tutti i muscoli si facevano sentire eccome. Lo stomaco le brontolava dalla fame.

L'altopiano andava su e giù, come le montagne russe, la cava attiva con i suoi blocchi di tufo bianchi pronti per essere spediti, e l'adrenalina della curiosità si venava di paura alla vista del panorama che le si andava rivelando come dietro un sipario. Non aveva mai visto davvero la valle. Non sapeva che vita si dipanasse da quaggiù.

Davanti a lei la sagoma scura del ragazzino, indistinta contro il cielo che si rabbuiava. Ora procedeva più lento, su una stradina sterrata e polverosa, abbracciata ai lati da spighe di grano. Angelica poteva sentire ancora, anche se in lontananza, i sonagli di una mandria di mucche. Era un suono rassicurante. Poi vide il bambino imboccare un sentiero che attraversava un campo con ulivi e alberi di fico e portava a una vecchia e imponente costruzione.

Il ragazzino si infilò in un grosso buco nella rete di protezione accanto al cancello in ferro battuto, che era invece sbarrato e senza nessun campanello.

Uno stemma ovale era coperto da un rampicante, ma quando Angelica si avvicinò per vedere bene le sembrò di distinguere almeno una delle due iniziali: V. L'altra poteva sembrare una N o una M, non si capiva bene.

Fece un respiro profondo e si infilò nello stesso varco, stando attenta a non graffiarsi con gli artigli di metallo arrugginito della rete tagliata. Si ritrovò in una piccola giungla intricata e spinosa. Un vento leggero scuoteva quella natura selvaggia, e ad Angelica parve che quegli arbusti che la sfioravano fossero dita adunche che volevano ghermirla, imprigionarla. Alzò gli occhi alla villa, che si ergeva inquietante in mezzo alla vegetazione infestante: le finestre erano tutte sbarrate, come tanti occhi ciechi, e i muri erano scrostati, anneriti di fumo e coperti di scritte fatte con uno spray rosso. Da lontano ne lesse alcune: "666", "Satan is God" e "I want your blood". Lo spray era colato sul muro e sembrava proprio sangue. Ovunque regnava la desolazione: era impossibile che qualcuno vivesse lì dentro, soprattutto un bambino. Dove si era cacciato? Perché l'aveva portata lì?

Il ramo di un albero basso le si impigliò alla maglietta. Voltandosi per sganciarsi, Angelica diede un'occhiata al cancello, ma si era talmente inoltrata in quel giardino abbandonato che non riusciva a vedere il punto della recinzione da cui era entrata. Cominciò ad avvertire in bocca l'amaro della paura. Si toccò i capelli. Stringere la treccia di solito la faceva sentire meno sola, ma ora la treccia non c'era più.

"Fischia, il treno fischia, c'è la nonna macchinista, poi c'è la mamma capostazione che sale sul vagone, poi c'è Angelica con il suo manino che fa ciao ciao dal finestrino..."

"Mamma, nonna, ma non è così la filastrocca!"

"Ma che importa..." le rispondevano Anna e Adele allegre. C'era stato un tempo in cui si poteva essere allegre, ma ora quel tempo era finito.

Angelica si riscosse dal ricordo per via della vibrazione del telefono nella tasca dei pantaloni. Si aggrappò al cellulare come se fosse l'ultimo appiglio prima del precipizio.

Trovò un messaggio di Adele.

"Tesoro, tutto bene? Sei a casa? Hai pranzato? Cosa vuoi per cena?" Provò a risponderle, ma c'era pochissimo campo. Il vento si era fatto più forte, e sentì anche il brontolio di un tuono. Di colpo ebbe la sensazione che qualcuno la stesse osservando. La schiena le si coprì di sudore freddo, e prese a guardarsi intorno. Forse il ragazzino l'aveva attirata lì per farle un brutto scherzo.

Era sul punto di mollare tutto e tornarsene a casa, quando un cigolio metallico proveniente dal retro del giardino suonò come un archetto di ferro arrugginito sulla sua spina dorsale. Il vento cessò di soffiare per alcuni istanti per poi riprendere più forte. Con il cuore in gola, Angelica avanzò nel cortile per scoprire l'origine del rumore. Un odore di carne bollita misto a disinfettante le invase di colpo le narici e un fragore di voci di bambini si alzò, come se la casa avesse improvvisamente preso vita. Poi quel caos infantile si spense, e riprese il cigolio metallico. Oltrepassò l'angolo, circospetta.

C'era uno spiazzo, e in quello spiazzo una giostrina arrugginita girava e girava, come sospinta dal vento. Su uno dei seggiolini c'era il ragazzino. Ma non sembrava stesse divertendosi, aveva la faccia cupa.

«Ehi» gli disse Angelica avvicinandosi, «ma perché scappi via? Non ti faccio niente.»

Lui, per tutta risposta, si alzò dal seggiolino di ferro e corse verso l'edificio sparendo poi dietro l'angolo, mentre la giostrina continuava a girare da sola.

Un attimo dopo, una finestra al terzo piano della villa si aprì accompagnata da un cigolio e un tremore di vetri. Il ragazzino si affacciò, e prima che Angelica potesse emettere alcun suono si lanciò di sotto con un grido.

Angelica corse sotto la finestra, ma una volta arrivata non vi trovò nessuno, solo rovi e cespugli incolti. Alzò gli occhi e lo vide richiudere la finestra.

Terrorizzata e sconvolta per ciò che aveva appena visto, indietreggiò per allontanarsi dalla villa, inciampando nei propri piedi, non riuscendo a staccare gli occhi dalla finestra da cui aveva visto il bambino.

Dopo sei o sette passi le sue spalle urtarono qualcosa e si voltò di scatto.

Un paio di Dr. Martens nere penzolavano nel vuoto.

C'era una ragazza impiccata al ramo di un albero. Ondeggiava sopra di lei con i capelli lunghi e scuri che le incorniciavano il viso livido e scomposto in una smorfia di terrore.

Angelica alzò lo sguardo fino ad agganciare quegli occhi sbarrati che sembravano chiedere disperatamente aiuto, mentre dall'angolo del labbro squarciato della ragazza una goccia di un liquido brunastro cadeva giù, proprio sulla fronte di Angelica, che in un lampo fu attraversata dagli ultimi istanti della sua vita.

Quanti sono, tanti. Mi tirano i capelli, mi strattonano. Mi obbligano a bere, a tirare di coca. La testa mi gira, ho la nausea. Il più grosso mi afferra i fianchi, mi gira, forte, ancora più forte, poi mi ferma, mi solleva la gonna, mi strappa le calze. No, le calze no, come lo dico alla mamma? Sento qualcosa sfiorarmi le gambe, la fica. Qualcuno mi tiene ferma, l'alito vicino ai miei capelli puzza di sigarette e vodka. Mi parla con una voce roca. Stai buona, mi dice. Non urlare. Quel coso, quel coso è innocuo. Lascialo entrare, da brava. Non entra, è molle. Insiste, ma non entra. Sembra vecchio, il suo odore è vecchio. Ora le mani mi rigirano, da brava, vieni qui, ci penso io, mi aprono le gambe, mi brucia qualcosa, cos'è? Sento odore di disinfettante, di alcol, voci, tante, c'è gente, ma chi? Non vedo nessuno, salvami, dove sei? Ero qui, per te, amore mio. Dovevi esserci tu. Apri quelle gambe, brava, così. Lasciala a me. Urlo aiuto, ma nessuno mi sente. Mi dimeno, le mie unghie lacerano la carne di qualcuno, che grida di sorpresa. Puttana, mi insulta. Quella voce, ora deformata dalla rabbia, la conosco. E poi dolore, dolore, dolore...

Tutto questo passò davanti agli occhi di Angelica in meno di un secondo. Gridò con quanto fiato aveva in gola, squassata come un vetro che va in frantumi.

Capitolo dieci

«Mado', che male alla caviglia che tengo. Ma perché mi sono messo io alla guida?»

«Ancora ha male, marescia'? Ma è andato a fare un po' di fisioterapia poi?»

«Eh. E chi c'ha tempo?.»

«E chi glielo impedisce. Ci vada, no?»

«Mia moglie... già dice che non ci sto mai. E poi cucina, cucina, cucina. E io mangio. Se non sto attento finisco per diventare un pachiderma.»

«Vabbè, marescia', però cucina bene sua moglie. La mia, con la scusa che abitiamo sopra la madre, va sempre su da lei. Accosti, dài, guido io.»

«Bravo appunta', che mi sei pure più basso di grado e dovresti farlo sempre tu.»

«Ma se è lei che chiede sempre di guidare!»

«E che devo fare? Mi rilassa. Con tutti i pensieri che c'ho...»

La volante dei carabinieri accostò nel buio della campagna subito fuori Matera, i fari puntati sul ciglio della strada. Il maresciallo indugiò mentre scendeva dall'auto.

«Ma l'hai visto pure tu?»

«Dove? Cosa? Una volpe?»

«No, qualcuno che cammina. Guarda... aspe' che è buio e non si vede niente. Rimettiti dentro Tonino, andiamo!»

La volante ripartì lentamente, e dopo qualche decina di

metri i fari illuminarono una ragazza vestita di nero che camminava barcollando al centro della strada.

«Oddio mio, e a questa che le è successo?»

Il maresciallo Vittorio Ferri lampeggiò con gli abbaglianti ma la ragazza non si girò.

Fermò l'auto e scese.

«Signorina, si fermi per favore! Signorina!»

Lei azzardò una corsa disperata, ma era priva di forze e rallentò quasi subito. Ferri la raggiunse con facilità e le poggiò delicatamente una mano sulla spalla.

«Signorina, la prego, siamo carabinieri.»

La ragazza si voltò di scatto, alzando le braccia per proteggersi, ma la vista della divisa la calmò all'istante. Poi chiuse gli occhi esausta e svenne tra le braccia del maresciallo.

Si svegliò immersa nell'odore acre di disinfettante e credette di trovarsi ancora in quel posto orribile. Invece era in un letto di ospedale, circondata da persone che non conosceva. Poi tra quei volti estranei riconobbe quello amato di sua madre.

«Angelica, amore, come stai?»

Adele aveva gli occhi gonfi e arrossati, i capelli tirati su alla meglio con una coda alta.

«Cosa ci facevi per strada a quell'ora? Cos'è successo ai tuoi capelli? Qualcuno ti ha fatto del male? Parla, Angelica, ti prego.»

Adele era fuori di sé, per tutto il giorno non era riuscita a mettersi in contatto con la figlia e poi quando l'avevano chiamata i carabinieri aveva temuto che fosse successo il peggio.

Il maresciallo la bloccò con un cenno della mano.

«Signora, scusi, capisco che lei sia sconvolta ma lasci parlare noi», e le indicò una sedia libera nell'angolo della stanza. L'appuntato la accompagnò a sedersi, si piegò su lei e le sussurrò di stare tranquilla, che ora la ragazza era al sicuro.

«Al sicuro? Ritrovate mia figlia che cammina al buio sulla statale senza più la sua treccia, a pochi passi dalle cascine abbandonate, sola, completamente sola. Al sicuro, dice? Ma ce l'ha lei una figlia per parlarmi così?»

Il carabiniere serrò le labbra e annuì, posando una mano

complice sulla spalla di Adele, che se la scrollò di dosso e piantò gli occhi su sua figlia. Non voleva perderla di vista nemmeno per un istante.

Il maresciallo Ferri accostò una sedia al letto di Angelica e le si rivolse con gentilezza: «Proviamo a capire cosa è successo, te la senti di parlare?».

«Niente, non è successo niente» mormorò. La gola le faceva ancora male da quanto aveva urlato.

«Come niente? Sei sparita per un giorno intero e poi ti ritrovano così!» si intromise Adele senza riuscire a trattenersi.

Angelica la guardò e sforzandosi di alzare un poco la voce disse: «Mamma, stai tranquilla, sto bene. Ho seguito un ragazzino, l'ho incontrato davanti alla chiesa...».

«Che hai fatto?» chiese Adele con un acuto di preoccupazione.

«Signora, per favore, una cosa alla volta. Angelica, chi è questo ragazzino? Possiamo sapere come si chiama?»

«Non lo so, non me lo ha detto.»

«Che scuola frequenta?»

«Non so nemmeno questo.»

«Quindi, Angelica, tu hai seguito un ragazzino di cui non conosci nemmeno il nome... Puoi dirci altro di lui?»

Angelica scosse la testa. Capì di essere in difficoltà, di non essere in grado di proseguire. Quello che aveva vissuto le sembrava un incubo, un'allucinazione. In che modo avrebbe potuto raccontarlo? Non sapeva più nemmeno se fosse reale, nella sua testa tutto si confondeva. Cercò con lo sguardo sua madre, ma percepiva che era arrabbiata. Era troppo giovane per capire che in realtà Adele ce l'aveva con se stessa per non averla saputa proteggere.

«E poi?»

«E poi non mi ricordo. Sono stanca, vi prego.»

In quel momento una dottoressa entrò nella stanza e chiese ai carabinieri di assecondare le richieste di Angelica e di lasciarla riposare.

«Un'ultima domanda, Angelica. Noi perlustreremo la zona, ma prima: dove hai visto il tuo amico per l'ultima volta?»

«Non mi ricordo.»

«D'accordo» si arrese Ferri, a malincuore. «Allora riposa, torneremo quando starai meglio.»

«Marescia', questa ragazzina avrà fatto la fuitina con il ragazzo e non vuole raccontare chi sia» disse Muzzi avviandosi lungo il corridoio.

«Sarà come dici tu. Ma era sconvolta, mi è svenuta fra le braccia... Voglio parlare con la dottoressa.»

Il maresciallo Ferri aspettò che la dottoressa uscisse dalla stanza di Angelica e poi le si accostò. Con i suoi occhi celesti a mezzaluna calante e delle piccole rughe vicino alle tempie che rivelavano i suoi quarant'anni, Ferri esercitava un certo fascino sulle donne. Cosa che risultava utile per ottenere facilmente informazioni senza bisogno di interrogatori.

«Dottoressa, la ragazza... quell'Angelica Nero. Ha segni di violenza?»

«Ha solo qualche graffio sulle mani e sul volto. Ma non ha altri segni, e non è stata aggredita sessualmente. Credo davvero che non stia nascondendo nulla di particolare o coprendo nessuno.»

«Sarà di sicuro come dice lei» ammise Ferri, «ma temo che ci stia nascondendo qualcosa di brutto.»

Nella stanza intanto Adele si era seduta sul letto della figlia e le accarezzava una guancia.

«Angelica, ti prego, dimmi la verità. Cosa sta succedendo?»

«Mamma, ho fatto un brutto sogno, non ci capisco più niente, non so cosa sia vero e cosa no.»

«Non è che hai preso qualche droga?»

«Mamma, ti prego, voglio solo dormire.»

«Dimmi almeno che fine ha fatto la tua treccia...» la implorò Adele senza smettere di accarezzarla.

«Non mi piaceva più, mi aveva stufata» mentì Angelica.

«Cosa vuol dire che non ti piaceva più? Non è possibile. Tu amavi la tua treccia. La tua treccia è...»

Adele si irrigidì di colpo. In quella treccia c'erano le spazzole d'argento poggiate sulla toeletta di sua madre, quelle con il dorso specchiato sempre tirato a lucido, regalo di un paziente di Anna. C'erano le filastrocche inventate per far passare il dolore dei nodi da sbrogliare.

L'appuntamento del mattino e quello della buonanotte.

C'erano il profumo di violetta, gli elastici di seta, le forcine, la retina.

C'era l'incantesimo di un rapporto che lei aveva sempre ammirato da lontano, quello di una nonna con sua nipote... Di una nonna che però non c'era più, e quindi ora doveva essere lei a prendersi cura di Angelica. Proteggerla. Adele ritrovò la lucidità grazie a quelle immagini di affetto domestico, lasciò perdere la treccia e cercò di capire cosa fosse successo quel pomeriggio. Ritornò all'attacco.

«Con chi sei andata in quelle stradine di campagna, e perché non rispondevi al telefono? Qualcuno ti ha dato un passaggio in auto? Ti sei messa in giri strani?»

Angelica si sentiva sopraffatta: qualsiasi cosa avesse detto, avrebbe dato il via a un'altra sfilza di domande a cui non sapeva rispondere.

«Mamma, davvero, non ricordo. Mi lasci in pace, per favore?»

Adele capì che insistere non sarebbe servito a niente, non in quel momento. Angelica aveva detto di aver incontrato il ragazzino davanti alla parrocchia di don Franco. Sarebbero andate da lui, magari lo conosceva. Forse con lui Angelica si sarebbe confidata.

«Va bene amore, ne parliamo domani. Ora dormi, ci sono io con te.» Adele continuò ad accarezzare la figlia fino a quando le palpebre di Angelica divennero pesanti di sonno. Prima di scivolare nell'incoscienza, ad Angelica parve di vedere il ragazzino. Il volto pallido sotto la massa di capelli ricci scompigliati, era seduto su uno sgabello ai piedi del suo letto e sembrava vegliare su di lei.

Il maresciallo, appena uscito dall'ospedale, compose il numero della centrale.

«Ciao, sono Ferri, qualcuno ha denunciato la scomparsa di un ragazzino? No? Monica Fasano? Da quanto manca da casa?»

Chiuse la telefonata e salì in macchina, dove l'appuntato lo stava aspettando.

«La porto a casa, maresciallo?»

«No, Muzzi, oggi dobbiamo fare gli straordinari. Andiamo a fare un giro, torniamo sulla statale ora che sta facendo giorno e vediamo se troviamo qualcosa.»

Capitolo undici

Angelica camminava verso il liceo guardando la punta consumata delle sue Vans nere e l'ombra gentile del suo corpo che sembrava seguirla con il giusto distacco. Sognava di finirci dentro e diventare impalpabile, come lei. Quella mattina avrebbe fatto di tutto per essere un'altra persona, invece di una studentessa che doveva rientrare in classe e affrontare le ore scolastiche, i soprusi di Federica, l'incubo che aveva vissuto solo due giorni prima e che tentava disperatamente di archiviare come un'allucinazione, provocata in parte dal trauma della treccia tagliata e in parte dalla stanchezza di quel lungo inseguimento nei campi.

Ma soprattutto avrebbe voluto sparire dalla vista della madre, che non l'aveva mollata neanche per un secondo da quando era uscita dall'ospedale, e continuava a tormentarla chiedendole spiegazioni.

Per dimostrarle che andava tutto bene aveva deciso di tornare in classe, anche se mancava solo una settimana alla fine dell'anno scolastico. Si era armata di coraggio e, aggiustandosi i capelli alla bell'e meglio con l'aiuto di Adele, era uscita di casa col cuore che le batteva forte. Nessuno dei suoi compagni si era preoccupato per la sua assenza, ma lei aveva scritto lo stesso un messaggio a Stefania per dirle che aveva avuto una fortissima emicrania e per quei due giorni non se l'era sentita di venire a scuola. Stefania aveva visualizzato ma non aveva risposto. Ad Angelica non importava, sperava solo con tutta se stessa che nessuno avesse scoperto ciò che le era successo, altrimenti non avrebbero fatto che prenderla in giro ancora più di prima. Angelica la pazza, Angelica la ciuota che vede cose che non esistono.

Già a una cinquantina di metri dal liceo, notò un gran trambusto. Un uomo imbracciava una telecamera, accanto a lui due giornaliste in tailleur gli indicavano cosa inquadrare facendo su e giù da un pulmino con un'enorme antenna. I ragazzi sembravano divertiti da quel caos e riprendevano la scena coi cellulari per postarla su Instagram.

Angelica era confusa. Cosa stava succedendo? Si fermò ad ascoltare una delle due giornaliste, in posa davanti a un'altra telecamera fissa.

«Buongiorno a tutti. Mi trovo a Matera, città stupenda che tutti conosciamo e che si appresta a diventare, l'anno prossimo, Capitale Europea della Cultura. Ma non è per parlarvi di arte che siamo qui oggi, perché questa bellissima e tranquilla cittadina è stata sconvolta dalla scomparsa di una ragazza, Monica Fasano, diciotto anni compiuti da poco. Da due giorni sono in corso le ricerche. Alcuni testimoni ascoltati dalla Procura sosterrebbero, almeno così emerge da alcune indiscrezioni, che da tempo fosse finita in un giro pericoloso.»

Poi si interruppe, evidentemente per rispondere alle domande dallo studio. Sfiorò l'auricolare per sistemarlo meglio, alzò le spalle, indicò la scuola.

«È chiaro, Luisa. Certo, è come dici tu. Sicuramente qualcuno sa molto di più, per questo siamo qui, perché una ragazza che frequenta l'ultimo anno di un liceo così prestigioso ha degli amici. Non può aver tenuto nascosto a tutti, se venisse appurato, di avere una doppia vita.»

Poi alzò una locandina con la fotografia di una ragazza. Angelica era troppo lontana per distinguerne i lineamenti.

«È lei. Ecco qui Monica Fasano, so che da studio la state facendo vedere a tutto schermo, ma questa locandina è quella che volontari, familiari e amici stanno diffondendo a scuola, nei negozi, nelle chiese, in tutta la città. Facciamo tutti un appello: se sapete dove si trova Monica, chiamateci.»

Fece una pausa, poi riprese.

«Certo. Chiamate noi, oppure contattate le forze dell'ordine. I genitori di Monica? Certo, siamo andati a casa loro. Non ci hanno accolto molto bene. Vi stiamo per mandare in esclusiva le dichiarazioni del suo fidanzato. A dopo.»

La giornalista rimase in posa ancora qualche istante, poi sfilò l'auricolare e si avvicinò al gruppo di lavoro accendendosi una sigaretta. Alcuni suoi colleghi cercavano di fermare i ragazzi e gli insegnanti che stavano entrando per strappargli qualche dichiarazione. A un certo punto la giornalista notò Angelica, malgrado stesse camminando veloce e a testa bassa.

«Ehi, tu. Dico a te, vieni qui. Soltanto una domanda.»

Le srotolò la locandina col viso di Monica davanti agli occhi.

«La conosci?»

Capelli lunghi, lisci, scuri. Occhi neri. Occhi che Angelica non poteva dimenticare: li aveva visti sbarrati, aperti per sempre a fissare l'abisso della morte.

Era lei? Sì, era lei.

Corse dentro la scuola accompagnata dal suono dell'ultima campanella. Si precipitò in bagno e vomitò. Poi si lasciò cadere fra il water e la parete imbrattata di scritte, e capì che tutto quello che aveva visto non poteva essere stato solo un brutto sogno.

Capelli lunghi, lisci, scuri, occhi neri.

La ragazza che aveva visto appesa all'albero era Monica. E non era un suicidio, qualcuno l'aveva uccisa. Angelica di colpo si ricordò della visione: uomini, tanti, uno di loro era un vecchio... Qualcuno – qualcuno che Monica amava – l'aveva attirata in una trappola.

Erano passati tre giorni e non l'avevano ancora trovata... in che condizioni era il suo corpo?

La immaginò già scheletro. Pensò ai suoi genitori, che di sicuro stavano impazzendo per l'angoscia. Cosa doveva fare? Doveva dire ciò che aveva visto? Ma come avrebbe giustificato la sua presenza sul luogo del delitto? I carabinieri non avrebbero potuto pensare che era in qualche modo coinvolta?

Era confusa, mille pensieri si affollavano dentro di lei. Ma non poteva fare troppo tardi in classe: alla prima ora c'era l'Augenti, e non voleva beccarsi una nota sul registro che magari avrebbe compromesso la promozione.

Si sciacquò la bocca e andò in aula. Si sedette al banco, mentre i suoi compagni la ignoravano. La scomparsa di Monica era al centro di ogni pensiero e di ogni discorso; persino Federica, pur non conoscendola, aveva scritto un post in cui si dichiarava inconsolabile, giusto per attirare l'attenzione su di sé.

Mentre la professoressa si apprestava a spiegare la lezione, la vicepreside irruppe nell'aula chiedendo ai ragazzi di seguirla in aula magna.

Tutti gli studenti vennero radunati lì, e nessuno si stupì granché quando il preside, affiancato da due carabinieri in divisa, prese il microfono e fece un annuncio: «Ragazzi, vi ho riuniti tutti qui perché una vostra amica ha bisogno di noi. Ormai sapete tutti che una vostra compagna, Monica Fasano, di V A, è scomparsa due giorni fa. Ora darò la parola al maresciallo Vittorio Ferri, e vi prego di prendere con assoluta serietà quanto vi dirà e di parlare, se sapete qualcosa. Se la vostra compagna si è confidata con voi, se ha raccontato qualcosa a qualcuno, se avete notato in lei qualcosa di strano negli ultimi tempi, parlate. Siamo certi che tutto si risolverà per il meglio e che Monica si sia allontanata di sua volontà, ma ogni minimo contributo è prezioso e potrebbe essere decisivo per le forze dell'ordine».

Il maresciallo si tolse il cappello e lo posò sulla grande cattedra, gli passarono il microfono e lui, tenendolo lontano dalla bocca come chi non è abituato a parlare in pubblico, goffamente iniziò il suo discorso.

«Non si sente!» urlò qualcuno.

«È imbranato ma è bono» ridacchiarono due ragazze di seconda sedute a gambe incrociate vicino ad Angelica.

«Ma che state dicendo? È vecchio!» intervenne una terza.

«Macché vecchio, avrà quarant'anni! Ha esperienza!» si difesero le due, dandosi arie da donne di mondo.

«Ssssh!» le apostrofò duramente una ragazza di quinta. «Vi sembra questo il momento per sparare cazzate?»

Le due smisero di ridere e fecero la faccia seria.

«Silenzio!» urlò il preside. «Prosegua pure, maresciallo» lo invitò.

«Buongiorno a tutti. Ricomincio. Come vi ha appena spiegato il preside, speriamo tutti che la vostra compagna si sia allontanata spontaneamente e che non le sia accaduto nulla di male. Tuttavia abbiamo bisogno della collaborazione di tutti perché vogliamo trovarla al più presto e mettere fine all'angoscia della sua famiglia. Sono già tre giorni che i suoi genitori non hanno sue notizie. Quindi vi chiedo di fornirci qualsiasi informazione possa essere utile per il suo ritrovamento. Per questo ci hanno messo a disposizione un piccolo ufficio vicino alla segreteria: l'appuntato al mio fianco e alcuni colleghi resteranno qui tutta la mattina. Se volete rivolgervi a loro potrete farlo, e i vostri docenti vi lasceranno uscire dall'aula senza chiedervi nulla, per rispettare la vostra privacy. C'è anche un indirizzo mail a cui potrete scrivere, anche anonimamente, lo trovate qui, scritto sulla lavagna. Chiunque sappia qualcosa, per favore parli. Immagino che vogliate bene a Monica. E che comunque vi mettiate nei panni della sua famiglia. Grazie.»

Le compagne di classe di Monica, le sue amiche più care, si tenevano per mano e piangevano abbracciandosi. I loro singhiozzi si sentivano fino alle ultime file. Tutti le guardavano, immaginando che potessero essere proprio loro le prime a parlare con gli inquirenti, e infatti furono le ultime a uscire dall'aula magna.

Quella mattina a scuola fu strana per tutti. La soglia dell'attenzione era bassissima, gli studenti pensavano solo alla ragazza scomparsa, e nessuno ascoltava le lezioni, tanto che i professori si arresero e cercarono per una volta di instaurare un dialogo con i loro alunni, tentando di capire che cosa provassero in quel momento.

«Di sicuro si era innamorata di un altro e non aveva il coraggio di dirlo a Luca o ai genitori perché si erano già fidanzati in casa.»

«Ogni tanto ho visto uno che le passava vicino all'uscita e lei sorrideva.»

«Ma chi?»

«Non lo so, uno più grande».

«E dillo allora ai carabinieri.»

«Ma no! Mia madre dice di farmi gli affari miei che forse è solo la mia immaginazione, e poi nemmeno me lo ricordo.»

Venne fuori che i più pensavano che Monica si fosse allontanata di sua spontanea volontà: i suoi voti negli ultimi mesi erano precipitati, e rischiava di non essere ammessa alla maturità. La maggioranza dei ragazzi era convinta che Monica, una volta finiti i soldi, sarebbe ritornata a casa con la coda tra le gambe. Qualcuno per rendersi interessante nella discussione azzardò l'ipotesi di un rapimento, citando casi simili, ma i Fasano erano una famiglia modesta, senza i soldi per un eventuale riscatto.

Solo Angelica sapeva che la realtà era atrocemente diversa. Trascorse la mattinata immersa nei propri pensieri, dilaniata dall'indecisione, ma tanto nessuno quel giorno badava a lei. Federica era troppo occupata ad aggiornare il suo profilo con appelli per Monica: #monicafasano, #monicatornaacasa, #monicatiaspettiamo, #monicadovesei, mentre il numero dei suoi follower aumentava sempre di più.

Anche Angelica a un certo punto si mise a compulsare il cellulare per vedere se c'erano novità sul caso – magari un pastore o un escursionista aveva trovato il corpo –, ma le agenzie di stampa non avevano aggiornamenti. Poi ebbe come un'intuizione: andò su Google Maps e cercò di ripercorrere virtualmente il tragitto che aveva fatto quel giorno seguendo quello strano ragazzino. Ma dopo il ponte tibetano le immagini non erano più disponibili. Allora cercò altre informazioni in rete su quel lembo di campagna al di là della passerella: trovò qualche agriturismo, aziende che producevano pomodori... fino a quando un articolo vecchio di almeno una decina d'anni non attirò la sua attenzione. *Abbandonato il progetto di riqualificazione dell'orfanotrofio degli orrori*, si intitolava. Cliccò sul link. Si aprì un pdf corredato dall'immagine di una vecchia e imponente costruzione avvolta dalla vegetazione.

Angelica si sentì il cuore in gola. Era quello il posto dove era stata. Cominciò a leggere, mentre il gelo si impossessava di lei: "La società straniera che negli ultimi mesi aveva proposto all'amministrazione comunale un progetto di riqualificazione di Villa Nivelli per trasformarla in un agriturismo di lusso si è tirata indietro. L'amministratore delegato della società non ha voluto dare troppe spiegazioni in merito, e ha solo accennato a problemi con gli eredi, che non vogliono destinare ad altro uso la proprietà.

Villa Nivelli, lo ricordiamo, fu un eccellente istituto per orfani fino al 1970, anno in cui fu distrutta da un incendio che causò la morte dei piccoli ospiti e dei religiosi che gestivano la struttura. Da quel momento, Villa Nivelli rimase abbandonata a se stessa e divenne oggetto di incursioni da parte di vandali. A oggi l'edificio appare completamente in rovina, tanto da essersi guadagnato la triste fama di 'orfanotrofio degli orrori'. E come ogni luogo abbandonato che si rispetti, ha dato vita a ogni sorta di leggende inquietanti: per esempio, c'è chi racconta che la giostrina arrugginita nel cortile sul retro talvolta si metta a girare, come se i fantasmi dei bambini ci stessero giocando. Ma, ovviamente, sono solo leggende metropolitane".

Quando Angelica uscì da scuola, trovò Adele ad aspettarla.

«Che ci fai qui, mamma? E che hai fatto ai capelli?»

Adele si era tinta i capelli di rosso. Stavolta non con l'henné, era andata dal parrucchiere e aveva speso una cifra esorbitante, ma non le importava. Non sapeva come fare per creare una connessione con sua figlia e pensava che così, sentendola più simile, vicina, amica, lei si sarebbe aperta. E così le rispose toccandosi i capelli compiaciuta. Ma Angelica sembrava quasi vergognarsene.

«Così siamo in due a sembrare delle streghe!» La tirò per un braccio per allontanarla dai compagni. «E comunque non mi hai ancora spiegato perché sei venuta a prendermi. Non sono più una bambina.»

«Nella chat delle mamme della classe hanno parlato dell'assalto dei giornalisti, e dopo quello che ti è appena successo non volevo che qualcuno ti turbasse. Comunque, adesso Matera è sulla bocca di tutti: da che non la conosceva nessuno, a città famosa per i Sassi, fino a diventare la città dei misteri, dove è sparita una ragazza. Ho chiuso la bottega, non ho testa oggi. Ti va se andiamo in un posto?»

Angelica la seguì, restando in silenzio. Avrebbe voluto trovare le parole per confessarle tutto, ma non sapeva da dove iniziare. A volte aveva la sensazione di essere lei a fare da madre a Adele e a proteggerla, e non viceversa.

Adele la portò alla chiesa di San Pietro Caveoso. Si sedette sul muretto da cui si contemplava l'altopiano della Murgia lucana.

«Sai che è stata una delle prime cose che abbiamo visto insieme, questa? Quando sei stata battezzata. C'era anche la nonna.»

«Mamma, come faccio a ricordarmelo? Avevo solo pochi giorni» tentò di sdrammatizzare Angelica, ma non riuscì a nascondere la tristezza che aveva nella voce.

«Sai che quasi quasi, ora che non c'è più la nonna, vorrei trasformare il negozio in un bed&breakfast? Io non le so fare le cose senza la nonna. Era lei l'anima dell'erboristeria, e infatti sta venendo sempre meno gente. Potremmo ricavarne almeno due stanze con una cucina, che ne dici amore?»

Ma Adele si accorse che stava parlando da sola.

Angelica guardava un punto lontano, era persa nei suoi pensieri. Adele rabbrividì: era chiaro che a sua figlia era accaduto qualcosa di strano. E ora che un'altra ragazza era scomparsa aveva paura per Angelica. Doveva assolutamente scoprire la verità, d'altronde l'aveva portata lì per questo.

«Amore, quel giorno hai fatto davvero tutta quella strada a piedi?»

«Sì.»

«Perché, Angelica?»
«Stavo seguendo quel ragazzino.»
«Ma chi è questo ragazzino?»
«Non lo so.»
«Non lo sai o non me lo vuoi dire? Angelica, ti prego. Una ragazza è scomparsa. Tu vieni ritrovata sotto shock nelle campagne fuori Matera. Lei frequenta il tuo stesso liceo. Ora dicono che lei era finita in giri strani. Anche tu ci sei dentro?»
«No, mamma.»
Adele non poteva arrendersi, doveva vincere le resistenze della figlia. E forse aveva trovato un modo. Angelica non si era mai aperta con lei, ma con la nonna sì. E nonna Anna si fidava di don Franco. Quindi forse Angelica avrebbe potuto parlare con lui e magari avvalersi del segreto del confessionale. Adele era disposta a tutto per proteggere la figlia, anche a farsi da parte.
«Perché non parliamo con don Franco, Angelica? Lui era un amico della nonna, possiamo fidarci di lui.»
«Va bene, ci vado» si arrese Angelica, giusto perché sua madre la smettesse di darle il tormento. «Ma solo se mi ci fai parlare da sola. Aspettami a casa.»

Capitolo dodici

Angelica non aveva davanti a sé molte alternative. Non sapeva che origine avesse tutto lo scompiglio che lei sembrava sempre suscitare suo malgrado. Non riusciva a capire come riavvolgere la matassa e poter essere utile al ritrovamento di una ragazza senza passare per pazza.

Perché lei per prima stava iniziando a sospettare di essere pazza. La paura andava e veniva nei suoi pensieri come onde che si infrangono sugli scogli.

Viveva nel terrore per ciò che aveva visto.

Ed era costretta ad ammettere che sua madre aveva ragione. C'era una sola persona a cui poteva rivolgersi, perché tante volte l'aveva visto fare a sua nonna Anna. Don Franco.

Si fece coraggio e raggiunse il retro della chiesa, dove abitava.

La porta imponente dell'edificio era quasi un deterrente per scoraggiare i fedeli a scocciare il prete anche dopo la messa.

Da bambina accompagnava sempre la nonna da don Franco. Angelica l'aspettava seduta sugli scalini. Nonna Anna entrava con il sorriso, usciva accompagnata da un ghigno.

«Che gli hai detto, nonna?»

«Niente. Le solite cose.»

«E allora perché ci vai?»

«Perché con lui le solite cose sembrano più chiare.»

Da quando lei era morta lo aveva visto per la benedizione delle case del rione durante il Natale e la Pasqua.

Entrava abbassando leggermente la testa tanto era alto, ed era seguito dai chierichetti fieri di esibire la tonaca, quasi come se indossassero una divisa da supereroi.

I ragazzini si guardavano e ridevano, mentre lui solenne dirigeva le sue mani e l'acqua benedetta verso le stanze.

Adele lo lasciava fare, gli sorrideva e gli allungava la busta con l'offerta, lui la ringraziava infilandola nella borsa a tracolla del chierichetto. Ma sul suo volto si intravedeva la delusione per non avere più la sua cara avversaria con cui duellare sui temi della Chiesa. E della vita.

Quando Angelica suonò il campanello si pentì immediatamente di essersi esposta così tanto. Si guardò attorno sperando di non essere stata vista da nessuno per potersi defilare, ma la porta si aprì. E lei entrò.

Si fermò dopo aver percorso qualche passo del lungo corridoio con il pavimento in cotto, e aspettò che qualcuno si palesasse.

Sui mobili antichi c'erano degli imponenti candelabri che sembravano spiarla, tirati a lucido da chissà quale perpetua.

Appese c'erano le foto del papa, delle missioni a cui don Franco doveva aver partecipato in gioventù e qualche medaglia rilucente con frasi che non riusciva a leggere.

Si sporse Angelica, attratta da quei ricordi, e non sentì i passi lenti sul tappeto persiano che si avvicinavano.

Don Franco si fermò a pochi centimetri dal suo viso, e sorpreso le chiese cosa le servisse.

«Angelica, che ci fai qui?»

Rimasero a guardarsi con imbarazzo nella penombra di quella casa fredda.

«Ma vieni di là in salotto. Così mi dici.» E mentre faceva strada, ogni tanto si girava per controllare che effettivamente Angelica lo stesse seguendo e non fosse rimasta lì, impalata e taciturna.

Nella sala si dipanò una grande parete di libri. Una biblioteca così, dal vivo, Angelica non l'aveva vista mai. Sembravano due ali ampie pronte a spiccare il volo.

Don Franco si sedette alla sua scrivania antica e le fece segno di sedersi di fronte. Angelica in quel momento poté, con la luce, osservare meglio quell'orco buono, vestito di nero ma senza la tonaca, con l'indice infilato nel Vangelo.

Impugnò le maniche della felpa e iniziò a stiracchiarsele con le dita, perché ora quell'unica via di fuga che gli era sembrata la confessione al migliore amico della nonna poteva essere un ulteriore burrone su cui penzolare.

Don Franco accavallò le gambe, rilassato. Posò il Vangelo e per spezzare quell'atmosfera tesa e cercare di catturare la fiducia della ragazzina, le chiese come stesse Adele, come andasse il negozio e la scuola.

Allora Angelica, tutto d'un fiato, gli raccontò ogni cosa.

«Ho visto cose per le quali mi prenderebbero per pazza. A dire la verità lo pensano già tutti. Ma io non sono pazza, e...» la voce si ruppe in un pianto, e continuò: «... e sono venuta da lei perché so che anche la nonna spesso ha lasciato intendere di avere delle cose, in testa... e così forse lei può aiutarmi».

Don Franco si riaccomodò sulla sedia. La sua curiosità iniziale si trasformò in preoccupazione.

Ma non proferì parola, come se fossero seduti in un confessionale. E così Angelica fu costretta a proseguire. Parlò, senza più guardarlo negli occhi. E lasciò che la verità le scivolasse dalla bocca come un dolce veleno che non uccide, ma purifica.

Quando finì alzò la testa e trovò don Franco in piedi, di spalle, che guardava fuori dalla finestra.

«E mettiamo che io ti credessi» disse concedendosi una lunga pausa. «Cosa pensi che potrei fare per te?»

Angelica alzò le spalle, delusa. Se non lo sa lei, pensò.

Ma non lo disse.

«Io sono un prete esorcista. Ho aiutato tanto tua nonna, quando iniziava a stare poco bene, perché in testa aveva tanta confusione. Più o meno come te oggi. Ma la prima cosa da fare adesso è affidarsi alle forze dell'ordine. Per verificare se quanto dici è vero o frutto di quella confusione, ecco. Ricordi che si mescolano a paure, a sogni, a incubi e...» con le mani iniziò a mimare un vortice. Come se non riuscisse a trovare le parole più semplici per far comprendere ad Angelica di cosa stesse parlando.

Non voleva spaventarla ulteriormente, e il fatto che era stato proprio Vittorio a soccorrerla lo fece sentire alleggerito.

«Facciamo una cosa. Chiamiamo insieme il maresciallo Ferri. Credimi, è la prima cosa da fare. Lo conosco bene, è una brava persona. Ti prenderà a cuore.»

Poi si avvicinò ad Angelica, che se ne stava tutta infagottata nella poltrona ed era come avvilita da quell'unica soluzione che lui le aveva proposto.

Don Franco dovette interpretare la sua delusione. Si chinò su di lei e le prese le mani, in un gesto che parve insolito a lui almeno quanto ad Angelica.

Cambiò il suo tono.

«Tua nonna per tutta la vita ha cercato di convincermi di essere posseduta da alcune voci strane e maledette. Te lo ricordi, no, quando aveva quei forti mal di testa?»

Angelica annuì tirando su con il naso.

«La medicina dice che a volte le voci nella testa sono causate da un disturbo psicotico come la schizofrenia. È una malattia.»

«Ma io non sono malata.»

«Lo so. Io ti credo. E tu non devi avere paura. Dio non ti caricherebbe di nessun fardello che tu non possa sopportare.»

Angelica diede il permesso al prete di chiamare il maresciallo per confessare dove si trovasse Monica Fasano.

E nell'attesa capì che non era nemmeno tra le mani di quell'uomo, nella sua Chiesa, che avrebbe trovato le risposte che cercava.

Ma almeno lì dentro si sentiva al sicuro.

Capitolo tredici

Com'era bella Maria Rosaria quando l'aveva conosciuta, erano due ragazzi. Pura, dolcissima, spensierata.

Vittorio, schiantato all'improvviso dal ricordo del volto di sua moglie che si era materializzato nella sua testa, crollò seduto sulla panca dello spogliatoio. Proprio quel giorno che era finalmente riuscito ad andare in palestra ad allenarsi, dopo mesi che non trovava il tempo di farlo... perché i ricordi non gli davano nemmeno un attimo di tregua?

Era così cambiato quel volto. Ormai Maria Rosaria era sempre tesa, corrucciata come chi si sente in credito con il mondo, e abbassava lo sguardo ogni volta che ne incontrava uno più forte.

Circa due anni prima era caduta in depressione. I medici non erano riusciti ancora a trovare la cura giusta e nemmeno gli amici erano stati di grande aiuto, dato che la maggior parte delle persone che conoscevano consideravano la depressione una malattia immaginaria, derubricandola a semplice debolezza di carattere. Così Vittorio aveva deciso di affidarsi a Dio e a don Franco.

Come richiamato dall'intensità di quei ricordi, don Franco si materializzò: il suo nome apparve sul display del cellulare. Ecco, lo sapevo, avrei dovuto spegnerlo prima di entrare, pensò Vittorio. Ma ormai aveva visto la chiamata e, proprio per la gratitudine che lo legava al prete, non se la sentiva di ignorarla.

«Padre, come sta?»
«Vittorio, sto bene grazie. Sei in servizio?»
La voce grave del prete spense il sorriso sulle labbra del carabiniere.
«No, sono in palestra, sono mesi che non mi alleno e...»
«Vieni subito da me, per favore, e cerca di non farti notare. Vieni in borghese se puoi, che è meglio», e don Franco chiuse la telefonata.
Vittorio rimase per un attimo bloccato sulla panchina dello spogliatoio pensando con nostalgia al sacco nero al quale non vedeva l'ora di tirare pugni e calci.
Erano mesi che non si allenava. E non aveva scelto nemmeno il giorno più adatto, visto quello che stava accadendo. Ma proprio per questo avrebbe avuto ancora più bisogno di sfogarsi, di pensare.
Ma se don Franco lo aveva chiamato con tanta urgenza e soprattutto con quella voce agitata che non gli aveva mai sentito, non poteva rimandare. C'entrava in qualche modo Maria Rosaria? Sua moglie aveva avuto un'altra crisi?
Tutta la sua energia vitale si scaricò in un secondo, come un temporale improvviso. Recuperò mestamente la borsa già sistemata nell'armadietto, vi ripose le fasce e i guantoni da sacco e si avviò verso l'uscita.
Si mise al volante diretto alla chiesa di San Pietro Caveoso. Il traffico scorreva blando. All'improvviso gli venne in mente quella ragazzina dai capelli rossi che camminava sconvolta in mezzo alla strada qualche sera prima. Cosa avrebbe fatto se fosse stata figlia sua? Lui, che da sempre desiderava un figlio, per un attimo si era sentito sollevato di non averne, e poi subito aveva provato vergogna per quel pensiero.
Ma con tutto quello che aveva visto da quando era entrato nell'Arma pensava che il mondo, per quanto popolato anche da persone perbene, fosse davvero un posto di merda in cui far crescere dei bambini.
Parcheggiò l'auto sul retro della chiesa, davanti alla sagrestia, e prima di entrare si fermò un istante a osservare il pesante portone di legno antico con la sua moderna serratura.
«Entra dal portone sul retro, quando arrivi» gli aveva det-

to don Franco la prima volta che l'aveva invitato a passare un po' di tempo insieme in biblioteca, offrendogli tutta la discrezione di cui un appartenente alle forze dell'ordine aveva bisogno. E da allora Vittorio era sempre passato da lì, sentendosi un po' uno di casa.

Gli venne in mente il primo colloquio che avevano avuto, il giorno in cui aveva aperto quel suo cuore facile alle ferite a qualcuno che non fosse sua moglie.

«Ero in servizio don Franco, capisce? Io non c'ero. Ma non perché fossi con gli amici o in palestra. Ero al lavoro. Stavo solo facendo il mio dovere. Ero in servizio, e invece mi devo sentire questo peso qui, nello stomaco. È come se Maria Rosaria me lo rinfacciasse ogni giorno con il suo silenzio che io non c'ero quando abbiamo perso nostro figlio.»

Tutti avevano cercato di liberarlo dai sensi di colpa, ripetendogli che non sarebbe cambiato nulla. Compresi suo padre e sua madre, secondo cui quelli di Maria Rosaria erano solo capricci. Capricci? Come potevano essere capricci?, si chiedeva. Maria Rosaria passava la gran parte delle giornate a letto, con le imposte serrate. Da quel giorno era come svuotata, una parte di lei sembrava essere morta insieme al bambino che aveva portato in grembo.

Stava a lui fare l'uomo e "rimettere tutto a posto". Tutto a posto, già. E fare l'uomo. Per loro significava non perdere tempo col dolore, non perdere tempo con le lacrime.

Suonò il campanello dell'appartamento di don Franco.

Una voce arrivò dalla finestra aperta del piano di sopra.

«Vittorio, vieni.»

Quando entrò nello studio del prete, fu sorpreso di trovarci Angelica.

«Don Franco, cosa sta succedendo?» gli chiese.

Comprendendo il suo disagio, il prete gli chiese di avere pazienza e di sedersi.

«Non tutti possono capire ciò che stai per ascoltare.»

Terza parte

EVA

Capitolo uno

Sono Eva, la gemella di Anna. Io e mia sorella siamo nate prematuramente sul cratere infuocato del Vulture oltre sessant'anni fa, generando, al nostro sorgere, morte.

E questa è, e sarà per sempre, la nostra condanna. Contagiamo con dolore chiunque provi ad avvicinarci.

Nostra madre, i lontani parenti che ci hanno allevate, i bambini dell'orfanotrofio, Beppe.

Quando è nata mia figlia – anche se non voluta, instillata nel mio grembo con violenza – ho compreso che era necessario interrompere questo ciclo di morte. Come turbini d'aria che incontrandosi sfidano il cielo e scatenano l'uragano, Anna e io, insieme, moltiplichiamo le disgrazie. Così me ne sono andata, tagliando quel filo di ferro incandescente che ci legava.

Nostra madre partorì all'aperto, guardando il sole che sembrava incendiare il cielo prima di tramontare. Implorò Dio di salvarla: le avevano raccontato che Dio è misericordioso. Ma mentivano, mentivano tutti. Nessuno arrivò in suo soccorso. Nostra madre morì sola, il grembo lacerato, in una pozza di sangue e placenta, senza la consolazione di cui ogni madre ha bisogno dopo lo strazio del parto: stringere a sé il proprio figlio. Sentirne la vita, il respiro. Specchiarsi in qualche dettaglio. Dopo aver dato la vita, subito la morte l'aspettava. Non so nemmeno se riuscì a provare un impulso di amore, un istante di calore materno, o se la morsa della sofferenza le concesse solo di odiarci.

Saperlo, *sentirlo*, sarebbe stato di vitale importanza, perché avrebbe riscritto la nostra storia. Avrebbe cambiato il nostro destino, perché io e Anna abbiamo sempre pensato di non essere state amate. E se non c'è nessuno a insegnarti l'amore, come puoi impararlo? La vita diventa solo sopravvivenza, una lotta in cui solo il più forte sopravvive. O attacchi o sei attaccato, o sbrani o finisci tu a brandelli. Non c'è altra scelta.

Io e Anna non abbiamo mai avuto qualcuno accanto. Non un padre, non un marito, qualcuno che ci guardasse con gli occhi pieni d'amore e si prendesse cura di noi come fossimo fatte di miele e talvolta di cristallo. Da quando siamo nate, per noi l'uomo è stato una declinazione del male.

Quando scoprii di essere incinta, qualcosa si risvegliò dentro di me. Dovevo evitare a tutti i costi che a una creatura innocente venissero inflitte le stesse sofferenze che io avevo subito sin dalla mia nascita. I miei carcerieri me l'avrebbero strappata per crescerla come loro figlia, e dovevo impedirlo. Ma ero loro prigioniera, mi tenevano segregata in quella gabbia mostruosa dalle ampie pareti d'oro.

Per fortuna Tina, dopo aver assistito impotente a tutte le sevizie di cui ero vittima, ha trovato la forza di chiedere aiuto. È andata da zio Michele, a cui si era rivolta spesso per curare l'anziana madre malata, e nella sua cascina vi ha trovato mia sorella. Non potevo immaginare che il destino ci avrebbe concesso di ritrovarci.

E Anna è venuta a salvarmi.

Dopo anni di apatia, intontita dagli elettroshock e dalle pillole, finalmente desideravo di andarmene, di mettere fine ai giochi perversi dei Bruni, di sopravvivere. Soprattutto, di vendicarmi di tutto il male che mi avevano fatto. Era la creatura nel mio grembo a darmi la forza di ribellarmi. E giorno dopo giorno, mentre Adele cresceva dentro di me e scalciava, ho capito cosa dovevo fare.

Elaborai un piano. Avrei affidato mia figlia ad Anna, risarcendola del male che le avevo fatto quando eravamo piccole. Le avrei permesso di imparare l'amore attraverso una figlia. Così avrei chiuso i conti col mio passato, mi illudevo.

È così che l'ho salvata. Se non ci fosse stata Adele, lei sarebbe rimasta per sempre con zio Michele, schiava delle bruciature che le sfregiavano il volto, impaurita dal mondo, una vita persa a curare i disperati della valle. Le ho dato molto più di ciò che avrebbe mai potuto desiderare, anche se mi avrà odiata, rinnegata. Secondo lei ho abbandonato mia figlia.

Adele non ha mai avuto bisogno di me, lei non porta i segni del dono, della maledizione, non li porta nel corpo e nella mente – nel cuore forse sì, ma come ho detto una volta a mia sorella, le ferite del cuore non hanno mai ucciso nessuno.

Quando è nata Angelica, invece, i morti di Villa Nivelli si sono risvegliati urlando: lei è potente, ha ereditato anche i nostri capelli rossi. La presenza di Anna la proteggeva, placava quegli spiriti inquieti, ma ora lei è morta e quelle anime sono tornate a tormentare i miei giorni, a trascinarmi nel nero della notte. E spetta a me proteggere Angelica dal peso delle mie colpe mortali.

Capitolo due

Tornai a casa dopo il parto fingendo che il bambino fosse nato morto. Elvira e Antonio mi guardarono sospettosi, ma finsi così bene di essere disperata che non me la fecero nemmeno pagare, quella fuga. Erano troppo sorpresi di riavermi di nuovo con loro per farsi domande. E comunque non erano mai stati intelligenti, mi ritenevano innocua. Ero il loro giocattolo, il loro animaletto addomesticato che era tornato a casa, troppo impaurito dal mondo reale per poterci rimanere a lungo. Sapevo che presto ci avrebbero riprovato, a procurarmi una gravidanza, ma non gliene diedi il tempo.

E compii finalmente il castigo che avevo progettato per loro.

Senza pietà mi avevano tenuta in prigionia, da quando ero una bambina. E senza pietà, goccia a goccia, preparai un veleno per stordirli. Anna mi aveva insegnato i nomi delle erbe, e il loro utilizzo. C'erano quelle medicinali, usate per curare vari malanni, e altre che erano velenose. Distillai un'essenza dalle foglie dell'oleandro, e – non vista – la versai nei loro bicchieri di vino.

Morirono lentamente per un arresto cardiaco, soffrendo molto, e io restai a guardarli agonizzare, mentre sferruzzavo la copertina di una figlia che non avrei visto mai più.

Li lasciai a terra, senza una parola di congedo. Com'è buffa la morte quando sorprende i corpi. È scomposta e si vendica degli anni di vanità lasciando null'altro che una carne livida e fredda che non potrà più farti del male.

E di male in tutti in quegli anni Elvira e Antonio me ne avevano fatto molto, non risparmiandomi nulla.

Dopo che, arrivata da poco a casa Bruni, avevo interrotto la seduta spiritica, avevo iniziato a sentire dentro di me le anime dei morti nell'incendio. Non mi davano pace, urlavano il loro dolore e la loro rabbia e io urlavo con loro. Vedevo i loro volti girare nella stanza dove Elvira e Antonio mi avevano confinata, e non sapevo se era reale o un incubo.

Perciò, quando al mio capezzale apparve la vecchia medium vestita di nero con gli occhialetti tondi mi sembrò un'allucinazione.

«Sei così potente, ragazzina, così potente...» mormorava.

Io mi morsi il labbro coi denti: provai dolore, e la mia vista tornò a fuoco. La vecchia non scomparve. Era reale.

«Hai un dono incredibile, chissà da chi l'hai ereditato» disse.

Io non le risposi. Nella stanza comparvero Elvira Nivelli e suo marito. Si tenevano prudentemente sulla soglia.

«Non abbiate paura di lei» disse la vecchia. «Questa ragazzina ci sarà incredibilmente utile.»

E fu così che divenni un prodigio da sfoggiare. La vecchia medium vide in me la portatrice di un'energia misteriosa che attraeva e spaventava, e insieme una creatura inquietante da tenere sotto controllo, al guinzaglio. Cominciai a partecipare alle sedute spiritiche e a evocare gli spiriti dei morti. I Bruni diventarono sempre più potenti in città: conoscevano i segreti di tutti, e li sfruttavano per piegare chiunque ai loro voleri. Ricattavano, minacciavano di rivelare ciò che avveniva durante quelle sedute: e tutti volevano farseli amici. Averli come nemici era troppo pericoloso.

Nel frattempo crescevo, il mio corpo si sviluppava, e Antonio mi guardava con lampi di cupo desiderio. Una sera ci incrociammo nel corridoio buio del primo piano e lui spinse il suo corpo addosso al mio, schiacciandomi contro il muro.

Sentivo il suo respiro pesante sulla pelle, la sua eccitazione sudata, io non potevo muovermi. Poi Elvira accese la luce in cucina e lui si scostò da me come se niente fosse. Avevo tredici anni. Iniziai ad avere paura, ogni sera bloccavo con una sedia la porta della mia camera, visto che i Bruni avevano tolto la chiave.

Elvira decise di fingersi sua alleata. Per aggirare la gelosia, si prestava a condividere le fantasie di suo marito; per continuare a mantenere il controllo, decise di diventare padrona anche di quelle perversioni.

Li ho ascoltati per anni fare l'amore nominandomi ad alta voce: lasciavano la porta della camera da letto socchiusa, era evidente che volevano che io li sentissi, forse anche che mi unissi a loro di mia volontà. Quando compii sedici anni stabilirono che era giunto il momento di coinvolgermi in quelle fantasie erotiche. Per loro ero abbastanza grande.

Successe una sera di novembre. Tina quel giorno non c'era, era ad assistere la madre malata e sarebbe stata via per un paio di giorni. Nemmeno la vecchia medium si presentò: ormai ero in grado di condurre le sedute spiritiche anche da sola. Quella sera il gruppo era composto da otto persone, ed erano tutti alterati dal gin: il tavolo era ingombro di bottiglie vuote. Erano talmente ubriachi che la seduta non iniziò neppure. Ridevano sguaiati. Lo sguardo degli ospiti si fissava su di me, le nuove curve del mio corpo, i miei capelli rossi, il mio seno. Ero terribilmente a disagio.

«Versamene ancora, ho bisogno di essere sbronza» sussurrò la giovane moglie dell'assessore. Credo di ricordare che si chiamasse Ida, sembrava poco più grande di me. Ma questo, anziché renderla mia alleata, sembrava eccitarla maggiormente. Eravamo le uniche due ragazze in un gruppo di ricchi borghesi cinquantenni, l'élite della città.

Poi un uomo prese dalla tasca una bustina di polvere bianca e la versò sul tavolo. Antonio andò a prendere il suo rasoio dal bagno e lo diede all'uomo, che ne fece tante strisciline lunghe. A turno i presenti ci si piegarono sopra aspirando col naso da un tubicino d'argento.

L'ultimo fu proprio Antonio. Quando rialzò la testa, aveva il viso rosso e congestionato, e negli occhi un lampo cattivo. Lanciò un'occhiata a Ida, seduta su una poltrona, e si scambiarono un sorriso di intesa. Io non mi ero mai mossa dal tavolo, avevo capito sin dall'inizio che quella sera c'era una strana atmosfera.

La luce era soffusa. Antonio si spinse fino alla porta e la chiuse a chiave. Mi sentivo in trappola. Ida mi si avvicinò e mi sussurrò all'orecchio di stare tranquilla, non dovevo affaticarmi lavorando. Disse proprio così, "lavorando", come se il mio fosse un lavoro e non un dono.

Mi girò intorno guardandomi con intensità, come se fossi un animale strano, poi mi passò la lingua leggermente macchiata di polvere bianca sulle labbra. Il suo fiato era acido.

Scoppiò in una risata. Cattiva, penetrante, folle. Il terrore mi aggredì come un'onda improvvisa. Ero sola, sola in balia dei miei carcerieri e di quegli altri adulti sconvolti da alcol e droga.

Elvira mi porse un bicchiere di gin pieno fino all'orlo e mi suggerì di bere, perché sarebbe stato più facile. Io bevvi. Tutto d'un sorso. E loro applaudirono.

Poi un altro bicchiere, mentre altre mani mi sbottonavano il vestito lasciandolo scivolare ai miei piedi.

Rimasi così, con la biancheria nuova che mi aveva regalato Elvira quella mattina, scelta da lei. Quei pizzi e merletti non mi piacevano affatto, e dal mio sguardo doveva essere evidente, ma lei porgendomela con malgarbo mi aveva detto: «Questa è roba di classe, ragazzina. Ma cosa ne vuoi capire tu di classe, che sei solo una povera bastarda che nessuno ha voluto?».

Quando il soffitto sopra di me iniziò a vorticare, una mano mi abbassò la testa con forza, costringendomi a piegarmi in ginocchio, e l'assessore mi infilò il suo membro in bocca. Aveva un cattivo sapore, ma non potevo spostarmi, lui mi teneva la mano sulla testa e mi soffocava. Poi chiamò sua moglie: «Ida, vieni, che questa non è capace». Uscì dalla mia bocca, e Ida arrivò a sostituirmi. Inalavo l'aria a pieni polmoni, non mi era mai sembrata così buona.

Sperai che fosse finita lì, ma mi spinsero fino al tavolo,

dove mi piegarono la testa sulla polvere bianca ordinandomi di tirare su con il naso.

«Da brava, ti piacerà.»

La testa mi esplose, e tutto iniziò a girare ancora più vorticosamente... mi ritrovai nuda, stesa sul tappeto. Tutti gli uomini, a turno, entrarono dentro di me, provocandomi un dolore lancinante. Elvira mi teneva la mano sulla bocca per impedirmi di urlare. Persi il senso del tempo, forse svenni. Qualcuno mi tirò addosso un liquido gelido. Aprii gli occhi e vidi Elvira in piedi di fronte a me con un bicchiere vuoto in mano, un sorriso beffardo sulle labbra.

Sbattei le palpebre per mettere bene a fuoco, Antonio e gli altri si stavano rivestendo. Ida si era addormentata sul divano, le membra scomposte come se fosse una bambola rotta.

«Andiamo a letto» disse Antonio. «Metteremo a posto domani, prima che arrivi la domestica. Amici, la festa è finita.»

Era stata la mia iniziazione, un rito morboso e diabolico.

Perché non li bruciai vivi?

Perché non ne ero in grado. Non c'era nulla da fare: non ero io a decidere se e quando scatenare la mia forza, si era sempre innescata da sola, e quella notte non successe niente.

Un destino doveva compiersi, affinché mia sorella e io ci riunissimo.

Capitolo tre

Dopo quella terribile notte, le sevizie si ripeterono. Il mio corpo veniva offerto in pasto a quegli adulti crudeli. I giorni e le notti si mescolavano in un incubo senza fine.

Desideravo essere morta per non sognare mai più. Per non soffrire mai più.

Pochi giorni dopo aver compiuto diciotto anni, sentii qualcosa che si gonfiava nel mio ventre. Non mi erano venute le mestruazioni e avevo la nausea, vomitavo di continuo. Ero incinta. Qualcosa stava crescendo dentro di me. E in quella vita di orrore e violenza capii che dovevo fare di tutto per salvare quell'esserino innocente, che Elvira e Antonio volevano prendersi.

Ma come avrei potuto scappare da quella casa? E anche se ci fossi riuscita, dove sarei potuta andare? Non c'era nessuno a cui poter chiedere aiuto. Mi torturavo senza sosta, mi sembrava di non avere via d'uscita. Volevo uccidere Elvira e Antonio, punirli con la loro stessa crudeltà, ma ero troppo debole. Avevo paura che la notte della violenza oltre alla mia anima avesse annientato anche il mio dono. Ero alla deriva.

Passavo le giornate a letto, stremata. E controllata a vista da Elvira, che per tutto il tempo blaterava dei grandi progetti che aveva per "suo figlio". Aveva programmato tutto: tra poco saremmo partiti tutti e tre per Roma, dove un loro amico ci avrebbe prestato la sua casa. Ma prima Elvira avrebbe raccontato a tutti di essere incinta e che il medico, visto che la gravidanza si presentava difficile, le aveva consigliato di trasferirsi al mare, perché lo iodio fa bene alle donne in attesa. Una volta che il mio bambino fosse nato, lo avrebbe fatto passare per suo e lei e Antonio sarebbero ritornati a Matera.

A quel punto io non gli sarei più servita. E probabilmente mi avrebbero tolta di mezzo.

Quella notte aprii gli occhi perché sentii una voce parlare, come fosse una litania. Starò morendo?, ho pensato. E quando me la ritrovai davanti, riconoscendola all'istante pensai proprio: sì. Sto morendo, perché mia sorella è tornata dal regno dei morti per portarmi con lei.

Emanava un odore misto di cenere e spezie, e la sua gonna lunga e pesante sembrava aver trattenuto il gelo dell'inverno. Un turbante nero le copriva il volto.

«In che bel posto sei capitata» mi disse sfiorandomi una gamba e facendo una smorfia, inorridita probabilmente dalla mia magrezza.

Era Anna. Era viva. Non l'avevo uccisa nell'incendio. Una gioia che non provavo da tempo mi invase, tanto che anche la creatura scalciò nel mio grembo. E in risposta le dissi la cosa più sciocca che mi venne in mente, con tutte le domande che invece le avrei dovuto porre.

«Perché, invece tu dove vivi?»

«In un posto sicuro. Lo vedrai quando ti porteremo via da qui» disse enigmatica.

Continuavo a guardarla. Non riuscivo a credere che mia sorella fosse lì davanti a me. Misi una mano sotto il cuscino e ne estrassi una foto, l'unica immagine di noi due insieme.

«L'hai conservata» disse stupita. «Pensavo fosse bruciata nell'incendio. Come hai fatto?»

«Quel giorno la tenevo in tasca. Ora vorrei che fossi tu a tenerla.»

Gliela porsi, lei la guardò. Mi parve che il suo viso brillasse per una lacrima silenziosa. Poi se la infilò in una piega della gonna.

In quel momento entrò Tina. La buona, silenziosa Tina

che da settimane assisteva impotente al mio malessere. Nel suo modo rude, mi voleva bene.

«Sbrigatevi che tra un'oretta si sveglieranno e non potrò più farti uscire.»

«Lasciami sola con lei, per favore, sennò non lo posso fare» le disse Anna, e quella uscì.

«Cosa non puoi fare?»

«Mi ha trovata lei. Mi ha chiesto lei di aiutarti.»

«Perché, sei un medico?» la scrutai bene. Per via del fazzoletto, non riuscivo a vederla bene in viso. C'era qualcosa di strano nei suoi lineamenti.

«No.»

«E cosa sei, Anna?»

«Quello che sei anche tu. Una masciara.»

Mi tirai su a sedere sul letto e dalla sua espressione di pena capii che dovevo apparirle molto più scheletrica di quanto le erano sembrate le mie gambe. Ma non disse nulla, chiuse gli occhi e iniziò a pronunciare delle parole incomprensibili. Sembrò perfino avere una voce diversa.

Poi pianse. Era come se stesse sentendo il mio dolore. Se lo stesse bevendo, se me lo stesse portando via.

«Devi piangere anche tu, Eva» disse poi riaprendo gli occhi e prendendo una boccetta che conteneva un liquido simile a una sostanza oleosa, inodore.

«Ma che stai dicendo?» chiesi, confusa.

«Eva, le lacrime che non hai versato ti hanno pietrificato il cuore. Se lavi via con le lacrime la tristezza e la rabbia resterà la resilienza. Ed è l'unico modo che hai per andare via da qui! Questa non può essere la fine, sorella mia. Questo è un inizio. Lo dice la vita che sta crescendo dentro di te.»

Mi paralizzai. Anna aveva capito che ero incinta. Ma come aveva fatto?

«Come lo sai?»

«Io e te siamo gemelle. Siamo due gemelle unite da un legame di sangue indistruttibile che hanno dei doni. Io ho imparato a dominarli, e a curare. E tu invece non hai saputo usarli...»

Mentre la guardavo sbigottita si tolse il fazzoletto. Vidi

il suo volto, sfigurato dalle ustioni. E il mio cuore perse un battito. Ero stata io a ridurla così.

Restai in silenzio.

«Adesso sei troppo debole per venire via con me. Probabilmente non riusciresti nemmeno ad alzarti dal letto, ma tornerò. Tina ti preparerà del brodo di pollo, e ci verserà dentro questo olio. Tu mangia, mangia piano piano, ma torna a mangiare. Non ti lasciare andare. Non è questo il tuo destino. Lo sai tu, lo so io. Avrai un figlio, o una figlia. Quindi preparati ad accogliere questa nuova vita nel miglior modo possibile. Ci hanno distrutte una volta, vuoi permettergli ancora di farlo?»

Scossi la testa. Mi aveva detto che dovevo piangere, ma io non sapevo farlo. In me c'era un oceano di rabbia verso chi mi teneva prigioniera. Così, mentre si alzava dal letto ricurva per il peso del dolore che io le avevo trasmesso, le afferrai il braccio.

«Anna, aiutami, voglio distruggerli tutti.»

«Eva, no. Devi mettere il tuo dono a servizio del bene, come ho fatto io. Chi fa del male si condanna all'inferno già in questa vita.»

«Ma cosa ne sai tu di quello che mi hanno fatto? La devono pagare cara!» urlai, con le poche forze rimaste dentro di me.

«Ricordati dell'orfanotrofio. Ci sono andati di mezzo degli innocenti.»

Iniziai a tremare, brividi violenti che mi scuotevano il corpo. «Non c'è bisogno che me lo ricordi» mormorai. «Le anime dei bambini morti sono ancora dentro di me, mi tormentano con le loro grida di terrore...»

«Eva, quegli spiriti continueranno a tormentarti finché tu non ti sarai perdonata per ciò che hai fatto. Liberati dal senso di colpa, e anche loro saranno finalmente liberi.»

Quelle sue parole mi diedero fastidio; chi si credeva di essere? Mi trattava con quel tono di superiorità, atteggiandosi come chi ha compreso i segreti della vita, ma non sapeva proprio un bel niente di quello che avevo passato.

Anna mi fece una carezza sulla testa, forse per farsi perdonare la cruda sincerità di poco prima. «Adesso riposa, sorella mia. Tutto si aggiusterà. Tornerò presto, abbi cura di te e della creatura che porti in grembo.»

Uscì furtivamente dalla stanza, mentre tutto ciò che volevo dirle mi rimase incastrato in gola. Promisi a me stessa che sarei tornata forte come un tempo; sarei tornata forte e l'avrei fatta pagare a tutti, tutti avrebbero visto di cosa potevo essere capace.

Avrei distrutto la loro ricchezza, la loro noia da ricchi, la loro apparente superiorità, la loro grande debolezza e la loro infinita stupidità.

E lo avrei fatto presto.

Capitolo quattro

Era una domenica pomeriggio, e i coniugi Bruni erano impegnati nell'inaugurazione del nuovo oratorio, a cui avevano dato un generoso contributo economico. Per la stampa, loro erano "gli instancabili benefattori della città", sempre in prima linea nel sostenere le opere caritatevoli della Chiesa. L'evento, aperto a tutta la cittadina, era in programma da settimane, così io, Anna e Tina avevamo avuto il tempo necessario per organizzare tutto.

Anna, sempre protetta dal suo turbante nero, mi aspettava sotto casa. Appena scesi, ci scambiammo uno sguardo. In giro non c'era nessuno. Senza parlare iniziammo a camminare veloci verso la piazza.

Il percorso in corriera per arrivare a casa di zio Michele mi innervosì molto.

Le curve, tutte quelle fermate, la puzza che le persone sedute emanavano dopo il lavoro mi fecero vomitare. Lo feci nella mia borsetta, Anna mi passò il suo fazzoletto per pulirmi.

Scendemmo a Pietrapertosa, sotto il paese che sembrava un presepe incastonato nelle rocce, ma non eravamo arrivate, c'era ancora un bel tratto di strada per arrivare alla cascina di zio Michele.

Fu proprio lui a venirci incontro, a bordo di un piccolo calesse. Chiesto in prestito a uno dei suoi pazienti, disse Anna.

Zio Michele era un uomo di cinquant'anni circa, con le

mani ruvide e grandi, proporzionate rispetto al corpo massiccio. Si presentò masticando una radice e togliendosi il cappello. Mi diede immediatamente sui nervi. Era chiaramente un contadino, uno zotico. Abbozzai un sorriso e salii al suo fianco. Frustò il cavallo e il calessino iniziò a muoversi, sbandando e oscillando.

«Ho appena vomitato, può andare piano?»

«Non hai un bagaglio?» mi rispose lui ignorando ciò che gli avevo detto.

«Perché mai dovrei avere un bagaglio? Così tutti avrebbero capito che stavo scappando? Non sono così stupida.»

«Non ho detto che sei stupida. E comunque un bel bagaglio ce l'hai già in pancia» disse abbassando gli occhi sul mio ventre.

Quella battuta così sfacciata mi infastidì e girai il viso dall'altra parte.

«Ti presterò i miei vestiti, non preoccuparti» intervenne Anna a mettere pace. Da quando eravamo scese dalla corriera, tutto il nervosismo l'aveva abbandonata ed era calmissima. D'altronde, quella era casa sua. Era facile per lei sentirsi al sicuro.

Si ripeteva la solita storia: io mettevo sempre a disagio le persone, ci entravo in conflitto. Non ero mai stata simpatica a nessuno, nemmeno da bambina. Mi rispettavano perché provavano soggezione, non perché volessero stare con me.

Anna invece era diversa, la sua sola presenza bastava a rassicurare, curare. Come mi aveva detto quando ci eravamo ritrovate in camera.

Lei curava. Io distruggevo.

Una volta arrivati nella cascina, sentii scivolare via il risentimento che stava montando dentro di me e fui sopraffatta dalla pace. Ci venne incontro un cane gigantesco, dal pelo candido e setoso. Anna mi disse che si chiamava Alice. Mi annusò, ma quando tentai di accarezzarla scappò via ringhiando.

«Deve solo imparare a conoscerti» spiegò Anna. Poi mi condusse nella cucina, grande e spoglia.

Restammo un po' in silenzio, bevendo un decotto di erbe.
«È qui che vengono le persone per farsi curare?» domandai.
«Sì.»
«E domani arriva qualcuno?»
«C'è sempre gente» rispose laconico zio Michele sprofondando in una vecchia poltrona di fronte al camino. Poi, dopo avermi osservata per un po' come se mi stesse studiando, se ne andò bofonchiando che aveva da fare nell'orto. Ebbi l'impressione che tutti scappassero da me: prima il cane, poi lui.
Chiesi a mia sorella se per zio Michele fosse un problema avermi come ospite, ma lei mi spiegò che no, non era un problema, anzi, ero un aiuto in più. Mi spaventai, temendo che avrei finito per trasformarmi in una domestica o peggio in una contadina.
«No, intendevo una mano in più con i pazienti.»
«Ma io non so come si curano le persone. E poi non voglio che nessuno mi veda.»
«Potresti coprirti il viso, come faccio io. E io ti insegnerei, sarebbe una cura anche per te. Comunque ci sarà tempo. Ti ho preparato il letto, io dormirò sul divano. Hai una camicia da notte? Altrimenti ti presto la mia.»
«No, non ti dare disturbo, dormirò io sul divano.»
Lei mi guardò e sorridendo mi chiese: «Sicura?».
Certo che no. Non sarei mai riuscita a dormire sul divano, abituata com'ero al letto grande di casa Bruni con il materasso morbido e il piumino d'oca.
«Certo, sicura» mentii.
Ma lei fortunatamente insistette: «Aspetti un bambino, devi stare comoda».
Annui di sollievo. Andai a stendermi, ma prima avevo bisogno di rinfrescarmi un attimo. Scoprii che il bagno era fuori dalla casa, un bugigattolo di mattoni, infestato dall'umidità e dai ragni. In quel momento mi sembrò tutto faticoso, misero, ma mi consolai dicendo a me stessa che tanto sarebbe stato per poco.

La mattina dopo fui svegliata dal rumore delle stoviglie in cucina, dal vocio di persone fuori casa e dall'abbaiare del cane.

Mi trascinai in cucina. Anna era già indaffarata: preparava strani miscugli di erbe. Le chiesi che ore fossero.

«Le sei, più o meno.»

«Le sei? Ma è presto!»

«Qui ci si sveglia presto.»

Che ci facevo lì? Avevo la nausea, la testa mi girava, la pancia era dura e gonfia. Nel letto scomodo di Anna avevo dormito malissimo, l'unica nota positiva era che non avevo fatto incubi e nessuno dei bambini dell'orfanotrofio era venuto a trovarmi. Scoprii in seguito che Anna e zio Michele avevano nascosto sotto il materasso degli oggetti che tenevano lontani gli spiriti sofferenti.

Anche per questo, forse, mia sorella aveva voluto che dormissi nel suo letto.

Mi lasciai andare sul divano. Davanti a me avevo una lunga giornata e mi sentivo già esausta. Anna mi portò, su un rozzo vassoio di legno con un fiore infilato in un bicchierino, una fetta di pane abbrustolito con del formaggio stagionato, olive sott'olio e una tazza di metallo con dentro un intruglio che profumava di menta. Ero abituata a ben altre colazioni, ma provai lo stesso a mangiare qualcosa perché non ci restasse male.

Finita quella colazione frugale, risposi svogliatamente a qualsiasi proposta di condivisione di compiti. No che non l'avrei aiutata a raccogliere le erbe nell'orto. No che non avrei cucinato con lei – non l'ho mai saputo o dovuto fare –, no che non le avrei fatto compagnia mentre rassettava la casa.

Non so nemmeno io perché fui così scostante. Un sì però lo dissi. Sì, voglio assistere agli incontri con i pazienti.

E così feci, nascosta dietro una tenda perché nessuno mi vedesse.

Una certa Rosalba disse di non avere latte per il suo bambino, e Anna le disse che le avevano fatto una fattura. La congedò dopo aver pronunciato delle strane formule in dialetto.

Un tizio si lamentò di un'insonnia cronica e Anna gli diede delle erbe.

Un bambino continuava a piangere accusando un tremendo dolore alla testa e Anna gli mise le mani sulle tempie. Dopo poco il bimbo smise di piangere e lo sentii ridere a crepapelle.

Quando tutti andarono via spostai la tenda.

Anna era seduta in poltrona, con gli occhi chiusi e la testa leggermente piegata.

Le chiesi se fosse stanca, e annuì debolmente.

Le chiesi perché lo faceva, allora, e lei mi disse soltanto che quello era il suo destino e l'aveva accettato.

Non capivo perché si desse tanta pena per dei poveracci. Nessuno le aveva dato dei soldi, per i suoi servizi; l'avevano pagata con forme di formaggio o ceste di pomodori. Uno, poi, in cambio della cura le aveva dato un libro. Anna ne era stata felicissima.

Avrei dovuto, e forse anche voluto, prepararle io la cena per alleggerirla almeno da quella fatica, ma non avrei saputo da dove iniziare. Guardai quei due miseri fornelli alimentati con una bombola a gas, aprii la dispensa e la trovai vuota. C'erano solo uova, verdure e dei sacchi di farina: come facesse mia sorella a tirare fuori dei pasti da quelle cose per me rimase sempre un mistero.

Un giorno, mentre si dava da fare come al solito per preparare il pranzo, Anna mi guardò come se potesse leggermi nei pensieri e sorridendo disse: «Piano piano. Piano piano ti abituerai».

Il tono era benevolo, e proprio per questo mi infastidii: «A questo devo abituarmi? All'umidità che ti spacca le ossa, agli insetti ovunque, alla miseria? Mai» risposi senza mezzi termini.

Anna non se la prese: «A me non sembra così male tutto questo, ma si sa che le donne incinte hanno frequenti sbalzi d'umore... Ho giusto preparato un infuso di erba di San Giovanni che è un ottimo tonico... non per niente la chiamano "Scacciadiavoli"!» rise contenta.

Mi misi a fissarla come avrei fatto con me stessa allo specchio. E più cercavo di riconoscermi in quella riproduzione buona di me, più mi sentivo un'aliena.

«Hai una sigaretta?» le chiesi.

«Eva, che stai dicendo? Non puoi fumare nelle tue condizioni. E comunque no, non ce l'ho.»

«Non fumi, bevi tisane, ti occupi del prossimo, vivi con un vecchio in questa baracca che cade a pezzi. Non hai voglia di una vita vera, di una vita tua?»

«Perché, tu ce l'hai?»

«Cosa, una casa vera? Certo.»

«No, mi riferisco alla vita. Ti sembra una vita quella che vivi tu?»

«Almeno sono comoda. E poi qui in che veste sei? Sei una specie di figlia di zio Michele? Ti ha adottata? O sei anche altro? Tipo la sua amante?»

Anna arrossì violentemente a quell'allusione e dilatò gli occhi dalla rabbia. Stavo esagerando, lo so, ma dentro di me c'era qualcosa che mi spingeva a farle del male. Era così serena in quella sua vita modesta, mentre io mi sentivo sempre fuori posto, sin da quando ero nata. Non ero mai riuscita a trovare pace.

La provocai ancora: «E perché curi le persone gratis come fosse una missione invece di farti pagare e avere una vita più decente? Non ci sarebbe niente di male. E invece preferisci fare la sguattera a quel vecchio».

«Non ti permettere, Eva» sbottò Anna allontanandosi dal fornello e minacciandomi con un cucchiaio di legno.

«Dài, colpiscimi.» La guardai con occhi di fuoco, sfidandola.

«Ma cosa stai dicendo? Ma cos'hai? Io voglio solo aiutarti. Perché ce l'hai con me? Ti fa sentire bene offenderci? E perché, perché non siamo al tuo livello? Pensi che dovrei sentire la mancanza del bagno in casa, di un bel vestito nuovo, di uno scialle di seta e non di lana? No. E sai perché non mi manca?»

Restai in silenzio.

«Perché quando è scoppiato l'incendio all'orfanotrofio quell'uomo, che ha sentito che stavo morendo divorata dalle ustioni, mi ha salvata e curata. E poi mi ha accolta qui, mi ha dato da mangiare, un tetto, dei vestiti. Mi ha insegnato a mettere a disposizione il mio dono.»

Anna prese fiato e poi proseguì: «Non mi ha mai toccata nel senso che intendi tu. Mi ha sempre rispettata. Io gli devo la vita. E ora che ci sei anche tu potremmo essere una vera famiglia e crescere insieme quel bambino che porti in grembo.»

Io non dissi nulla. In quel momento provavo solo disagio per tutti quei cambiamenti sgraditi che il mio corpo stava subendo e per quello squallore in cui ero costretta a vivere.

Ma se Anna voleva una famiglia, l'avrebbe avuta, anche senza di me.

Capitolo cinque

Le ultime settimane di gravidanza furono le più difficili, non riconoscevo più il mio corpo, da tanto era sformato. Mi trascinavo tra il letto e la poltrona, Anna mi portava da mangiare però io avevo quasi sempre una nausea terribile e rifiutavo tutto.

Ma la cosa peggiore era che qualcuno mi aveva visto, e temevo che presto quella voce sarebbe arrivata anche ai Bruni. Ogni mattina mi svegliavo col cuore in gola, temendo di vederli spuntare dal bosco come animali feroci assetati del mio sangue. Fino a quando loro fossero stati in vita, non sarei mai stata libera. E cominciai a pensare a come sbarazzarmi di loro una volta per tutte.

La data del parto si avvicinava, la pelle sulla mia pancia era tesa come quella di un tamburo. Non potevo partorire alla cascina, era troppo pericoloso. Se fossi entrata in travaglio mentre c'era qualche paziente, c'era il rischio che la notizia si diffondesse. Perciò mi rifugiai con Anna in una grotta di tufo poco distante, in attesa che le acque si rompessero. Zio Michele faceva la guardia insieme al cane.

E finalmente il momento arrivò. Le contrazioni erano fortissime, il dolore era terribile, lacerante. Quando la testa di mia figlia fece capolino nel mondo, urlai con tutto il fiato che avevo in corpo. E con quell'urlo le anime dei morti nell'incendio di Villa Nivelli uscirono da me.

Ma Anna prese dentro di sé parte di quel dolore e quella

rabbia per alleggerirmi del fardello e proteggere la piccola. In tutti quegli anni avevo nutrito gli spiriti col mio senso di colpa, e mia sorella non avrebbe mai permesso che il peso di quelle anime inquiete – a cui io stessa non ero riuscita a dare riposo – gravasse su mia figlia, carne della mia carne.

Quando Anna mi mise in braccio mia figlia, quel fagottino coperto di sangue, scoprii con orrore di non sentire nulla. Nemmeno una briciola di quell'amore che mi aspettavo di provare. Il mio cuore era una pietra, freddo e impenetrabile. Era colpa di don Sandro, di suor Alessia e di suor Jolanda, era colpa dei Bruni se il mio cuore si era spento, se era incapace d'amore per mia figlia.

Ma se i religiosi avevano fatto la fine che si meritavano, Elvira e Antonio erano vivi. Lo sarebbero stati ancora per poco.

Nella notte, mentre Anna e la piccola dormivano, sgattaiolai fuori dalla grotta.

Non tornai mai più.

Il medico legale disse che Antonio ed Elvira erano morti per arresto cardiaco. Era un po' strano che entrambi fossero stati vittime di un infarto nello stesso momento, ma la tragedia acquistò subito una sfumatura romantica: la gente iniziò a dire che si amavano così tanto che non potevano vivere l'uno senza l'altra ed erano morti insieme.

Finsi di essere affranta, portai il lutto per un mese intero. Nessuno, ovviamente, sospettò di me.

Ero così soddisfatta di aver portato a termine la mia vendetta che non avevo pensato nemmeno per un minuto ai problemi pratici. Per fortuna per la legge ero appena diventata maggiorenne, così non correvo il rischio di dover tornare in istituto, ma alla lettura del testamento scoprii che quei due vecchi maiali erano riusciti a incastrarmi con un meccanismo assolutamente diabolico. Fosse stato per loro mi avrebbero sbattuta in mezzo alla strada, ma sapevano che così facendo avrebbero macchiato per sempre d'infamia il nome della loro famiglia.

Tutte le proprietà erano state destinate a opere religiose. Non avrei mai scordato il ghigno di soddisfazione stampato sulla faccia del notaio quando lesse le loro ultime volontà.

Mi lasciarono giusto la possibilità di vivere in quella enorme casa senza tuttavia esserne proprietaria, con una rendita mensile. Per fortuna, conoscevo la combinazione della cassaforte: presi tutti i soldi che vi trovai dentro, li misi in una busta e senza pensarci troppo li feci recapitare ad Anna. Per un po' il senso di colpa smise di azzannarmi il cuore.

Per i primi mesi Tina restò con me, ma poi la madre si aggravò e fu costretta a prendersene cura giorno e notte. Rimasi sola.

Non avevo frequentato regolarmente una scuola, non avevo amici, non conoscevo nessuno di cui potermi fidare, non sapevo fare nulla, se non evocare i morti.

La mia casa divenne un luogo buio, oscuro come una notte senza luna, popolato di presenze che richiamavo dalle tenebre per alleviare la mia solitudine.

Compii diciannove anni, poi venti. Il tempo passava, e io continuavo a rimanere da sola con i miei fantasmi. Mi cibavo pochissimo, ero ridotta a uno scheletro. Stavo diventando anche io un fantasma.

Pensavo spesso alla bambina, a mia sorella e a zio Michele; mi veniva voglia di andare da loro a chiedere aiuto in ginocchio, a pregarli di riprendermi con loro.

Ma poi sentivo richiudersi sul cuore i denti d'acciaio di una trappola angusta, tornava la consapevolezza che loro non avrebbero mai capito le ragioni per cui mi ero trasformata nuovamente in un'assassina. Quei porci mi avevano rovinato la vita, si meritavano di morire. Se avessi potuto, avrei voluto ucciderli altre mille e mille volte, solo per il piacere di vederli agonizzare e poi morire.

Un giorno venne a bussare alla mia porta la persona che da quel momento mi cambiò la vita, dando un senso e una direzione alla rabbia in cui mi stavo consumando.

Era ancora più vecchia di come me la ricordavo, ma il suo

stile bizzarro, con tanto di occhialini rotondi, era sempre lo stesso. La medium.

«Eva» proruppe dopo avermi squadrata dalla testa ai piedi con imbarazzo per il mio stato estremamente trascurato.

«Sì?» risposi io aggressiva, fingendo di non sapere chi fosse.

«Ti ricordi di me? Sono Tea Andrisani, molto tempo fa venivo spesso in questa casa» continuò restando immobile sui gradini d'ingresso.

«No, non mi ricordo» risposi chiudendole la porta in faccia.

Pochi secondi dopo il campanello suonò di nuovo, tornai alla porta e aprendola con furia sibilai: «Che cosa vuole?».

«Riprendere da dove abbiamo lasciato. È tanto tempo che non facciamo una seduta, io e te.»

Da quel giorno, sotto la sua guida, ricominciai a praticare la magia nera.

Quando si è allenati al male, è difficile cambiare strada.

Capitolo sei

Molti anni trascorsero, quasi trenta, senza che io dovessi tornare. Tina mi teneva regolarmente informata su Anna e Adele. Seppi fin dall'inizio che si erano trasferite definitivamente a Matera e vivevano come una famiglia normale. Quella famiglia che mia sorella aveva tanto desiderato.

Quando Tina mi raccontò dell'erboristeria che mia sorella aveva aperto, l'invidia mi punse il cuore. Aveva chiamato il negozio "Alice", come quel suo vecchio cane bianco e come la protagonista delle favole di Gianni Rodari che lei e Beppe leggevano sempre all'orfanotrofio. Anna non lo aveva mai dimenticato. E io invece un amico non l'avevo mai avuto.

Il negozio era sempre pieno di gente: in tantissimi si rivolgevano a lei per farsi curare. Non aveva perso il suo dono e continuava a metterlo a servizio delle persone.

La notte in cui Angelica nacque mi risvegliai di soprassalto. In cielo c'era un'eclissi di luna, un cattivo presagio. E infatti le voci degli orfani strapparono un silenzio lungo anni e ricominciarono a urlare dentro la mia testa.

Aspettai qualche giorno, poi mi decisi: non potevo più aspettare. Mi avevano avvertita che la piccola era stata esorcizzata durante il battesimo, ma per me quei rituali erano tutte menzogne inefficaci. Mi sentivo responsabile: Anna si era sacrificata condividendo con me il fardello di quelle anime inquiete, e adesso che l'energia sprigionata dalla nascita di Angelica li aveva in qualche modo risvegliati non potevo fare finta di niente.

Mi coprii con un mantello e andai a casa di Anna. Era passato così tanto tempo dall'ultima volta che ci eravamo viste. Il mio cuore tremò un poco quando me la trovai davanti, ma mi sforzai di rimanere impassibile: le emozioni ti rendono vulnerabile, e io volevo essere forte. Dovevo esserlo. Anche perché mi accorsi che Anna era fragile: aver assorbito quelle povere anime dannate l'aveva consumata e fatta ammalare. Ma non aveva nessuna intenzione di arrendersi, e avrebbe combattuto con tutta se stessa per proteggere la nipote.

Non era da sola: da lontano, io vigilavo.

La malattia fece il suo corso, lenta ma spietata. Quando mia sorella morì era l'alba.

Mi svegliai di soprassalto dopo aver fatto un sogno.

Sentivo freddo, avevo i piedi immersi nell'acqua gelata di un torrente, davanti a una cascata che si divideva in due su una roccia. Non avevo mai visto quel luogo prima di allora. Poi una piccola mano afferrò la mia: era Beppe che, con uno sguardo triste come mai lo avevo visto da bambina, mi tirava il braccio invitandomi a seguirlo. Camminammo in un bosco per un po', finché mi ritrovai di fronte a un posto che conoscevo bene. Era la casa di zio Michele, la casa in cui, molti anni addietro, ero stata salvata da mia sorella e da quel vecchio scorbutico. Mi voltai a guardare Beppe ma al suo posto adesso c'era zio Michele in persona che, con la faccia impassibile, piangeva senza dire una parola. Mi girai di nuovo verso la casa, e Anna apparve sulla soglia, giovane e bella come un tempo, malgrado il volto sfigurato.

Dal bosco all'improvviso si levò un fuoco violento che si diresse rapidamente verso la casa, fermandosi a una decina di passi. Quell'alto muro di fiamme era lì, pronto a bruciare tutto, ma era come se Anna lo tenesse a bada con la sua sola presenza.

Poi mia sorella mi guardò, si girò ed entrò nella cascina, lasciando che quel mare di fuoco ci si schiantasse sopra e riducesse tutto in cenere nel giro di pochi secondi.

Quando non restò che un mucchio di macerie annerite, da una colonna di fumo vidi uscire, incorporea, Anna. Sfiorando il mio viso con il suo, mi accarezzò dolcemente e disse solo: «Stai vicino...».

Poi, come se fosse attratta da una forza invisibile del cielo, se ne volò rapidamente verso l'alto, lasciandomi sola nella profonda desolazione in cui versava la mia anima.

Di colpo realizzai che Anna era morta.

Nonostante avessi già dato l'ultimo saluto a mia sorella, mi camuffai e andai al suo funerale.

Appena entrata in chiesa, mi accorsi subito di Angelica. Non la vedevo dal giorno del suo battesimo, ma la riconobbi immediatamente: era identica a me quando ero appena adolescente, persino i capelli rossi erano acconciati in una treccia. Un'ondata di tenerezza mi travolse mio malgrado. Sembrava così pallida e spaurita.

Incrociò il mio sguardo, poi tornò a fissare la bara della nonna. Il suo volto si contrasse in una smorfia di terrore e poi svenne. Capii che vedeva esattamente ciò che vedevo io: le anime dei morti che circondavano il feretro.

Aveva ereditato il mio stesso dono.

Dopo la morte di Anna, iniziai a vigilare con più attenzione su Adele e Angelica.

Adele mandava avanti la bottega abbastanza bene, anche se la clientela era diminuita parecchio dopo la morte di Anna, e Angelica era la classica adolescente timida che diventa il facile bersaglio dei compagni. Ma non potevo intervenire, dovevo lasciare che fosse lei stessa a trovare la forza di reagire. In lei c'ero io e c'era mia sorella Anna, e soltanto Angelica avrebbe potuto scegliere chi delle due voleva essere.

Quanto a me, andavo avanti con la mia vita di sempre. Tea Andrisani, la medium, ormai era morta da qualche anno, ma anche senza di lei non avevo rinunciato a organizzare da me delle cene con le persone più in vista della città: politici, dirigenti, ecclesiastici. La gente che contava, insomma. In passato ne avevo subito i soprusi, ma ora la situazione si era ribaltata: avevano bisogno di me. Avevo dato loro la vita che desideravano in cambio di un mucchio di soldi, ma a inebriarmi davvero era la sensazione di potere che avevo su di loro. Potevo rovinarli in qualsiasi momento, li tenevo in pugno. Avevo un'arma contro ciascuno di loro: c'era chi parlava coi parenti defunti, chi tormentava gli avversari con pratiche di magia nera, chi voleva tenere legato a sé qualcuno con ogni mezzo, chi non voleva perdere l'illusione di essere onnipotente. Io li disprezzavo, mentre loro mi temevano e mi rispettavano.

Quel giorno di fine maggio a tavola erano seduti il senatore Montemurro e sua moglie Elisa, il colonnello Lenoci, il costruttore Corcassola, il magistrato Malaguti che si era appena trasferito da Milano, Lobascio, il primario dell'ospedale San Giuseppe e sua moglie e infine Adriana Nucci, un'anziana professoressa universitaria caduta in disgrazia, molto amica di Elisa Montemurro.

Come sempre, li feci aspettare in piedi nell'atrio per un po' prima di fare la mia apparizione, avvolta in uno dei miei caftani neri. Mi divertiva farli attendere. Appena mi videro, si profusero in complimenti, a cui io risposi con un sorriso tirato.

Ero distaccata come una vera signora dell'alta borghesia, anche se dentro di me li odiavo. Quegli uomini erano solo dei burattini, smaniosi di soldi e di potere.

Ci accomodammo a tavola, e quel giorno i miei ospiti mi sembravano un po' distratti. Gli uomini parlavano fitto tra loro, sotto gli occhi attenti delle loro mogli.

«Be', cosa c'è di così tanto importante da farvi ignorare la padrona di casa?» li provocai.

Loro subito si scusarono in tono viscido, e mi spiegarono che da un paio di giorni era scomparsa una ragazza di diciotto anni, una tale Monica Fasano. A quanto pare, in città non si parlava d'altro.

«Sarà scappata dalla noia della vita di provincia, con il fidanzatino magari» tagliai corto.

Ma gli uomini continuavano a lanciarsi sguardi preoccupati. C'era una strana tensione nell'aria. Poi qualcuno suonò alla porta. Non aspettavo altri ospiti.

«Signora, è il figlio del senatore Montemurro» mi avvertì la domestica.

«Fallo salire» replicai, sempre più stizzita. Ai nostri pranzi non erano mai stati invitati dei ragazzini, parlavamo di affari che dovevano rimanere segreti.

«Eva, mi deve perdonare» tentò di scusarsi il senatore. «Ma sa com'è, i ragazzi...»

«Che non capiti più» sbuffai, accendendomi una sigaretta.

«Certo, certo» disse lui ossequioso.

Notai che la moglie di Montemurro era impallidita, la mano con cui teneva il calice tremava, tanto che schizzò del vino sulla tovaglia immacolata.

Il senatore le afferrò il polso e le disse: «Stai tranquilla». Lei fece un sorriso a labbra strette a tutti i presenti.

Senza tanti preamboli, il ragazzo fece irruzione nella sala da pranzo e disse al padre in tono arrogante che gli doveva parlare in privato. Aveva più o meno vent'anni, e la faccia di chi è abituato ad avere dalla vita tutto ciò che vuole senza sforzo.

Lo scrutai con rabbia crescente, ma lui non mi degnò di uno sguardo.

«Vuoi che venga con te?» chiese Malaguti a Montemurro. Ma il senatore gli disse di continuare tranquillamente la cena, perché ci avrebbe impiegato poco. Scusandosi ancora con me, si alzò e andò a parlare col figlio in corridoio. Si misero a confabulare, ma tenevano la voce troppo bassa perché io potessi capire cosa si stavano dicendo.

Adriana fece cenno alla domestica di versarle il quarto bicchiere di vino – troppo, per essere soltanto agli antipasti – e lo tracannò d'un colpo. Poi si sporse verso di me e mi sussurrò all'orecchio: «Sarà venuto a chiedergli soldi, come sempre. È in un brutto giro: cocaina, e chissà cos'altro».

La guardai, sorpresa e grata per quella confidenza, e le feci cenno che ne avremmo parlato dopo.

Montemurro tornò – l'espressione del viso impassibile –, e proseguì la cena senza più parlare. Quando la domestica servì l'arrosto non prese la solita razione di patate, mentre sua moglie cincischiò con la forchetta nel piatto e avanzò quasi tutta la carne. Prima che venisse servito il dessert, la donna disse di sentirsi poco bene.

Il senatore Montemurro si scusò per l'inconveniente e i due se ne andarono, portandosi dietro quella loro bugia. Una volta usciti il brusio a tavola si fece sempre più animato, fino a diventare una vera e propria discussione.

«Ma insomma, non vi hanno insegnato le buone maniere a tavola?» chiesi interrompendo quel tetro cicaleccio e guardando ora il magistrato, ora il dottore.

Mi guardarono impauriti.

«Ci scusi Eva, ci scusi, stavamo solo dicendo delle sciocchezze, dei pettegolezzi... ogni tanto anche gli uomini si lasciano prendere la mano» disse il colonnello Lenoci.

Dopo di che cambiarono argomento e si misero a parlare di affari, tentando di coinvolgermi nella conversazione.

Non erano capaci di mentire. Ma quello che succedeva in città non mi interessava particolarmente. Non uscivo quasi mai, ciò che accadeva fuori da casa mia mi era del tutto indifferente. E tutte quelle chiacchiere inutili mi avevano fatto venire il mal di testa.

Andai in camera mia per prendere un analgesico, e dopo un secondo la professoressa Nucci mi raggiunse. Era completamente ubriaca, per stare in piedi dovette appoggiarsi al muro.

«Non fanno niente perché in questa storia ci sono dentro fino al collo. Sono tutti coinvolti, tutti. Si dice che il figlio di Montemurro e la ragazza scomparsa si frequentassero. E lui non mi è sembrato così disperato...»

«In cosa sono coinvolti, Adriana?» la incalzai. Non capivo se era solo il delirio di un'ubriaca. Scoppiò in una risata isterica, perse l'equilibrio e mi sporsi in avanti per evitare che cadesse. La afferrai appena in tempo.

Lei mi fece un sorriso storto e mi diede un bacio sulla guancia.

«Io non ti ho detto niente, eh» si raccomandò prima di barcollare verso la sala da pranzo.

In quel bacio avvertii una paura, una richiesta di aiuto che mi mise a disagio.

Un paio di giorni dopo la mia domestica prese servizio con gli occhi gonfi di pianto. La ignorai, probabilmente aveva litigato col marito, ma mentre spolverava il tavolino di vetro del soggiorno scoppiò in singhiozzi rumorosi.

«Si può sapere che hai?» sbottai stizzita.

«Mi scusi signora» disse con la voce spezzata dai singulti, «ma quella ragazza... quella povera ragazza... così giovane, che peccato, che peccato...»

«Smettila di piangere!» le intimai. «Di chi diavolo stai parlando?»

Lei tentò di ricomporsi.

«Della ragazza scomparsa. Monica Fasano. In città ne parlano tutti. L'hanno ritrovata impiccata, si è suicidata...» e riattaccò a piangere.

Non le badai più, indossai in fretta un cappello nero con la veletta e uscii di casa. Andai all'edicola all'angolo e comprai tutti i quotidiani locali, poi rincasai, congedai la domestica e mi misi avidamente a leggere.

La notizia era su tutte le prime pagine. Il corpo della ragazza era stato rinvenuto il giorno prima, appeso a un albero. Quando lessi il luogo dove era stato ritrovato rabbrividii. Quel maledetto posto continuava a generare dolore e morte. Divorai tutti gli articoli sul caso, fino a quando mi imbattei in una dichiarazione del magistrato che seguiva le indagini: "Siamo praticamente certi che si tratti di suicidio, non ci sono elementi che facciano pensare il contrario". Lo conoscevo, frequentava abitualmente casa mia: era Saverio Malaguti. Un freddo disagio mi invase.

Chiamai subito Adriana per invitarla da me. Sul tavolino del salotto le feci trovare una bottiglia di gin e acqua tonica con accanto un secchiello di ghiaccio: massimo un'ora e sarebbe stata ubriaca. E così fu.

A quel punto le chiesi come stavano i Montemurro.

La mia ospite si irrigidì e sembrò riacquistare lucidità.

«Non li ho più visti, non lo so.»

«Tu e la signora Montemurro siete così amiche, possibile che non vi siate sentite in questi giorni?»

«No, non c'era niente da raccontare.»

«Va bene, Adriana, come vuoi. Non venire più da me, non intendo metterti in contatto con Sergio da ora in poi. Non chiedermelo più.»

Suo marito era morto due anni prima, e lei non si era più ripresa. Aveva iniziato a bere, così tanto che alla fine l'università era stata costretta a cacciarla. Ora le rimanevano solo il gin e le sedute spiritiche a casa mia.

Adriana avrebbe parlato, lo sapevo. Senza di me sarebbe stata perduta.

«Se il senatore scopre che sono stata io a parlarti mi distrugge... Il figlio potrebbe finire nei guai, è saltata fuori una tizia, non so chi sia. A quanto dicono, lei sa che la ragazza non si è ammazzata ma l'hanno uccisa. Però non ha prove, lo sa e basta, è una specie di medium, di sensitiva. Ha parlato solo coi carabinieri, la stampa non sa nulla e non deve sapere nulla... Eva, la prego, non dica a nessuno ciò che le ho detto. Montemurro ammazza anche me, quello è capace.»

Il disagio era svanito, al suo posto una certezza: la medium di cui parlava Adriana era mia nipote. Angelica era in pericolo.

Quarta parte

ANGELICA ED EVA

Capitolo uno

Come faremo a proteggerla?

In tutta la sua carriera il maresciallo Vittorio Ferri non si era mai imbattuto in un caso del genere.

Non sapeva cosa fare. Doveva rendere ufficiale il colloquio che aveva avuto con Angelica, compilare una relazione, avvisare il comandante e i nuclei operativi?

Temeva che sarebbe sembrato il delirio di un'adolescente in cerca di attenzioni, e lui uno stupido ad andarle dietro. Senza contare che più persone venivano informate, più alto era il rischio che la voce circolasse mettendo in pericolo la ragazza.

Decise di andare di persona al vecchio orfanotrofio abbandonato per un sopralluogo, così avrebbe evitato di essere considerato un pazzo da colleghi e superiori.

Del resto, cosa c'entrava lui? Non erano mica parole sue.

Forse Angelica si era inventata tutto. O magari era vero che aveva trovato la ragazza impiccata, ma aveva mentito sulle circostanze del ritrovamento. E forse era addirittura coinvolta nella sua morte.

Mise in moto e partì come un razzo verso casa per cambiarsi. Poi afferrò il telefono e chiese all'appuntato Muzzi di passare a prenderlo con l'auto di servizio.

Mentre guidava, la sua mente rimbalzava tra le diverse possibilità come una pallina negli ingranaggi di un flipper.

Nei suoi anni di servizio nell'Arma aveva già avuto a che fare con invasati, pazzi e mitomani convinti di essere coinvolti in qualche evento sovrannaturale: tutta gente della cui cattiva fede era stato subito certo al primo sguardo. Con Angelica invece era stato diverso. A dispetto della razionalità, sentiva che la ragazza non gli aveva mentito.

«Mariaro'?» chiamò entrando in casa e dirigendosi in camera da letto. «Sono io, amore. C'è un'emergenza.»

Entrò nella stanza. Sua moglie come al solito era rannicchiata nel letto in posizione fetale, con i suoi grandi occhi chiari spalancati a fissare il vuoto. Vittorio si bloccò, come se l'avessero schiaffeggiato, e tutta l'energia si spense di colpo: sua moglie era per lui l'interruttore della gioia.

Si avvicinò a lei e le diede un bacio tenero sulla fronte.

«Tesoro mio, come stai?»

Maria Rosaria si riebbe da quella specie di trance e gli rivolse un piccolo sorriso triste.

«Bene» disse poi con un filo di voce, chiudendo gli occhi. «Sono solo un po' stanca.»

"Come sempre" pensò Vittorio.

Si era ripromesso di non farsi trascinare nell'abisso in cui sua moglie era piombata, altrimenti non sarebbe mai stato in grado di aiutarla a uscirne.

Quanto avrebbe voluto che lei gli chiedesse di che emergenza si trattasse! Decise di parlargliene lo stesso, era convinto che qualcosa le sarebbe arrivato.

Rivoleva la sua complice di un tempo, quella con cui rimaneva sveglio fino all'alba a parlare di tutto, a ridere e fare l'amore.

Tirò fuori la divisa dall'armadio e iniziò a spogliarsi.

«Senti qua, tesoro, è successa una cosa strana: sai la ragazza che qualche notte fa io e Tonino abbiamo trovato sulla statale? Ti ricordi che te ne ho parlato, vero? Si chiama Angelica Nero. È la nipote di Anna dell'Erboristeria Alice, ci ho anche portato mia mamma una volta.»

Da Maria Rosaria nessuna risposta. Ma Vittorio non si arrese e proseguì.

«Be', l'ho appena incontrata da don Franco perché aveva qualcosa di importante da dirmi. Frequenta lo stesso liceo di quella ragazza scomparsa che tutti stanno cercando, Monica Fasano. E dice di sapere dove sia: l'ha trovata in una villa abbandonata... senza vita. Ma la cosa strana è che sostiene di sapere cosa è successo a quella poverina, che è stato qualcuno a farlo, ha avuto una visione... è una specie di medium.»

Maria Rosaria rimaneva immobile.

«Io però le ho detto che non potevo crederle e che avrebbe dovuto darmi una prova. Mariaro', non hai idea di quello che ti sto per dire, chiunque ci prenderebbe per pazzi.»

Vittorio era incerto se proseguire o no. Lui stesso sapeva che ciò che aveva vissuto avrebbe avuto pochi riscontri nella vita reale. Però voleva condividere quel tormento con sua moglie, e soprattutto ripetere a voce alta l'avrebbe aiutato a capire che a volte ci sono cose che non hanno una spiegazione logica. A cui bisogna semplicemente arrendersi. Così proseguì.

«Non sapeva nemmeno lei come fare... allora sono stato io a prenderle le mani. Erano bollenti e le mie hanno iniziato a sudare, e ho sentito un calore, forte, in mezzo al petto, come se si sciogliesse, e lei piangendo mi ha detto... mi ha detto...»

Vittorio non se la sentiva di andare oltre. Angelica gli aveva detto della perdita del loro bambino, raccontandoglielo nei minimi dettagli, dettagli che neanche don Franco poteva conoscere. Ma ora si sentiva uno stupido per aver pensato di poter condividere con sua moglie quel particolare che, se per lui era stato come uno schiaffo, per Maria Rosaria sarebbe stato un colpo mortale. E forse sì, l'avrebbe reputato un pazzo. Quindi sviò il discorso.

«E adesso io sto in mezzo ai casini perché non so proprio che fare. Ho paura che se faccio rapporto ai superiori mi prendono per pazzo. Amore, tu che queste cose le senti: secondo te dice la verità?»

Maria Rosaria si tirò su a sedere e per un attimo Vittorio, che aveva parlato tutto d'un fiato, pensò di aver suscitato il suo interesse; ma la donna si alzò dal letto e si trascinò stancamente in bagno, richiudendosi la porta alle spalle.

Per l'ennesima volta trafitto al cuore, Vittorio si infilò la divisa davanti allo specchio dell'armadio aggrappandosi disperatamente alla sua forza di volontà per non crollare in ginocchio e scoppiare a piangere.

A dispetto di tutto, decise di non mollare: «Se Angelica dice la verità e si viene a sapere, scoppia un casino e la stampa fa a pezzi noi e soprattutto lei. Io penso una cosa: è vero che ha visto la ragazza, però ha mentito sul modo in cui l'ha trovata, perché sta nascondendo qualcosa a sua madre. E tu che dici? Tu che segui tutti quei programmi di cronaca nera...».

Avrebbe dovuto parlare al passato, perché sua moglie ormai aveva perso interesse per qualsiasi cosa, persino per quelle trasmissioni che un tempo le piacevano tanto.

Sentì azionarsi lo sciacquone, poi la porta si aprì e Maria Rosaria uscì dal bagno per rimettersi a letto, nella stessa posizione di prima.

«Allora?» la incalzò Vittorio, con il sudore che gli imperlava la fronte. «Che ne pensi?»

«Scusa Vittorio, di che cosa? Mado', che mal di testa.»

Vittorio, a quel punto, benché non avrebbe mai perso la speranza, si arrese suo malgrado. «Niente, tesoro mio, riposati. Sabato usciamo se ti va, così prendiamo un po' d'aria, va bene? Magari andiamo al mare a mangiarci una bella frittura di pesce.»

E senza aspettare risposta le diede un bacio su quelle labbra fredde che non lo ricambiarono, indossò il cappello e uscì dalla camera, lasciando la moglie al suo dolore silenzioso.

Ad aspettarlo sotto casa trovò l'appuntato Muzzi col motore acceso.

«Allora maresciallo, che è successo?»

«Toni', dobbiamo fare un sopralluogo al vecchio orfanotrofio abbandonato, hai presente?»

«Oh mamma mia, proprio lì? È un posto terrificante, marescia', pare che lì dentro ci fanno le messe nere perché è stregato.»

«Tonino, per cortesia, non facciamoci influenzare da queste superstizioni, su. E muoviamoci. Io intanto chiamo il comandante.»

Prese il telefono e compose il numero.

«Maresciallo, buongiorno, mi dica.»

«Buongiorno, signor comandante, la chiamo per il caso di Monica Fasano, la ragazza scomparsa. Ho delle novità.»

«Bene, la ascolto.»

«Ha presente la ragazzina che abbiamo interrogato in ospedale in stato confusionale?»

«Quindi?»

«Ecco, ha delle informazioni sulla scomparsa della Fasano.»

«Cioè?» chiese il comandante.

«Mi lasci spiegare. Io e Muzzi abbiamo portato la ragazza in ospedale e l'abbiamo interrogata per sapere cosa le fosse accaduto, senza ottenere spiegazioni da parte sua. Non aveva segni di violenza, a parte alcuni graffi superficiali che poteva essersi procurata da sola, e non è risultata positiva né all'alcol test né a nessuna sostanza stupefacente. Sul momento non abbiamo insistito e l'abbiamo lasciata andare a casa con la madre, anche perché non era stato commesso nessun reato. Ma oggi sono stato contattato da don Franco, il parroco di San Pietro Caveoso, e lì da lui c'era la ragazza. Sono legati da un rapporto di vecchia data. Lei si è fidata di lui e gli ha raccontato delle cose.»

Quando ebbe finito di parlare, l'appuntato Muzzi si voltò verso di lui con gli occhi sgranati.

«E come ci sarebbe capitata in quel posto?» domandò il comandante.

Vittorio sapeva che quella domanda sarebbe arrivata. Fece una piccola pausa, deglutì e prese un respiro profondo.

«E qui sta il problema, dottore...»

«Cioè?»

«La ragazza dice di aver raggiunto l'ex orfanotrofio seguendo un amico che poi sarebbe scomparso in circostanze misteriose.»

«Che intende per *circostanze misteriose*, maresciallo?»

«La ragazza dice di non ricordare.»

Silenzio dall'altro capo del filo.

«Lei si rende conto che questa storia fa acqua da tutte le parti? Mando subito una volante a controllare.»

Dopo una lunga pausa, come se avesse abbassato il ricevitore, il maresciallo riprese possesso della conversazione dicendo che era già sulla strada per verificare.

«Sono in auto con l'appuntato Muzzi e tra un quarto d'ora dovremmo essere lì. Le faccio avere notizie appena arrivati sul posto.»

«Bene, maresciallo. E mi raccomando, non dica a nessuno della ragazzina. Per ora sarà un'informazione strettamente riservata.»

«Certo, dottore, a più tardi», e Ferri mise giù.

«Marescia', ma veramente quell'Angelica ha trovato una ragazza impiccata? E pensa che qualcuno l'ha ammazzata?» chiese Muzzi, pallidissimo in viso.

«Così dice. Proprio quel giorno in cui l'abbiamo trovata a camminare in stato confusionale in mezzo alla statale.»

«Ecco perché era così sconvolta... e ci credo! Ma... non sarebbe meglio chiamare i nuclei operativi e tutto il resto, maresciallo? Dobbiamo proprio andare noi a verificare se questa ragazza impiccata c'è o no?»

Il tono di Ferri si indurì. «Tonino, se non te la senti rimani in macchina e ci penso io.»

«Ma no, no, maresciallo! Mi scusi, certo che me la sento! Sono un carabiniere, eh, e ho scelto la strada, non una scrivania!» Ma lo disse come se più che altro volesse convincere se stesso.

«Bravo, Tonino» e Ferri gli fece un sorriso tirato. Quella storia non piaceva nemmeno a lui. «Adesso accelera però, dobbiamo arrivare prima che faccia buio. E mi raccomando, non lasciarti scappare con nessuno nemmeno una parola sulla ragazzina, sennò la stampa non le darà tregua. E noi dobbiamo proteggerla.»

«Certo, maresciallo! Di me si può fidare» rispose Muzzi, spingendo l'auto a tutta velocità per le strade di Matera.

Capitolo due

«Ma porca miseria, Toni'!» sibilò Vittorio mentre l'appuntato Antonio Muzzi vomitava sulla scena del crimine, proprio davanti al cadavere di Monica Fasano.

Avevano parcheggiato la volante davanti al cancello chiuso dell'ex orfanotrofio ed erano entrati nel giardino che circondava l'imponente costruzione dallo stesso buco nella recinzione da cui era passata Angelica, anche se non potevano saperlo.

Muzzi ci riuscì senza problemi perché era sempre stato il più esile in compagnia, mentre Ferri, più massiccio, aveva rischiato di incastrarsi. Alla fine, rimediando uno strappo alla divisa, ce l'aveva fatta.

L'area era in uno stato di completo abbandono, e la vegetazione era cresciuta selvaggia e indisturbata. Ferri si sentì immediatamente a disagio. Lui non credeva alle superstizioni di paese – per lui erano solo chiacchiere da comari – ma in quel posto si respirava una brutta aria. Anche Muzzi sembrava percepirlo: non si era più lamentato della missione, però aveva gli occhi dilatati dalla paura.

La trovarono sul retro della casa, appesa a un albero, proprio come Angelica aveva detto. Ferri riuscì solo a pensare che era una fortuna che gli animali selvatici non avessero fatto scempio del suo povero corpo, così avrebbe potuto riconsegnarlo integro alla famiglia, quando Muzzi fece un singhiozzo e vomitò.

Vittorio gli passò il fazzoletto bianco di cotone che portava sempre con sé.

«Tieni, pulisciti e informa il comando del ritrovamento.»

Quando l'appuntato si fu allontanato di qualche metro, il maresciallo si fece coraggio e alzò gli occhi per osservare bene la ragazza. Anche se era l'ennesima volta che assisteva all'innaturale spettacolo di una morte violenta, non ci si sarebbe mai abituato. Soprattutto perché in questo caso si trattava di una ragazza appena maggiorenne.

La fitta che ogni volta gli entrava dal basso ventre per scuoterlo in tutto il corpo non avrebbe voluto perderla mai: faceva male, è vero, ma gli permetteva di rimanere umano, empatico. Di continuare a provare delle emozioni.

La guardò dritto in quegli occhi sbarrati, cercando di capire se fosse stata lei a compiere quel gesto e perché, o se invece fosse stata uccisa, come sosteneva Angelica.

"Perché" si domandava sempre di fronte a cose del genere.

Perché la gente è infelice al punto di uccidersi, o di uccidere senza scrupoli?

Quando veniva travolto da questi pensieri, si rendeva conto di quanto il mondo fossero misero, crudele, un pozzo nero senza alcuna speranza.

Questa consapevolezza gli faceva montare dentro una rabbia tumultuosa come un'onda sporca, e allora si diceva che una parte del mondo era marcia e corrotta, e che quella rabbia gli sarebbe stata utile per combatterla.

Lui non era un prete, non doveva comprendere, commiserare, perdonare.

Doveva combattere. Doveva estirpare il male.

Prese il telefono e chiamò la Procura, dove gli passarono il magistrato di turno, Saverio Malaguti.

«Dottore, buongiorno, sono il maresciallo Ferri.»

«Mi dica, maresciallo» rispose secco il magistrato.

«Ho ricevuto una segnalazione su Monica Fasano, la ragazza scomparsa, e l'abbiamo trovata. Impiccata a un albero, nell'area abbandonata del vecchio orfanotrofio Nivelli.»

«D'accordo, Ferri» disse Malaguti dopo un attimo di silenzio, «mando subito il medico legale e i nuclei operativi. Arrivo non appena possibile.»

"Adesso Angelica è davvero nei guai" pensò Vittorio dopo aver chiuso la telefonata. Malaguti avrebbe voluto sapere chi aveva fatto la segnalazione. Nessuno avrebbe mai creduto alla storia di Angelica e le avrebbero fatto il terzo grado per estorcerle la verità. A meno che lui non le avesse procurato un alleato forte, magari un pezzo grosso, proprio come il magistrato Malaguti.

Se Angelica fosse stata zitta sul resto, se avesse solo detto di aver trovato Monica Fasano e non avesse parlato di omicidio, sarebbe stato tutto molto più semplice. Ferri poteva provare a convincere il magistrato, raccontandogli della nonna di Angelica, per esempio, di ciò che sapeva fare; di come lui stesso era rimasto sconvolto quando era riuscita con le sue mani e le sue erbe a guarire la madre da un dolore allo stomaco a cui nessun medico aveva trovato una soluzione. Non ce l'avrebbe mai fatta a raccontare ciò che Angelica gli aveva detto sul figlio che lui e Maria Rosaria avevano perduto. Poi le indagini avrebbero fatto il loro normale corso.

"Ma a chi voglio darla a bere?" si disse subito dopo. "Malaguti mi riderà in faccia e mi farà trasferire dall'altra parte del mondo."

Una cosa però era chiara dentro di lui: Angelica non mentiva, perché gli aveva dato prova delle sue capacità.

Si guardò intorno cercando di riacquistare un minimo di lucidità e di sgombrare la mente. Fu allora che l'appuntato Muzzi tornò con la testa bassa. Era bianco come un lenzuolo e restò un poco discosto cercando di non guardare di nuovo la ragazza appesa.

«Ho avvisato il comando» disse.

«Vieni qua Tonino, avvicinati.»

«Preferisco di no, maresciallo, non mi sento tanto bene» balbettò.

«Appuntato Muzzi» continuò il superiore con tono duro. «Non si può fare i macellai se si è vegetariani. Hai scelto la strada al posto della scrivania, no? Allora tira fuori le palle e alza la testa. Analizza la scena del crimine e dimmi che cosa vedi.»

Se davvero le cose erano andate come sosteneva Angelica, quella ragazza prima di essere ammazzata aveva subito delle violenze terribili. Ma chi poteva essere tanto malvagio da fare una cosa del genere? Angelica aveva detto che erano in tanti... Ferri rabbrividì. Avrebbe dovuto scontrarsi con qualcosa di inafferrabile e spaventoso, con il Male, quello vero.

Muzzi fece un bel respiro e finalmente alzò lo sguardo.

«Mado', come è giovane maresciallo. Ma quell'Angelica è sicura di ciò che ha visto? Non potrebbe averlo fatto da sola?»

«Tonino, osserva e basta. Che cosa manca secondo te?»

«Qualcosa su cui appoggiare i piedi?» rispose titubante l'appuntato dopo alcuni secondi di silenzio.

«Esatto. Quindi che cosa significa?»

«Che... si è arrampicata sull'albero e... si è buttata giù.»

«Già. E per farlo sarebbe dovuta essere estremamente lucida per non perdere l'equilibrio mentre si infilava il cappio al collo e legava l'altra estremità della corda ben stretta al ramo. Ma questo ce lo potrà dire solo l'autopsia. Vieni, aspettiamo davanti al cancello che arrivi la scientifica.»

Dopo un'attesa snervante, arrivarono alcune volanti dei carabinieri e un'ambulanza a sirene spente, da cui scesero i paramedici e il medico legale, il dottor Giovanni Locapo.

«Dov'è la ragazza?» chiese sbrigativo il medico rivolgendosi a Ferri.

«Nel giardino» rispose laconico il maresciallo. «Vi faccio strada.»

Uno dopo l'altro, i poliziotti e il personale medico entrarono nella proprietà attraverso il buco della recinzione e si inoltrarono nella vegetazione fitta fino ad arrivare all'albero dove il corpo di Monica oscillava tristemente nel vuoto.

Locapo osservò per qualche secondo la scena e poi disse, brusco: «Tiratela giù».

I poliziotti della scientifica, senza dire una parola, si misero all'opera. Quando tagliarono la corda per liberare il collo, dalle labbra semiaperte di Monica proruppe un suono gutturale e prolungato.

Quel rumore fece gelare a tutti il sangue nelle vene.

«Cazzo! È ancora viva!» disse spaventatissimo l'appuntato Muzzi prima di scappare via.

Locapo fece un sorrisetto ironico: «Non è abituato, eh?» disse a Ferri. «È normale, in casi di impiccamento: una volta tirato giù il corpo, i polmoni si sgonfiano e fanno vibrare le corde vocali, che producono un suono. Anche io la prima volta mi sono spaventato a morte.»

Il maresciallo annuì, ma anche lui era molto teso. Non riusciva a staccare gli occhi dal corpo di Monica, che ora era stato deposto a terra e veniva analizzato da Locapo.

In quel momento arrivò Malaguti, scortato da due agenti. I suoi pantaloni eleganti erano sporchi di terra all'altezza delle ginocchia.

«Che brutto posto, questo» disse a Ferri dopo averlo salutato con una rapida stretta di mano. «Ho dato ordine ai vigili del fuoco di aprire quel maledetto cancello, così l'ambulanza può entrare e portare via il cadavere.»

Ferri annuì. Ora il caso non era più nelle sue mani, e doveva limitarsi a fare da spettatore. Muzzi, nel frattempo, era tornato al suo fianco. Vittorio lo sentiva battere i denti dalla tensione.

«Che cosa abbiamo qui, Giovanni?» chiese poi Malaguti avvicinandosi al corpo.

Locapo gli rivolse un breve cenno della testa.

«Ciao, Saverio. Direi che la ragazza è morta per asfissia, poche ore dopo la sua scomparsa. Guarda le mani» e le indicò. «Le macchie ipostatiche sono compatibili con la mia ipotesi.»

Il maresciallo si intromise: «È possibile che sia stata uccisa?».

Malaguti e Locapo si scambiarono uno sguardo veloce. «L'impiccamento è di norma evenienza suicidaria» disse laconico Locapo. «Sono rarissimi i casi di omicidio.»

«Piuttosto, maresciallo» disse Malaguti, «da chi ha ricevuto la segnalazione che il cadavere era qui?»

Il cuore di Ferri accelerò i battiti. Non poteva mentire. «Da una ragazzina, si chiama Angelica Nero.»

Il cellulare del procuratore si mise a suonare. L'uomo lo tirò fuori dalla tasca, guardò il nome sul display e bofonchiò un'imprecazione tra i denti. Prima di rispondere disse al maresciallo: «La convochi, dovremo farle qualche domanda. Se la sente di avvisare lei la famiglia? Grazie maresciallo» e senza aspettare risposta si allontanò di qualche metro per rispondere al telefono.

Ferri fece cenno a Muzzi di andare via. L'appuntato aveva una faccia così avvilita che Vittorio non se la sentì di rimproverarlo per essere scappato. Si incamminarono sul vialetto.

«Marescia', ma se è un suicidio come dice Locapo, perché quell'Angelica Nero avrebbe parlato di omicidio? Si è inventata tutto?» chiese Muzzi.

«Non lo so, Tonino» rispose Ferri. «Lasciamo che le indagini facciano il loro corso.»

«Ma lei che ne pensa, marescia'?»

«Il mio istinto mi dice di fidarmi di Angelica. E poi in questo presunto suicidio c'è qualcosa che non mi convince...»

Nessuno dei due si era accorto che Malaguti, appartato dietro un albero, aveva chiuso la sua telefonata e aveva ascoltato ogni parola della loro breve conversazione.

Dopo una mezz'ora, il maresciallo Ferri bussò alla porta della famiglia Fasano. Gli aprirono un uomo sulla cinquantina e una donna minuta, avevano entrambi le facce stravolte di chi non dorme da giorni. Diede la triste notizia mentre percepiva la sua voce come in una ampolla, tanto che dovette schiarirsela più volte. L'uomo abbracciò la moglie, che fra i singhiozzi continuava a ripetere che non era possibile. Sua figlia non poteva essere morta, lei amava la vita, aveva grandi progetti per il suo futuro.

Quando Vittorio tornò a casa ormai era molto tardi. Era esausto. Trovò Maria Rosaria a letto come al solito, non si alzò nemmeno per salutarlo. Aprì il frigorifero, si preparò un panino. Aveva saltato il pranzo, ma quando stava per dare il primo morso si accorse di avere lo stomaco chiuso.

Continuava a pensare alla ragazza morta. Prese una birra, la bevve tutta d'un sorso e poi ne stappò un'altra, e un'altra ancora. L'alcol gli regalò uno stordimento non del tutto spiacevole, e Vittorio si trascinò a letto. Prima di addormentarsi, allungò il braccio per sfiorare il corpo caldo di Maria Rosaria, ma lei si era rannicchiata sul bordo del materasso e il suo gesto cadde nel vuoto.

Il giorno successivo andò al comando. Era di turno nel pomeriggio. Aveva dormito malissimo, il suo sonno era stato interrotto da continui incubi, e aveva bisogno di un altro caffè. Alla macchinetta incontrò il vicebrigadiere Lauria, un ometto sui sessanta prossimo alla pensione.

«Che faccia scura, maresciallo» lo salutò quello.

«Ieri è stata una giornata pesante» tagliò corto Vittorio. Lauria non gli stava molto simpatico: era uno che faceva il minimo indispensabile, e a volte nemmeno quello: si limitava a scaldare la poltrona.

«Ah già, maresciallo, ha trovato la ragazza scomparsa. Be', un suicidio non è mai un bello spettacolo...» fece Lauria fintamente comprensivo sorseggiando il suo cappuccino di soia.

«Già, perché tu ne hai visti tanti, col culo sempre attaccato alla sedia» disse amaro Ferri. E poi specificò: «Non è ancora chiaro se si tratti di un suicidio. Il magistrato ha aperto l'indagine».

Lauria fece un sorrisetto beffardo. «Maresciallo, guardi che il magistrato ha già chiuso il caso come suicidio. Stamattina ha anche diramato il comunicato per la stampa. Secondo il medico legale non ci sono i presupposti per un'indagine. La ragazza si è impiccata, punto. Chissà che hanno in testa questi giovani d'oggi. Ai miei tempi...»

Ma Ferri non lo ascoltava più. Com'era possibile che il caso fosse stato chiuso solo dopo poche ore il ritrovamento del cadavere? Doveva parlare con Malaguti, subito.

Si incamminò nervoso verso il suo ufficio, prese il cellulare dalla tasca e compose il numero del magistrato. L'uomo rispose dopo una ventina di squilli.

«Che c'è, maresciallo? Sono impegnato» disse scocciato.

«Dottore, mi scusi se la disturbo, è per Monica Fasano...»

«Ah sì, è stato un suicidio. Nessuno l'ha avvisata?»

«No» mormorò Ferri.

«Locapo ha ritenuto che non fosse necessario procedere con l'autopsia, dagli elementi in nostro possesso risulta evidente che la ragazza si sia impiccata. E abbiamo ritenuto che fosse opportuno riconsegnare al più presto il corpo ai familiari, per non arrecare loro altro dolore.»

Ferri era sconcertato.

«E poi sulla scena non è stato trovato nulla che faccia pensare alla presenza recente di altre persone» proseguì il magistrato.

«Ma la vegetazione potrebbe aver nascosto delle tracce, delle impronte...»

«Maresciallo, i suoi colleghi della scientifica hanno fatto un sopralluogo accurato, e non è emerso alcun elemento di rilievo. La ragazza si è suicidata. Non è la prima e non sarà nemmeno l'ultima, purtroppo. Se ne faccia una ragione.»

«Ma dottore...» provò a obiettare Ferri.

«Mi faccia trovare il prima possibile il suo rapporto sulla scrivania, maresciallo» proseguì duro Malaguti. «E poi convochi subito quell'Angelica Nero, dobbiamo verbalizzare anche la sua dichiarazione, anche se a questo punto è solo una formalità.»

Ferri deglutì, mentre lo stomaco gli si torceva dalla rabbia e dallo sconcerto. Ma non poteva contraddire un superiore.

«D'accordo, dottore» fu costretto a dire.

«La saluto» e Malaguti mise fine alla conversazione.

Ferri rimase immobile per un paio di minuti, lo sguardo perso nel vuoto. Non capiva cosa stesse succedendo. Poi si riscosse: andò nello spogliatoio a cambiarsi, uscì dal comando e si diresse a casa di Angelica. Voleva avvertirla di ciò che era successo prima che lo scoprisse dai notiziari, o dai giornali.

Lasciò l'auto in piazza San Pietro Caveoso e proseguì a piedi in quel dedalo di stradine. La casa di Angelica non era raggiungibile in altri modi.

Suonò, e fu Adele ad aprirgli.

«Maresciallo, buonasera» gli disse sgranando gli occhi, spaventata. «C'è qualcosa che non va?»

«Devo parlare con sua figlia.»

Lei aprì la porta per farlo passare. Trovò Angelica seduta sul divano, aveva il cellulare in mano. Alzò gli occhi su di lui, erano lucidi.

«Perché tutti stanno dicendo che Monica si è suicidata? Non è vero!»

Ferri si maledì per essere arrivato tardi. I giornali on line dovevano aver già pubblicato la notizia. Avrebbe dovuto immaginarlo che al giorno d'oggi le notizie corrono velocissime, e in quel momento si sentì molto vecchio.

«Nessuno mi crede, nemmeno lei! Ma io lo so che l'hanno ammazzata, l'ho visto!» E scoppiò a piangere.

«Angelica, io ti credo» mormorò lui.

Adele gli si parò davanti, gli occhi insolitamente fiammeggianti. «Adesso lei, maresciallo, mi dice cosa sta succedendo e perché mia figlia sta piangendo. Altrimenti giuro su Dio che...»

«Si calmi, signora, la prego» disse lui, un po' intimidito davanti a quella leonessa che difendeva il suo cucciolo. «Ora le spiego tutto.»

E le raccontò ogni cosa, senza tralasciare nemmeno la strana telefonata di poco prima col magistrato.

Adele, quando Ferri ebbe finito, se ne stette un attimo pensosa. Poi si girò verso la figlia, che aveva seguito tutta la conversazione e aveva smesso di piangere.

«Angelica, è vero quello che dice il maresciallo?»

«Sì. Ho parlato con don Franco, ed è stato lui a chiamare il maresciallo. Io non sapevo cosa fare...»

«Amore, hai fatto bene, sono contenta che hai parlato con lui. Ma... cosa vuol dire che hai sentito quello che era successo a Monica, Angelica, com'è possibile...?»

«Non lo so, però è successo. Io ho visto... io ho *sentito*, quello che le avevano fatto... avevo tanta paura... *lei* aveva tanta paura, ma quegli uomini non si fermavano... erano tanti...»

Lacrime silenziose le scendevano dagli occhi, il viso era

pallido e smunto, le labbra contratte. Adele se la rivide davanti bambina, con quel suo modo di piangere discreto, come se avesse il timore di disturbare. Corse ad abbracciarla, quasi approfittando di quel dolore e vergognandosi immediatamente per aver pensato di poter trarre giovamento da quella tragedia. Ma erano così rari i momenti di contatto tra di loro, ed era doloroso non sapere dove mettere le mani per abbracciarla. Così se la strinse al petto, cullandola proprio come quando era bambina. E Angelica esplose di nuovo in un torrente di singhiozzi.

Vittorio, vedendo madre e figlia strette in quell'abbraccio, si sentì un intruso e si congedò.

Capitolo tre

Il caso era stato ufficialmente archiviato, ma Ferri di quel suicidio non era convinto. E non solo per ciò che Angelica diceva di aver visto – diversi uomini che drogavano la ragazza per poi abusare di lei e, una volta in stato di incoscienza, farla morire impiccata –, ma soprattutto per la fretta con cui il magistrato aveva chiuso il caso e per la dinamica dell'impiccamento che a lui risultava davvero poco probabile. Continuava a pensare alla forza che ci vuole per arrampicarsi su un albero, stringersi una corda attorno al collo e dire fanculo a tutto. A diciotto anni.

Eppure succede, eccome se succede, replicava un'altra parte di lui. I suicidi tra gli adolescenti sono purtroppo molto comuni, le leggeva anche lui le statistiche. Ma una parte di lui continuava a non volerci credere.

All'inizio Vittorio aveva aiutato Angelica a decidere cosa dire durante l'interrogatorio: il caso era già stato chiuso, ed esporsi sarebbe stato per lei un rischio davvero inutile. La sua deposizione, proprio come aveva detto Malaguti, fu più una formalità: Angelica omise il particolare del ragazzino incontrato nel piazzale della chiesa e disse di aver trovato il cadavere per caso, durante una passeggiata nelle campagne attorno alla città. Al colloquio con il magistrato, essendo Angelica minorenne, era presente anche Adele: la donna era grata a Vittorio per la delicatezza con cui trattava Angelica, le era sempre mancato qualcuno con cui confrontarsi, discutere, prendere le decisioni. Da quando non c'era più sua madre ancora di più.

La figlia però, dopo tutto ciò che era capitato, si era avvicinata a lei. Le aveva raccontato della treccia, di come da anni subisse le angherie dei compagni di scuola. Le aveva anche raccontato di Federica, che la odiava praticamente da sempre, e di quanto Pietro l'avesse umiliata, senza scendere troppo nei dettagli perché per Adele i social erano un mondo sconosciuto.

Il fatto che Angelica fosse stata vittima di bullismo per Adele era più facile da affrontare rispetto al fatto che sua figlia fosse una sensitiva. Adele si era sempre tenuta lontano da tutto ciò che aveva a che fare con il sovrannaturale, e preferiva concentrarsi su un problema concreto, per il quale poteva trovare una soluzione.

«Il prossimo anno cambierai istituto» le aveva proposto Adele durante un pranzo a cui era stato invitato anche Vittorio. «Vedrai, ricomincerai da capo e sarà tutto più semplice.»

Vittorio era intervenuto: «Adele, ma perché non provare un'ultima cosa, prima di arrenderci... volevo dire, prima di arrendervi... Potrei parlare con la preside e gli insegnanti. Non si può darla vinta così ai bulli...».

«Vittorio, sono anni che Angelica subisce angherie di ogni tipo, e io non mi sono mai accorta di niente. Ora devo fare qualcosa. Devo assicurarmi che la scuola per mia figlia sia uno spazio sicuro, e quel liceo non lo è più. Ma stai tranquillo, non ho nessuna intenzione di tacere: parlerò io stessa con la preside e gli insegnanti, perché nessun altro sia vittima delle stesse prese in giro.»

Adele si comportava con Vittorio come se lui avesse diritto di dire la sua. Non c'era mai stato un uomo al suo fianco, e quella novità le piaceva. Con Vittorio stava bene, avevano iniziato anche a darsi del tu. E Vittorio passava spesso a trovarle, in quei giorni concitati dopo il ritrovamento del cadavere di Monica.

Un giorno, mentre stavano bevendo il caffè, Angelica li aveva lasciati soli dicendo che doveva assolutamente finire di leggere un romanzo e se n'era andata in camera sua. In cuor suo sperava che la presenza di Vittorio diventasse fissa. Che quelle due anime infelici e senza amore potessero, magari grazie a lei, incontrarsi.

Tutto quello che era successo avrebbe avuto un senso. Era un paio di giorni che non aveva incubi, visioni, che non pensava alla morte e al male che aveva sfiorato. Anche la paura che qualcosa di brutto avrebbe potuto nuovamente accadere sembrava essersi sopita.

Ogni tanto pensava a quello strano ragazzino che l'aveva condotta da Monica. Lo pensava ogni volta che si affacciava alla finestra e guardava la distesa dei Sassi che si estendeva oltre la sua vista fino a scorrere lungo lo strapiombo che conduce alla Murgia. Sentiva che lui era ancora lì, da qualche parte.

Approfittando dell'assenza di Angelica, quel giorno Vittorio si fece coraggio e chiese a Adele come mai fossero sole. La luce del pomeriggio illuminava le tazze di caffè fumante sul tavolo lindo della cucina e le loro mani, così vicine che sembrava volessero sfiorarsi.

«Se non ti va non rispondermi» aggiunse subito.

«Ma no, figurati. Sappiamo così poco l'uno dell'altra. Siamo sempre concentrati su Angelica.» E poi, sentendosi in colpa per quanto aveva appena detto, aggiunse: «Com'è giusto che sia. E comunque... il padre non c'è. O meglio, non ha mai saputo di essere diventato padre. È stato un amore così, passeggero. Non ho mai voluto dirgli di Angelica».

«Però magari avrebbe voluto saperlo, non c'hai pensato?»

Adele lo guardò senza espressione. «L'ultima cosa che voglio è che Angelica possa sentirsi non desiderata. Se lui non l'avesse voluta Angelica avrebbe dovuto gestire anche questo. Io di certo ho fatto un mucchio di errori, però la amo al di sopra di qualsiasi altra cosa.»

Vittorio annuì.

«Angelica è una ragazza stupenda. Qualsiasi uomo la vorrebbe come figlia. Avrebbe imparato ad amarla.»

Ferri si pentì immediatamente di quelle parole, che se da un lato mettevano a nudo il suo sentimento per quella famiglia, dall'altro potevano sembrare un giudizio.

«Hai fatto la cosa che ritenevi più giusta per lei, Adele. Solo una brava madre si fa tutte queste domande su sua figlia. Secondo me, se mi posso permettere, te ne devi solo convincere anche tu.»

Adele sembrò sollevata, insicura com'era di ogni scelta fatta nella vita. Gli sfiorò la mano e lo guardò negli occhi, piena di riconoscenza.

«Ho sempre sopportato l'eccentricità di mia madre dubitando dei tanti che credevano nelle sue straordinarie capacità.» E sottolineò *straordinarie* allargando le braccia, caricando la parola di enfasi.

Vittorio la guardava in silenzio invitandola a proseguire.

«Dài, Vittorio, queste cose non esistono! Come posso credere che anche mia figlia...»

«Io invece ci credo. Ciò che rende difficile, più difficile accettarlo, è solo che sia capitato nella tua famiglia.»

Adele si ammorbidì sulla sedia, quasi scivolando come una ragazzina in una posa di resa. Era felice di poter parlare con lui, le sembrava tutto più limpido. Anche se parlavano di magia.

Poi prese la bustina dello zucchero fra le dita e iniziò a giocarci. Senza guardarlo negli occhi aggiunse: «Mia madre negli ultimi tempi non dormiva più. Aveva degli incubi terribili. Diceva che sentiva delle voci. Ho pensato che avesse l'Alzheimer, che stesse impazzendo. I medici non sono riusciti a capire cosa avesse, e lei è morta. Io non voglio che...».

Vittorio le alzò il mento con due dita, obbligandola a fissarlo.

«Angelica non è pazza. Tua madre non era pazza. Quando le perdonerai per non averti permesso di vivere una vita normale?»

Adele si morse il labbro inferiore.

«Avresti davvero voluto una vita normale?» continuò lui sporgendosi verso di lei.

"Ogni cosa mi ha condotto da te. Era destino?" si chiese Adele socchiudendo gli occhi e sporgendosi più avanti per permettere a Vittorio di baciarla.

In quel momento il cellulare di Vittorio iniziò a vibrare,

smuovendo perfino il cucchiaino sul tavolo. Adele si riscosse: «Forse ti chiamano dal comando». Vittorio, come risvegliato da un sogno, scorse i messaggi ricevuti e, senza confermare né smentire, si congedò da Adele dicendo soltanto che doveva andare. «Salutami Angelica, non la disturbo se sta leggendo.»

«Ci vediamo domenica per pranzo? Angelica si è offerta di cucinare, e ti assicuro che i piatti saranno migliori di quelli che preparo io.»

Nel dirlo si ravviò i capelli con la mano e, vedendosi riflessa nel vetro della madia, per la prima volta da chissà quanto tempo si vide bella, seducente. Sicura di sé.

«Magari insieme potremo capire un pezzetto in più di Angelica» aggiunse quasi per non costringerlo, non spaventarlo.

Vittorio la guardò con intensità, immobile sulla soglia.

«Hai dimenticato qualcosa?» chiese Adele.

«No, no. Ciao, Adele.» E se ne andò.

«Allora ti aspetto? Ti aspettiamo?» ripeté piano mentre Vittorio si doveva già essere allontanato abbastanza per non sentirla, quasi in preghiera, affidargli le sue speranze.

Mentre si incamminava verso casa, Vittorio rimproverò se stesso. Si era lasciato coinvolgere troppo in quella situazione. Era attratto da Adele, gli piaceva tutto di lei – la sua bellezza timida, la sua forza nascosta –, ma lui era sposato. E innamorato di sua moglie. Come aveva potuto scordarselo? Aveva anche messo Maria Rosaria nella condizione di scrivergli dodici messaggi in cui gli chiedeva di tornare a casa.

Dodici messaggi. Gli tornava in mente quella mattina maledetta. Quella in cui aveva ignorato le sue chiamate e poi l'avevano ritrovata riversa in una pozza di sangue, mentre lottava fra la vita e la morte. Il loro bambino era già morto.

Era in tenuta sportiva, si vestiva sempre così quando non era in divisa, e gli fu facile correre su per i Sassi, con il vento caldo dell'estate sul viso. Sentiva la fatica delle salite, le scarpe da tennis che scivolavano sul tufo, il cuore che batteva velocemente. Poggiò male il piede destro su una pietra rotta per metà e sentì di nuovo una piccola ma pungente fitta alla caviglia che arrestò di colpo la sua baldanza. Come tutti gli uomini d'azione, appena non sentiva più il dolore di un trauma subito per lui quel trauma era guarito. Poche cose lo avvilivano di più al mondo come avere un problema fisico che gli impediva di allenarsi nonché di essere pronto a saltare da un ponte su un treno in corsa, se necessario.

Entrò in casa. Maria Rosaria era sul divano del soggiorno, una rivista in mano. Aveva i capelli raccolti in uno chignon morbido che le lasciava le spalle scoperte, un cenno di rossetto sulle labbra e un vestito rosso leggero che faceva intravedere le gambe bellissime, affusolate, che l'avevano fatto innamorare.

«Ce ne hai messo di tempo, Vittorio. Ma dov'eri?»

Non si aspettava una risposta, preferiva non metterlo nelle condizioni di confessare, ma nemmeno di dire una mezza verità. E subito aggiunse: «Ho messo anche i tacchi».

Vittorio era senza parole. Sua moglie gli parve bellissima, finalmente in piedi, viva, sorridente.

«Scusami, sono un idiota.»

«No, non lo sei. Sei un bravo carabiniere che si preoccupa per una ragazzina. Tu e il tuo profondo senso della giustizia, a volte portate il lavoro anche a casa. Succede di confondere i piani» rispose lei. Maria Rosaria non aveva perso né l'intuito di una volta né la sua prontezza nel capire. Aveva in qualche modo avvertito che nella vita di Vittorio, anche se in punta di piedi, era entrata un'altra donna?

Maria Rosaria e Vittorio avevano sempre avuto, fino all'incidente, un rapporto basato su una complicità fuori dal comune, di telepatia. Erano sempre connessi, si erano anche fatti un tatuaggio identico, la linea di un elettrocardiogramma. Quando univano le braccia, la linea sembrava passare da un polso all'altro, la loro connessione sempre accesa.

«Dài, portami fuori» gli propose lei sempre sorridendo.

«Aspettami, sono tutto sudato, vado a farmi una doccia. Aspettami qui così come sei, non ti muovere. Anzi, facciamo una cosa. Vieni con me, così ti tengo d'occhio.»

Maria Rosaria si fece prendere per mano e si sedette divertita sul bordo della vasca, mentre lui entrava nel box doccia e si lavava, cantando stonato una canzone per farla ridere. Il volto di lei però si scurì improvvisamente.

Lui uscì dalla doccia: «Vedi? Ho fatto presto. Embè? Cos'è quel muso lungo?».

«Niente, Vitto'. Niente» disse Maria Rosaria sforzandosi di sorridere.

Lui la guardò pregando che quel sorriso non svanisse più.

Lei si ripeté nella mente: "Ti prego, ti prego Dio, fa' che queste medicine funzionino, non far tornare quei brutti pensieri".

E uscirono, mano nella mano.

«Crodino e panzerotto?»

«Uno spritz!» rilanciò Maria Rosaria.

E dopo lo spritz, bevuto in quel baretto in cui andavano sempre quando erano fidanzati, salirono in macchina e Vittorio guidò fino a Policoro. Era tardi, ma trovarono un ristorantino sulla spiaggia ancora aperto. Ordinarono una bottiglia di bianco e una frittura di pesce, chiacchierando e ridendo, un po' imbarazzati come se fossero al loro primo appuntamento.

Poi si tolsero le scarpe e andarono a passeggiare sulla spiaggia. Con i piedi immersi nell'acqua e le scarpe ancora in mano, Vittorio la baciò.

E in quel bacio, che Maria Rosaria ricambiò con passione, Vittorio sentì che il loro amore era ancora tutto lì, nei loro respiri che diventavano uno.

Capitolo quattro

Anche una città come Matera, con il suo fascino millenario, poteva ritirarsi in silenzio. E lo fece rendendo gli sguardi impermeabili alla sua bellezza. Tutto, quel giorno, doveva commemorare lo strappo di una morte prematura e inspiegabile.

Le tende ondeggiavano, dietro le finestre semichiuse, come se stessero salutando il feretro, alcuni negozi avevano le serrande abbassate per rispetto a quella marcia senza trionfo, i rumori delle suole dei turisti imprudentemente usciti per le strade deserte del centro scandivano il tempo che mancava al funerale di Monica Fasano.

Chiunque era capitato in città, in quei giorni, era rimasto come ipnotizzato da tutti i manifesti funebri in cui la foto della ragazza morta, in quello scatto scelto dalla famiglia, sembrava ancora ricolma di vita. Il suo viso, incorniciato dai lunghi capelli neri come il velluto, sollecitava una serie di conflitti interiori e di interrogativi.

Quella morte metteva in agitazione chiunque.

La preside, che si girava e rigirava nel letto da giorni perché sentiva di non aver saputo difendere un'allieva.

Gli insegnanti, che temevano di aver smarrito il senso del loro lavoro, gli amici che si sentivano in colpa per non aver visto, i familiari per non essere riusciti a prevenire. E Luca, il fidanzato ufficiale, con cui si era anche scambiata la fedina un anno prima e che da mesi la percepiva diversa, sfuggente. Triste, a volte, ma non così tanto da togliersi la vita.

E lui, a cui tutti rivolgevano le condoglianze, rispondeva sempre con le stesse parole: «Non posso crederci».

La madre di Monica anche in quei giorni, come in tutti i giorni felici, andava in camera della figlia, apriva le finestre, cambiava l'aria. Poi si sdraiava sul letto, ben attenta a non spostare nessuno dei suoi peluche usurati dal tempo, e si lasciava sfinire dal tormento.

Fuori non era poi così diverso.

L'acqua che sgocciolava dai condizionatori d'aria creava l'illusione che anche i muri delle case stessero piangendo. Ma forse non era un'illusione.

A modo suo, ogni cosa soffriva e voleva partecipare al lutto che aveva colpito la città.

Quando muore un ragazzo, non è mai soltanto uno il colpevole.

I banchi della cattedrale erano pieni di uomini e donne in lutto che bisbigliavano, in attesa di veder arrivare la bara bianca, e sventolavano i libretti della messa per trovare sollievo dall'afa. La folla traboccava fin nella piazza.

Soltanto le prime file erano vuote, riservate ai familiari e agli amici intimi. Come in ogni funerale, la gerarchia del dolore e della vicinanza con il defunto si misurava attraverso la distanza dalla bara e dai genitori.

Quando il feretro fece il suo ingresso in chiesa, l'organo iniziò a suonare e tutti si alzarono in piedi. Il coro intonò la canzone scelta dalla famiglia.

«Avevi scritto già il suo nome su nel cielo...»

E a quel punto un coro di singhiozzi e di pianti si aggiunse alla musica.

Tutti i presenti, al passaggio della bara, posavano con la mano un bacio su quel legno bianco come se idealmente stessero baciando il viso di Monica.

Il prete attese che i familiari si sedessero, che la bara fosse deposta davanti all'altare e che tutt'intorno vi fossero sistemate le corone di fiori. Poi spalancò le braccia e diede inizio al rito funebre.

Tutti sembravano aspettare la sua omelia, come per fare

i conti con se stessi. E la predica arrivò, durissima, perché il sacerdote che officiava le esequie dava per scontato che Monica fosse responsabile di quel gesto estremo.

«E di chi è la colpa, se un giovane smarrisce il senso profondo della sua vita, se la mortifica, la deturpa?, di chi è la colpa?» tuonò, poi cambiò tono. «Dio non è mai contro. Non è mai contro. Dovete capire che è a vostro favore. Ma questo come potete saperlo, se avete chiuso gli occhi di fronte a lui? Se non varcate la porta della casa del Signore, ma cercate altrove le risposte? È facile decidere di buttare via la propria vita quando le cose si fanno difficili.»

La predica si stava trasformando in una paternale contro il disagio giovanile. Angelica sentì la rabbia crescerle dentro. Don Franco avrebbe di sicuro fatto un'omelia diversa, piena d'amore e di conforto.

I genitori, resi sordi dal dolore, per fortuna erano indifferenti a quelle parole, mentre Luca, accanto a loro, scuoteva la testa. I tanti ragazzi presenti, macchie di colore in mezzo alla folla di adulti vestiti di nero, si domandavano quante volte avevano pensato al suicidio, in quei momenti in cui si erano sentiti fragili o soli. Molti si presero per mano o si strinsero in un abbraccio per farsi coraggio.

Quando il prete finalmente finì di parlare, fece cenno ad alcune amiche della defunta e a Luca di avvicinarsi. Volevano ricordare Monica a modo loro. Si misero in fila con i foglietti nelle mani tremanti, un po' erano pentiti di ciò che avevano scritto, temevano di non riuscire a restituire l'immagine dell'amica mentre era in vita.

Luca più di tutti sentiva la responsabilità di non esserle bastato, di non averla resa abbastanza felice da impedire quel gesto. E più del dolore, pativa questo giudizio sulle sue spalle a tal punto che aveva scelto di leggere una poesia composta da lui, intrisa di disperazione e senso di colpa.

Mentre si sistemava il microfono sul leggio, si sentì un rombo, simile a un tuono, fuori dalla chiesa, come se anche il cielo fosse furibondo per quella morte ingiusta.

Angelica, stretta come uno spillo in mezzo a uomini sudati in giacca e cravatta, assisteva al funerale col cuore pesante. Quando Luca iniziò a leggere la poesia si sentì straziare. In quel momento i dubbi le invasero la mente: e se ciò che aveva visto sulla morte di Monica fosse stata solo un'allucinazione? Forse Monica era davvero infelice, e si sentiva così sola e disperata da decidere di non soffrire più...

A un tratto, in quel caldo soffocante, si sentì mancare il respiro. Chiese permesso e tentò di avvicinarsi all'uscita. Al suo passaggio sentì un'eco di risatine. Federica, appoggiata a una colonna accanto a Pietro, le scoccò un'occhiata maligna prima di tornare ad armeggiare con il suo cellulare. Lei e la sua corte di amiche non avevano nessun rispetto per la morte di Monica, a loro importava solo mostrarsi affrante sui social per ottenere qualche cuore in più. Se essere come loro significava essere "normali", Angelica in quel momento decise che era meglio essere diversi. Ma c'erano anche altri suoi compagni che la guardavano con una sorta di timoroso rispetto, per via dell'episodio della treccia infuocata.

Continuò a farsi largo verso l'uscita, tentando di non farsi notare. Adele era riuscita a sedersi poco più avanti e non si sarebbe mai accorta della sua assenza. In quei giorni non la lasciava mai sola. Angelica finalmente sgattaiolò fuori. Appena superò il portone vide una marea di gente in controluce, sagome nere e indistinguibili come in una foresta di ombre. Non riusciva a respirare, tutte quelle persone le premevano addosso, tentò di districarsi ma a un certo punto la sua testa sbatté contro quella di qualcuno.

Con una mano si schermò gli occhi per proteggersi dal sole impietoso, così da riuscire a vedere contro chi aveva sbattuto. Era un ragazzo poco più grande di lei, che aveva un cappello con la visiera in testa e una pashmina scura al collo. Strano, col caldo che faceva. Angelica notò anche che in mano reggeva un casco.

Non lo aveva mai visto, in città.

«Scusa, non volevo» si giustificò. «Spero di non averti fatto male...»

«Non ti preoccupare, ho la testa dura» disse lui con un sorriso, parzialmente coperto dalla pashmina.

La sua voce era per Angelica stranamente familiare. Dove

poteva averla già sentita? Poi il ragazzo aggiunse: «Tutti cercano di entrare e tu esci?».

Angelica mugugnò qualcosa, imbarazzata.

«Ti capisco, è davvero dura stare lì dentro. Se non uscivo, scoppiavo di tristezza.»

«Anche io» disse poi Angelica, sorprendendo anche se stessa. «Stavo per soffocare per tutta quell'ipocrisia.»

Lui la guardava con i suoi occhi azzurri screziati di verde.

«Che vuoi dire?» le chiese poi.

Angelica lo guardò senza rispondere; un momento dopo si sentì risucchiare via da lì, e la morsa dell'angoscia che aveva sentito sin dalla mattina un poco si allentò.

«Bene, io me ne vado, tu che fai? Vieni con me?» le chiese porgendole il casco che aveva in mano.

Angelica rimase un attimo immobile. Non era da lei dare retta a uno sconosciuto. Ma tutta quella morte le aveva messo addosso una disperata voglia di vivere. Non le importava chi fosse quel ragazzo, voleva solo scappare via e per un po' dimenticarsi di tutto: di Monica, dei suoi assassini, di Adele che la soffocava con le sue attenzioni... soprattutto, voleva dimenticarsi di se stessa.

«Sì, mi va» acconsentì.

Infilò il casco, e il ragazzo la condusse alla sua Guzzi, che aveva posteggiato poco distante. Agganciato alla sella c'era un altro casco, e se lo mise in testa. Poi salì a cavalcioni della moto e fece cenno ad Angelica di fare lo stesso. Era la prima volta nella sua vita che saliva su una moto.

Non sapeva dove mettere le mani, non voleva stringergliele attorno alla vita, quindi se le posò sulle ginocchia, ma poi lui le indicò le maniglie. «Tieniti forte, mi raccomando» le disse.

Il motore si accese con un rombo e in un batter d'occhio si lasciarono la città alle spalle.

Angelica riconobbe alcuni campi che aveva percorso durante quel pomeriggio delirante, e socchiuse gli occhi per non ricordare. Non le piaceva molto la sensazione della velocità, non le piaceva quando lui inclinava la moto durante le curve rischiando di farli cadere. Per non perdere l'equilibrio, fu costretta a togliere la presa dalle maniglie e a stringerlo forte. Aveva sempre visto le ragazze, quelle fortunate, fare così. E lei in quel momento voleva essere una di loro.

Quando lo toccò, si sentì sottilmente a disagio, percepiva una rabbia e un'aggressività in quel ragazzo che le fecero paura per un istante. Ma non sono forse così, i ragazzi?, pensò subito. Non giocano sempre a fare i duri? E poi, forse, era rabbioso per la morte di Monica, magari era un suo amico.

Allontanò quella brutta sensazione, dicendosi che era solo sconvolta per il funerale. Cercò di distrarsi. Non voleva premonizioni, non voleva guardare dentro quel binocolo che le restituiva la verità delle cose, e delle persone.

Avrebbe avuto voglia di fare delle domande a quel ragazzo misterioso, di parlargli, di capire chi fosse, ma lui non si fermò, non proferì parola, non si tolse il casco, non rallentò.

Angelica avrebbe voluto raccontargli che proprio lì, in quelle campagne, aveva visto la morte di Monica. Avrebbe voluto un complice, invece quel ragazzo era solo uno sconosciuto che aveva voluto, come lei, fuggire dal funerale.

Imboccò una salita in campagna, vicino a una cava dismessa, poi sgommò come se stesse scivolando. Angelica iniziava a essere impaurita, ma tentava di calmarsi dicendosi che era lei a non essere abituata alla moto. Finalmente lui sollevò un poco il casco e le urlò: «Dov'è casa tua?».

«Devi ritornare a Matera, nei Sassi.» Gli spiegò sommariamente il tragitto e lui la riportò a casa. Iniziava a fare freddo e Angelica aveva ingoiato anche un sacco di polvere: adesso capiva perché lui indossava la pashmina.

Imboccato l'arco accanto alla chiesa di San Pietro Caveoso, la moto percorse un tratto di Vico Solitario e si arrestò di fronte a una scalinata. Il ragazzo si alzò la visiera del casco, spinse il piede sul cavalletto e piegò la moto per farla scendere.

Angelica smontò, si tolse il casco e glielo restituì. Poi lo guardò, in attesa di capire che intenzioni avesse. Lui sorrise, distendendo la tensione, ma le sue pupille erano dilatate e l'azzurro dei suoi occhi era ridotto al minimo, giusto uno schizzo tagliente e freddo.

Troppo poco per perdervisi dentro.

«Ci vediamo alla festa della Bruna, ti va?» le disse col fiato corto, facendo saettare lo sguardo tutt'intorno.

Sembrava emozionato.

«Sì» proferì lei mentre il cuore le batteva fortissimo.

«Allora ci vediamo al Duomo sul tardi, verso le dieci e mezzo, ok?»

Annuì, ma prima che potesse aggiungere altro il ragazzo mise in moto e schizzò via. Pensò che aveva sbagliato ad accettare di vederlo così tardi. Che scusa avrebbe potuto raccontare a sua madre?

Angelica non aspettò che quel giorno, intarsiata com'era di sensazioni nuove.

E chiedendosi, sforzandosi di ricordare, ogni istante, dove lo avesse visto prima di allora.

Capitolo cinque

2 luglio 2018, alba

Dalla finestra della sua stanza, Angelica contemplava il giorno che si risvegliava col mento appoggiato sulle braccia, incrociate sul fresco del davanzale umido di rugiada. Il sole si affacciava dalla Murgia contagiando l'orizzonte con la sua tenera luce che più tardi sarebbe diventata fuoco.

Aspettava che diventasse finalmente giorno.

Le era capitato spesso di alzarsi all'alba per illudersi di ridurre l'attesa di qualcosa di importante che avrebbe dovuto fare durante la giornata.

La segretezza che impregnava quel momento solo suo le dava la sensazione di essere l'unica persona sveglia in città. Immaginava tutti gli altri: a occhi chiusi, fluttuavano indifesi nei loro mondi di sogno.

Anche sua madre.

Ma Adele, sognava ancora? Desiderava ancora qualcosa?

Erano questi i momenti in cui nonna Anna le mancava di più: lei era la sentinella dei loro sogni. Ed era la prima a far prendere vita alla casa.

Alle 7.30, quando lei e Adele si svegliavano, la trovavano già indaffarata in cucina fra i tegami che sbuffavano.

A volte Angelica si alzava prima solo per condividere quel momento speciale con lei.

Arrivava in cucina a passi felpati – anche se la nonna si accorgeva subito della sua presenza –, si arrampicava sullo sgabello di legno e incrociava le braccia sopra la tovaglia di plastica decorata con girasoli enormi.

«Vuoi una tazza di latte?» le chiedeva come se la stesse aspettando. E infatti la tazza era già pronta. E lei ci lasciava cadere, di nascosto da Adele, anche qualche goccia di caffè: «Fa bene alla pressione».

Poi Angelica le raccontava cosa aveva sognato, se aveva fatto degli incubi. E a questi la nonna era particolarmente interessata, perché le chiedeva di ripeterle più volte i dettagli del sogno come se in essi si nascondessero segnali di premonizioni.

Angelica le sorrideva, poi insisteva per vedere i cartoni animati. La nonna accendeva il televisore solo per vedere le soap opera, diceva che la rilassavano.

Quando Angelica cercava di capirci qualcosa, la nonna le raccontava sempre la stessa storia.

«Ma sono ancora a quel punto, nonna?»

«No. A dire la verità nel frattempo si sono sposati altre due volte, hanno fatto qualche figlio, poi sono tornati insieme.»

«Ah» rispondeva Angelica, fingendo di capire il mondo degli adulti.

Quanto le piacevano quegli intrecci amorosi, quelle dinamiche di cui in casa non sentiva mai discutere! Gli uomini non erano mai passati da lì; però adesso c'era Vittorio...

Come sarebbe stato accoglierlo in quelle mura matriarcali e solitarie?

Le sarebbe tanto piaciuto avere un padre così. Ma purtroppo Vittorio, anche se non era felice, era sposato.

Mentre il cielo si tingeva dei colori dell'alba, Angelica era sveglissima e agitata, il cuore le batteva forte.

Non poteva credere che quel ragazzo incontrato al funerale l'avesse prima portata a fare un giro in moto e poi l'avesse invitata a passare la festa della Bruna insieme a lui.

Neanche conosceva il suo nome. Si sentiva una sciocca per non averglielo chiesto.

E lui conosceva il nome di lei? Magari non era la prima

volta che tentava di avvicinarla, e il funerale gli aveva offerto l'occasione di farlo.

Chissà quante volte era stato seduto sul muretto della piazza, in attesa che lei passasse, solo per guardarla... chissà. E ora lo avrebbe incontrato di nuovo, lui le avrebbe preso la mano, le avrebbe detto il suo nome e poi magari l'avrebbe baciata... Angelica sognava, costruiva castelli di fantasia. Ma era così bello sognare, e lei se lo concedeva sempre così poco.

Con il sorgere del sole le arrivarono alle orecchie i primi suoni del fermento per l'inizio della festa della città. I primi botti si sentivano già esplodere in lontananza, e presto sarebbero stati sempre più vicini. Se la nonna fosse stata ancora viva, l'avrebbe trovata più sveglia che mai, perché quello, per Matera, era il giorno più lungo e spettacolare dell'anno.

La festa della Madonna della Bruna, protettrice della città, iniziava.

E per sua nonna, che non amava molto la Chiesa o le feste religiose, quella era un'eccezione. Perché le piacevano le luci, i fuochi d'artificio e perché in quella giornata poteva finalmente riposarsi dal viavai dei clienti della bottega.

Si sedeva sulla seggiola fuori dalla porta di casa e guardava. Tutti passando da lì la salutavano con devozione.

La festa iniziava già alle cinque del mattino, con la messa all'aperto in piazza San Francesco d'Assisi, a cui Angelica, con gli occhi pieni di sonno, venne trascinata una volta da sua madre e don Franco, mentre sua nonna si stringeva nello scialle borbottando contro quella costrizione.

Di quel giorno Angelica ricordava la tristezza sua e degli altri bambini, portati lì a forza come lei, nel vedere le luminarie ancora spente, senza magia. Non vedevano l'ora di vivere la parte più divertente della festa: quella in cui avrebbero comprato dolci e giocattoli alle bancarelle, in cui avrebbero giocato a nascondino in giro per i vicoli, in cui avrebbero goduto del brivido di essere liberi di andarsene in giro in quella notte infinita illuminata a giorno da migliaia di lampadine accese.

«Lei quando arriva?» aveva chiesto alla madre, tirandole la gonna.

Lei, la Signora, la statua della Madonna: era la più attesa. Preceduta dalla banda della città, veniva portata in processione su un carro adornato di statue colorate di santi e fiori candidi, tirata da quattro muli con finimenti da parata e pennacchi perlati.

Una volta aveva domandato a nonna Anna se la Madonna le piacesse. «Sembra buona. Ti protegge, dice don Franco.» A dire il vero la Madonna le ricordava proprio la nonna. Ma la nonna aveva risposto: «Sono le persone buone ad aiutarti, la Madonna non sempre con me l'ha fatto».

Ed effettivamente, dopo la morte di Monica Fasano, sembrava che quella statua fosse più propensa a essere protetta che a proteggere. La Madonna, così fiera nel suo vestito bianco e con la corona d'oro, veniva scortata, insieme al bambinello che teneva in braccio, dai cavalieri della Bruna, bardati con corazze ed elmi piumati alla spagnola, e da decine e decine di preti di ogni età con chierichetti al seguito.

Chissà se anche quell'anno la festa sarebbe riuscita o se il retrogusto amaro della perdita di una giovane vita avrebbe guastato l'esultanza e i sorrisi.

La giornata era ancora molto lunga, così Angelica decise che sarebbe andata a trovare nonna Anna al cimitero.

La sua tomba, a terra in un prato bruciato dal sole, si trovava accanto a quella di un bambino morto piccolissimo. La sua foto sulla lapide di marmo era talmente consumata e ingiallita che non riusciva a distinguere bene il volto, ma poteva leggere la scritta smaltata sotto il suo nome: "Le anime dei bambini giocheranno in eterno". Angelica l'aveva sempre trovata vagamente inquietante.

Aveva comprato una rosa bianca per la nonna. Gliela posò sulla tomba e poi si sedette sull'erba a gambe incrociate, abbracciandosi le ginocchia spigolose. Il sole scottava la pelle, non c'era un alito di vento. Di colpo fu attraversata da un brivido e le venne in mente un particolare a cui non aveva mai pensato, da quando era capitata all'orfanotrofio abbandonato.

Quella giostrina, vecchia e arrugginita. Nonna Anna,

quando la accompagnava al parco vicino a casa, non voleva mai che lei giocasse sulla giostrina tonda, smaltata e lucida di vernice rossa. Andavano bene gli scivoli, i ponti di corda, le altalene, ma la giostrina no. E non serviva piangere o protestare sino allo sfinimento, la nonna non voleva sentire ragioni. Una volta aveva sorpreso la nonna a fissare proprio quella giostrina. Girava, anche se sopra non c'era nessuno.

«Nonna, ci posso salire?» aveva chiesto come sempre Angelica.

«Non vedi che è occupata?» le aveva risposto la nonna. Angelica era piccola, ma era rimasta impalata a osservare quelle poltroncine libere e vuote.

«Nonna, ma lì sopra non c'è nessuno!»

Era stata l'ultima volta che nonna Anna l'aveva accompagnata al parco.

Angelica sentì delle voci impossessarsi del silenzio del luogo. Alzò la testa e oltrepassò le lapidi con lo sguardo, scoprendo ombre informi che vagavano come spettri nei corridoi scuri del cimitero.

Si alzò e le seguì, poi si nascose dietro una parete di marmo azzurro, con una ventina di lapidi e i fiori che spuntavano come uncini dal muro.

Vide un gruppo di uomini e donne parlare fitto fitto in cerchio come fosse un'adunanza misteriosa. Le sembrò anche di scorgere dei bambini, scuri come quelle ombre, inseriti nel cerchio e sigillati al loro interno.

Poi tutti si girarono e fissarono il punto dove lei si era nascosta. «Vieni, Angelica, ti stavamo aspettando» le dissero, facendole segno con le mani di avvicinarsi. Lei li riconobbe, e la paura la invase.

Erano Achille, Orso, Allegra... c'erano tutte le persone ritratte nella foto di nonna Anna, quella che aveva preso fuoco. I bambini, come uno sciame, corsero verso di lei. Avevano i vestiti bruciati, i corpi ustionati. Tentò di fuggire, ma i suoi piedi erano piantati a terra e si stavano sciogliendo nel cemento, fino a farla sprofondare. Si dimenò, urlò. Precipitò nel buio.

Di colpo spalancò gli occhi: era nel suo letto, il lenzuolo tutto attorcigliato al corpo. Mentre il cuore le batteva impazzito, si rese conto che era stato solo un brutto sogno.

«Ma quanto hai dormito? Oggi è la festa della Bruna, non ti sei mai svegliata così tardi!» disse Adele entrando in camera e aprendo le finestre.

Angelica doveva essere tornata a letto ed essersi riaddormentata dopo l'alba, stremata da quell'attesa, dal battito accelerato del suo cuore e dai ricordi. Si girò su un fianco e prese il cellulare per guardare l'ora: erano le due del pomeriggio.

«Scendi, amore, che ti preparo qualcosa da mangiare» le disse Adele sollecita.

«Sì, ora arrivo» rispose Angelica con la bocca impastata di sonno.

In corpo sentiva ancora la paura dell'incubo: che legame c'era tra quella giostrina, la scritta sulla tomba e le anime che continuava a vedere?

Quanto avrebbe voluto parlarne con la nonna! Lei avrebbe saputo cosa fare. Ma forse avrebbe potuto aprirsi con Vittorio, lui si sarebbe sforzato di capirla. Decise che lo avrebbe fatto l'indomani. Aveva qualcosa di più importante a cui pensare, ora. L'appuntamento con il ragazzo senza nome.

Dalla finestra aperta arrivavano i rumori della città: erano già state sistemate le transenne, e Angelica sapeva che nelle vie a quell'ora era quasi impossibile circolare, la folla aveva già iniziato a impossessarsi dei vicoli e dei muretti per scattare le fotografie.

Si infilò un paio di leggings, una maglietta scura a maniche corte e le All Star rosse che le aveva comprato Adele. Pettinò con cura i suoi capelli corti davanti allo specchio: non vedeva l'ora che crescessero per potersi fare di nuovo la treccia, ma anche così non stava male. Quel taglio le valorizzava gli occhi, che sembravano più grandi.

Scese in cucina e ingurgitò la frittata con pomodori e olive che sua mamma le aveva preparato, annaffiandola con abbondante spremuta d'arancia.

Quando rialzò gli occhi dal piatto, si accorse che Adele si era vestita e truccata con cura.

«Esci?» le chiese perplessa.

«Certo tesoro, vado alla festa.»

«Ah. E con chi ci vai?»

«Come con chi ci vado?» disse Adele controllandosi il rossetto nello specchio. «Con te.»

Capitolo sei

Ribolliva la città di Matera, quella notte d'estate. Le pareti color latte delle case riflettevano ancor di più l'ebano del cielo.

La polvere si sollevava dal pavimento del centro per via della marcia dei turisti, dei curiosi e degli amanti di quell'evento atteso tutto l'anno, e sullo specchio bianco delle chiancarelle si rischiava di scivolare.

Angelica era abituata a quelle salite ripide, come stesse pattinando sul ghiaccio.

Spesso Adele si era ancorata a lei, dato che, impavida, aveva deciso di infilarsi un paio di tacchi a spillo.

C'era tutta una vita stampata sul loro volto, mentre percorrevano strette come acciughe quelle vie, in un giorno in cui è impossibile passeggiare. Bisogna seguire un ritmo di marcia ben preciso per non essere risucchiati dalla bolgia.

In Angelica c'era la fiducia in quel suo primo appuntamento con il ragazzo sconosciuto. E c'era la sua rivalsa, verso chi l'aveva perseguitata e condannata a essere la leggendaria "portasfiga". C'era la voglia di creare una storia d'amore, perché nella sua vita lei aveva un profondo e incolmabile vuoto maschile. E poi c'era la voglia del sapore di un bacio, di una tenerezza da accogliere senza pudori. Di diventare grande.

Adele, invece, era l'esatto opposto di sua figlia: non vedeva l'ora di concedersi un po' di euforia per sentirsi ancora giovane e leggera.

Da quando aveva incontrato Vittorio, in quella camera di

ospedale, non aveva desiderato che una cosa: che fosse suo. Di affidarsi a lui, così rigoroso, sensibile. Un uomo buono. Volere è potere, diceva sua madre, e Adele avrebbe proprio avuto bisogno della magia in cui Anna credeva. Quella che stravolge la vita, che diventa un miracolo.

«Una gran botta di culo mi ci vorrebbe» le sfuggì di bocca.

«Eh mamma? Che hai detto?»

«Niente scusa, parlavo da sola.»

«Andiamo bene» le rispose sorridendo Angelica.

E sorrideva anche Adele di se stessa, perché in fondo commiserarsi era sempre stato più semplice che giudicarsi.

Un paio d'ore prima Vittorio, dall'altra parte della città, aveva indossato la tenuta antisommossa.

Era stanco, non dormiva sonni tranquilli da diversi giorni, e se fosse stato per lui quella festa non si sarebbe nemmeno dovuta fare.

Il cadavere di Monica ancora non aveva ricevuto giustizia, e per tutti una ragazza appena diciottenne si era suicidata.

I genitori di Monica, rinchiusi nelle loro mura indifese, avrebbero pensato la stessa cosa: che qualsiasi festeggiamento suonava inappropriato al di qua delle loro tendine ricamate, mentre i fuochi d'artificio si sarebbero insinuati sulle finestre della loro camera silenziosa come se un caleidoscopio li riflettesse.

Come potevano alzare gli occhi al cielo in festa? Continuavano a non credere alle conclusioni sbrigative degli inquirenti, e non avevano smesso di cercare la verità, ma ormai la stampa aveva perso interesse per quella storia.

La voce che era circolata sulla presenza di una medium a caccia di assassini coinvolti in strani rituali, forse messe nere, era rimasta accesa; ma erano soltanto voci, appunto, storie popolari senza riscontro.

«Ferri, la ragazza si è suicidata, se ne faccia una ragione. Si concentri su altro, non su questa morte. Il caso è chiuso. Chiuso, le ripeto. Non diamo altri pensieri ai cittadini, che avete già fatto troppo rumore.»

Vittorio non riusciva ancora a capire perché il magistrato Malaguti, solitamente sempre scrupoloso, avesse chiuso il caso così in fretta.

«Bisogna andare cauti in questi piccoli centri, la gente si suggestiona. Invece torniamo a parlare del bello dei nostri giovani, quelli cresciuti in famiglie sane. Che studiano con profitto e amano la vita. Torniamo a parlare della bellezza della città. Su, maresciallo. Basta ombre e basta con questo clima di sospetti. E forse il futuro potrebbe riservarle anche una giusta promozione...»

Vittorio non ne fu per niente lusingato.

L'unica consolazione di quel periodo era che Maria Rosaria sembrava stare meglio. In alcuni momenti parevano addirittura aver ritrovato la complicità di un tempo, anche se Vittorio in cuor suo sapeva che lei doveva avere in qualche modo intuito che Adele e sua figlia avevano superato un limite invadendo il fedele e sicuro nido che lei, malgrado tutto, aveva protetto.

Tuttavia il senso di colpa è il miglior alleato di un'anima nostalgica.

E quindi il pensiero di aver abbandonato lei e Angelica così, senza una spiegazione, lo addolorava oltre misura. Per la prima volta, dopo tanto tempo, aveva succhiato il calore di una famiglia. Sentiva di averle usate. Le aveva sicuramente deluse e, cosa ben più preoccupante, non avrebbe più potuto proteggere Angelica, se non da lontano.

Sforzandosi di addomesticare le insicurezze su ogni cosa che aveva fatto nell'ultimo periodo e non portato a termine nel modo sperato, Vittorio, con la fronte lucida di sudore, insieme ai suoi colleghi scese dal furgone blu di servizio parcheggiato nei pressi della piazza centrale, il balcone sui Sassi, che dava sulla parte più antica della città. Si agganciò l'elmetto alla cintura.

L'aria era rovente.

Erano attese più di sessantamila persone per la festa della Bruna, ed erano arrivati diversi corpi di guardia da tutti i paesi limitrofi. La vista di quelle divise suggeriva che la serata sarebbe stata sotto controllo, ma anche complessa, come sempre del resto.

«Toni', sei pronto?» chiese Vittorio all'appuntato Muzzi.

«Prontissimo, marescia'» rispose l'altro con indolenza.

«Bene. Andiamo, ragazzi!» ordinò Vittorio rivolgendosi alla sua squadra.

Inconsapevolmente sulla stessa traiettoria, Angelica e Adele si erano fermate a una bancarella per comprare un sacchetto di lupini, di cui andavano pazze tutt'e due, lasciandosi alle spalle una scia di vetrine di negozi con innumerevoli souvenir dei Sassi di Matera.

«Potrei comprare una ventina di chili di lupini e farteli a pranzo e cena tutti i giorni» disse scherzando Adele, «così almeno sono sicura che ti piacerà quello che ti cucino.»

Angelica rise di gusto, sputando via un lupino con cui per poco non si strozzava, e madre e figlia si strusciarono ridendo come due amiche. Angelica provò un sincero disappunto a pensare che avrebbe rotto quell'alchimia per sfuggire al controllo di Adele e vedersi con quel ragazzo.

Avrebbe potuto dirglielo, pensava, ma lei avrebbe iniziato a porle mille domande con quella sua civettuola ossessività che tanto la irritava.

Sua madre aveva mantenuto un atteggiamento superficiale nelle questioni sentimentali. Ogni tipo di rapporto nelle sue mani diventava evanescente, come quando si soffia su un dente di leone disperdendone i semi per sempre.

No. Non poteva permetterlo.

Ad Angelica le verità restavano strozzate in gola, quando si trattava di rivelarle a sua madre.

La leggerezza di Adele traspariva anche dal suo aspetto, e questo però le piaceva. Sembrava perfino più giovane di tante sue coetanee, così struccata, con i capelli corti e sbarazzini, il corpo esile sorretto da un collo affusolato e lungo. Un animale che danza. Euforica e goffa fra gli umani. Divertente e a suo agio, fra bancarelle di noccioline e giocattoli, volti che non riconosceva e, naturalmente, sua figlia. Avvicinando il palmo della mano alla bocca, rideva con tutto il corpo, avvolto in un lungo abito rosa cipria, allacciato dietro il collo.

«All'americana» aveva detto, mentre lo annodava saldamente.

Angelica cercava di fissarla per distrarsi dalle bambine sulle spalle dei loro papà. Era ossessionata dalla nostalgia di un padre.

Ogni volta che c'era una festa, ogni volta che c'era la folla. Ogni volta.

Strattonò sua madre, come se fosse lei l'adulta, con la scusa che se non si fossero mosse da lì sarebbero rimaste incastrate nella bolgia.

«Ma noi siamo qui per questo! Per festeggiare! Non dobbiamo andare via» le fece notare Adele, preoccupata che Angelica fosse già stanca. Lei non aveva ancora raggiunto il suo obiettivo, non poteva rinunciarci.

«Dài, non fare la guastafeste!» le disse prendendola a braccetto.

Scesero per via Duomo verso la grande piazza Vittorio Veneto, e a una cinquantina di passi scorsero proprio Vittorio in tenuta antisommossa che, insieme ad altri colleghi, attendeva l'arrivo del carro trionfale con sopra la Madonna della Bruna.

Adele ebbe un sussulto. Era arrivato il suo momento.

Il volto le si aprì come una corolla al primo sole.

Ma i suoi piedi rimasero congelati nell'impulso di spingersi in avanti verso di lui, senza trasformarsi in passi, non appena vide una donna, che doveva essere la moglie, arrivargli alle spalle e circondargli il torace con le braccia. Era senza dubbio una sorpresa. Una bella sorpresa, a giudicare dall'espressione raggiante di Vittorio.

Adele sperò di essere invisibile e si schiacciò contro un portoncino verde di via Duomo per nascondersi da Vittorio, che si era voltato come in una piroetta con Maria Rosaria stretta tra le braccia. Quindi, rasentando il muro e desiderando di mimetizzarsi con esso, strisciò via di spalle sotto gli occhi imbarazzati di Angelica che, paralizzata in mezzo alla via, fu intercettata da Vittorio.

«Angelica!» le gridò, agitando un braccio in aria per farsi vedere.

I suoi colleghi si scambiavano occhiate complici. Per loro i casi di Angelica e Monica non avevano mai avuto nessun legame, e avevano dubitato della lucidità del maresciallo.

Quell'incontro, dopo giorni di tregua, non avrebbe portato nulla di buono, ne erano certi.

Angelica provò un grande imbarazzo e molta pena per sua madre, che tentò invano di richiamare mentre lei si era già dileguata tra la folla e aveva messo la parola fine al suo sogno.

Petali di dente di leone, ancora una volta.

Arrossendo notevolmente, Angelica si arrese e si diresse suo malgrado verso Vittorio e sua moglie. Sentiva le guance ardere, ma c'erano almeno trenta gradi, avrebbe sempre potuto dire di essere accaldata.

«Ciao Angelica!» disse Vittorio facendole una carezza e dandole un bacio sulla fronte. «Lei è mia moglie, Maria Rosaria» le disse indicandola, «e lei è Angelica, la ragazza di cui ti ho tanto parlato.»

Angelica tese titubante la mano verso la donna, ma questa la guardò con una inaspettata commozione e la cinse in un abbraccio.

Così, come se fosse la cosa più naturale del mondo.

Angelica si ritrovò imprigionata in quella stretta che però sapeva di buono e si lasciò andare.

In quel contatto percepì un drappo che copriva strati di dolore. E lo strappò, in pochi secondi, accecandosi con una visione: una perdita terribile. Un lutto. Schizzi di sangue e grida disperate e poi un corredo, azzurro, ripiegato e inzuppato di lacrime. Per interrompere quella visione, si scostò un poco da Maria Rosaria. La parentesi si allargò e Angelica si sentì improvvisamente alleggerita.

Avrebbe voluto sussurrarle che quella piccola anima era ancora lì a danzare intorno a lei. Ma poi si morse la lingua. Non era il momento, il luogo. E probabilmente la moglie di Vittorio non le avrebbe nemmeno creduto fino in fondo.

Maria Rosaria dal canto suo si sentì sollevata: era riuscita a riportare un po' di ordine nella sua vita e a mettere la giusta distanza tra Vittorio e la famiglia Nero. E quel senso di liberazione le provocò una tale emozione che si meravigliò a sentire i suoi occhi riempirsi di lacrime.

Mentre si staccava dall'abbraccio, una lacrima le scivolò

giù dal mento e bagnò la fronte di Angelica, che fu investita da un'esplosione di luce. Chiuse gli occhi: si sentì improvvisamente piccolissima e si vide nascere dal grembo di quella donna; poi vide le braccia forti di Vittorio che la prendevano per cullarla, e i suoi occhi colmi d'amore per lei. Tutto questo durò pochissimi istanti, ma Angelica fu certa che Maria Rosaria fosse nuovamente incinta.

Per quanto fosse felice per loro, sentì una morsa al petto: ciò che lei e Adele avevano sperato non sarebbe mai avvenuto. Ma era giusto così, si disse. E però nemmeno questo era opportuno confessare. Vittorio aveva confidato a sua madre che non avrebbero potuto avere figli.

E se si fosse sbagliato?

Vittorio si accorse che un'ombra era apparsa negli occhi di Angelica, ma fu richiamato dal baccano proveniente dal fondo della strada che annunciava che il carro stava arrivando.

«Devo andare!» dissero quasi contemporaneamente. Angelica, concitata, scappò via da dove era venuta.

Malgrado si sentisse in colpa nei confronti di sua madre, pensò che le sarebbe piaciuto tantissimo essere la figlia di una coppia così bella.

Sbucò di nuovo in piazza Duomo e si diresse verso la grande cattedrale di tufo bianco, stando attenta a non essere intercettata da Adele, in caso si fosse trovata ancora nei paraggi. Senza saperlo, sua madre sparendo le aveva fatto un grande favore.

Si domandava se quel ragazzo si sarebbe mai fatto vivo, e soprattutto se sarebbero riusciti a incontrarsi in mezzo a tutta quella gente accorsa da ogni parte del mondo per partecipare alla festa. Mentre si sedeva sulle scale laterali del Duomo, per aspettarlo come da accordi, fissò le decine e decine di persone che la circondavano. Qualche tenace anziano solitario si era infilato indiscreto tra giovani coppie di innamorati, famiglie con bambini pronti a scivolare via dalla presa dei genitori, gruppi di amici che celebravano con il loro chiasso l'incanto della gioventù.

Angelica osservava tutto quel campionario umano, e aspettava. Era nervosa, si tormentava il labbro inferiore coi denti e si aggiustava di continuo i capelli. Voleva essere bellissima. E, senza saperlo, lo era davvero.

Finalmente lui arrivò.

Spuntò sulla sinistra, dal tunnel di via Muro, fendendo in obliquo i corpi di quegli estranei come se non esistessero. Angelica avvertì un brivido lungo la schiena quando incrociò il suo sguardo cupo.

Si rese conto all'improvviso che era molto più grande di lei, aveva almeno vent'anni. E doveva essere anche molto più ricco di lei, a giudicare dalla camicia dal taglio sartoriale e dalle scarpe di marca. Uno di quei dettagli che sarebbero tanto piaciuti a Federica. Per un istante pensò ai suoi compagni di scuola. Chissà che idea si sarebbero fatti di lei in quel momento, vedendola con quel ragazzo così bello e schivo. Avrebbe voluto che la invidiassero almeno un po'.

Ma sapeva che erano già partiti tutti per le vacanze, a divertirsi in un trullo in Salento o su qualche isola delle Baleari, pronti a raccontare, al ritorno, quanto divertenti ed emozionanti fossero stati i loro viaggi.

Angelica al massimo poteva raccontare le sue gite al mare in giornata con la Fiat Panda bordeaux di Adele e l'ombrellone infilato a fatica fra i sedili, in mezzo ai teli e alla borsa frigo con il pranzo. Ma forse quando avrebbe iniziato di nuovo la scuola anche lei avrebbe avuto qualcosa di straordinario da raccontare, non un viaggio pazzesco ma un incontro che le aveva cambiato la vita. E chissà, magari Stefania e Antonietta finalmente si sarebbero riavvicinate a lei e avrebbe avuto di nuovo delle amiche.

Il ragazzo misterioso era a pochi metri da lei e le abbozzò un mezzo sorriso.

Angelica ricambiò e si alzò per andargli incontro.

«Ciao» le disse.

«Ciao!» rispose lei squillante.

«Ti va se facciamo due passi?» le chiese con i piedi piantati sulle pietre della piazza come fosse anche lui il palo di una luminaria.

«Sì... ma sta arrivando il carro, non vuoi vederlo prima?»

«Certo, ma non stiamo qui impalati, anche perché fra poco

non riusciremo più a muoverci. Vieni con me, ho bisogno di fare una cosa» disse lui guardandola nel profondo degli occhi.

«Comunque io sono Angelica, pensavo che... che non ci siamo nemmeno presentati.»

«Hai ragione, che stupido... sono Riccardo. Allora, adesso che ci siamo presentati... andiamo?»

«Sì» disse lei.

Svoltarono a destra seguendo il perimetro della chiesa, facendo lo slalom tra tutte quelle persone che affollavano la piazza, mentre da via Duomo si sentiva sempre più forte il frastuono che precedeva l'arrivo del carro.

Angelica di tanto in tanto lanciava a Riccardo delle rapide occhiate, e non poteva credere alla bellezza di quel volto, dalla mandibola così fine e squadrata come una vela che accoglie il vento.

Lui le rivolse un sorriso fuggevole, e quelle labbra morbide fecero arrossire un poco Angelica.

Passando sotto una luminaria colorata, come avessero superato un confine incantato, entrarono in via Riscatto, che sembrava un unico blocco di pietra bianca scavato migliaia di anni fa dalla lenta mano di un dio.

Vennero investiti dal boato fragoroso della folla che riempiva gli spazi come una marea, ma non si voltarono mai indietro, dissolvendosi nello spettacolo abbacinante delle luminarie che, come tante piccole galassie di stelle colorate, coreografavano la piazza come fosse un anfiteatro spaziale. Il carro trionfale con la Madonna arrivò proprio in quel momento, accolto da uno scoppio di urla felici.

Alcuni bambini che stavano giocando a calcio nel vicolo con un pallone arancione mezzo sgonfio, attratti dallo strepito, corsero verso la piazza sfrecciando veloci come il vento accanto ad Angelica e Riccardo, e lasciarono ai due ragazzi il privilegio dell'esclusività di quel luogo speciale, suggestivo come un teatro d'avorio.

Lui le prese la mano e si appoggiò con la schiena al muro che chiudeva il vicolo fondendosi col muro della chiesa, e tirandola morbidamente a sé con un gesto sicuro le diede un bacio voluttuoso che la lasciò senza fiato.

Angelica, superata la prima, inebriante sensazione fisica del contatto con quelle labbra tumide, sentì la lingua di Riccardo invaderle la bocca come un serpente. Aveva un sapore aspro, di tabacco. In un istante, quel sapore cattivo le esplose in ogni cellula del corpo proiettandola in un luogo in cui per nulla al mondo sarebbe mai voluta tornare.

Addosso a quel ragazzo, nel suo sangue, nelle sue viscere, la morte era rimasta impigliata come in una ragnatela, e Angelica la sentiva.

Vide di nuovo Monica, e la vide con gli occhi di Riccardo. Era a lui che quella poveretta aveva chiesto aiuto, a lui aveva cercato disperatamente di aggrapparsi prima di scivolare nell'incoscienza della droga e dell'alcol, ed essere stuprata e poi impiccata.

Angelica si staccò da Riccardo come dopo un'apnea infinita, e in un soffio le sfuggì d'impulso quel nome: «Monica...».

«Come sai di Monica?» la interruppe bruscamente lui con gli occhi fiammeggianti.

Angelica iniziò a indietreggiare barcollando.

«Non... non so niente, io... io non...» balbettò con le gambe tremanti.

«Vieni...» le disse Riccardo cercando di sembrare di nuovo gentile, mentre avanzava lentamente verso di lei come si fa con un gatto per non farlo fuggire.

Lei continuava ad arretrare verso la piazza e il suo baccano che si faceva sempre più assordante; lanciò una rapida occhiata alle sue spalle e la suola di gomma delle sue All Star fece attrito su quelle pietre millenarie facendola quasi cadere all'indietro.

Il ragazzo fece un piccolo scatto in avanti, mentre Angelica approfittando di quell'impaccio si voltò accelerando il passo verso l'imbocco del vicolo.

Seduto sui gradini di un piccolo portoncino adorno di piante, proprio all'ingresso della piazza, un uomo di bassa statura con un casco di capelli corvini e folti si alzò in piedi a un cenno di Riccardo e iniziò a seguire Angelica rimanendole a un paio di metri di distanza, cercando di non perderla di vista in quella bolgia chiassosa ed eccitata.

Nel frattempo decine di cavalieri sui loro cavalli bardati a festa presidiavano il carro mentre compiva, come ogni anno, i suoi tre giri di presa della città circondato da un mare di folla che gridava, applaudiva, fischiava, riprendeva lo spettacolo con migliaia di telefoni sollevati sopra le teste. Le campane suonavano a festa e dai megafoni rimbombava metallica la voce del prete che glorificava Dio e la Vergine Santissima; l'eco rimbalzava sui muri dei palazzi antichi per poi diffondersi in tutte le strade di Matera.

Tutti gli occhi erano puntati sul carro, e nessuno si accorgeva di Angelica che, cercando di aprirsi un varco tra la folla, si sentiva ancora stordita da quel bacio marcio, come se fosse sotto l'effetto di stupefacenti.

Angelica arrivò vicino al carro infilandosi a fatica tra la gente che si faceva via via sempre più fitta. All'angolo opposto della piazza scorse Vittorio, intento a controllare che tutto filasse liscio. I loro occhi si incrociarono e lui d'istinto le sorrise. Ma durò un attimo: cambiò espressione non appena vide che un uomo la stava prendendo per un braccio.

Angelica diede uno strattone per liberarsi. Sapere che Vittorio era lì vicino le dava coraggio.

E mentre si ribellava a quella presa ferrea si ritrovò faccia a faccia con una figura che all'inizio non riuscì a mettere a fuoco. Poi, piano piano, come se una nebbia si dissipasse, riconobbe sua nonna Anna.

«Nonna!» disse debolmente, sfinita dalla paura. La stretta sul suo braccio si faceva sempre più forte.

Nell'attimo in cui i loro sguardi si incontrarono, la piazza restò di colpo al buio con un suono di mille piccoli scoppi, come se tutte le lampadine si fossero bruciate nello stesso istante.

«Non sono Anna» le sussurrò quella donna. «Sono Eva.»

La voce amplificata del prete tacque all'istante, lasciando posto alle proteste della folla, ai nitriti dei cavalli che iniziavano ad agitarsi e alle grida degli angeli protettori del carro che, in quella tenebra in cui la luna permetteva a malapena di vedere i contorni delle cose, erano bloccati in attesa che la luce si riaccendesse e la festa potesse continuare. Con le loro camicie bianche, un nastro rosso come cinta, i polsini in pelle e il frustino, avevano scortato il carro per tutto il tragitto e lo avrebbero riconsegnato ai cittadini solo quando fosse ritornato al centro di piazza Vittorio Veneto.

La tensione crebbe d'intensità, la folla non capiva cosa stesse succedendo.

Poi, nel punto in cui si trovavano Angelica ed Eva, una piccola fiamma prese vita dall'oscurità, diventando sempre più grande.

L'uomo che aveva afferrato Angelica iniziò a gridare, incredulo e spaventato, rigirandosi convulsamente su se stesso per cercare di spegnere la sua camicia che stava andando a fuoco.

Mentre quella torcia umana si dimenava, la folla intorno iniziò a urlare terrorizzata e spinse in tutte le direzioni per allontanarsi da lì.

L'uomo, cieco di dolore, andò a finire contro il carro della Madonna. Le statue colorate dei santi, fatte di cartapesta, presero fuoco all'istante, facendo precipitare la piazza nell'isteria più totale.

Quelle bellissime statue venivano divorate dal fuoco in vampe incandescenti per poi ripiegarsi su se stesse, crepitando come se gridassero da un girone dantesco; i volti candidi dei putti alati si deformavano gonfiandosi di bolle che si dilatavano fino a scoppiare una dopo l'altra, lasciando solo ammassi di poltiglia informe sulla struttura metallica del carro che, piano piano, si andava rivelando sotto la perfezione di quella creazione effimera.

L'auriga tentò invano di staccare dal carro i quattro muli, che presero a scalciare nervosamente tanto da farlo finire a terra; poi, imbizzarriti, iniziarono a trottare scomposti per la piazza portandosi dietro quell'inferno ambulante.

Vittorio, insieme ad altri colleghi, tentava di inibirli sbarrandogli il passo, ma quelle povere bestie spaventate tirarono dritto e per poco non li travolsero sotto i loro zoccoli.

Tutto precipitò nel caos.

La folla spingeva da ogni parte e si schiacciava contro i muri della piazza cercando di defluire nei vicoli limitrofi per non finire calpestata dagli zoccoli dei muli o, peggio ancora, bruciata viva.

Le fiamme nel frattempo raggiunsero anche la statua della Madonna che, posta sul retro del carro, iniziava a traballare pericolosamente.

La candida veste bianca ricamata di fiori d'oro veniva divorata dal fuoco sotto gli occhi attoniti della popolazione di Matera. Tutti, alla vista di quello spettacolo demoniaco, si facevano il segno della croce. Era come se fosse arrivata la fine del mondo.

Riccardo, approfittando di quel caos e del buio, afferrò Angelica per le spalle e la spinse a terra, sulla traiettoria del carro infuocato che stava arrivando. Nello stesso istante, Vittorio scattò verso i muli per provare a fermarli, ma una stilettata di dolore dalla caviglia gli risalì lungo la gamba come una scossa elettrica, mozzandogli il respiro e facendolo quasi accasciare al suolo. Stringendo i denti e facendo leva sulla gamba sana, Vittorio si scagliò sul mulo di destra con tutto il peso del corpo e con una spallata riuscì a deviarne drasticamente la traiettoria. Gli uomini posti a protezione del carro furono pronti ad afferrare l'animale, che sembrò avvitarsi su se stesso e si spostò verso l'interno, evitando di pochissimo Angelica. Sul retro del carro, però, la statua della Vergine col bambino, ormai completamente in fiamme, si inclinò vertiginosamente in avanti proprio sopra di lei, che si era appena rimessa in piedi.

"È finita" pensò mentre la pesante scultura di legno infuocata le rovinava addosso. Ma un lampo rosso si frappose tra lei e le fiamme. Quella donna che aveva sussurrato di chiamarsi Eva la spinse via, appena in tempo, e in un attimo diventò tutt'uno con il rogo. Salvandole la vita.

E mentre Angelica con gli occhi dilatati dall'orrore guardava la donna bruciare, ebbe l'impressione che in mezzo alle fiamme ci fosse anche qualcun altro.

Poco distante, allineati in fila indiana, una quindicina di bambini e bambine, guidati dal ragazzino dai capelli ricci e scuri che conosceva bene, si allontanavano.

Non sarebbero tornati mai più.

Epilogo

Mi chiamo Angelica Nero, e solo da poco ho scoperto di avere un padre anche io, come le altre ragazze normali.

I medici mi hanno diagnosticato una forma grave di disturbo del sonno con conseguenti amnesie dissociative causata dal trauma dell'incendio scoppiato durante la festa della Madonna della Bruna, più di un anno fa. In quella notte ci sono stati diversi feriti e due morti, un uomo e una donna.

Sempre quella notte è stato arrestato un giovane incensurato, così scrivevano i giornali: Riccardo Montemurro. Finalmente avevo scoperto anche il suo cognome.

Era uno spacciatore. Era lui il ragazzo misterioso con cui avevo un appuntamento, il primo della mia vita. L'hanno condannato per spaccio e tentato omicidio. Nemmeno la protezione del padre così importante l'ha potuto salvare dalla sua sorte.

Quanto a me, dopo quella notte sono tornati gli incubi. Per un po' non sono riuscita a distinguere il sogno dalla realtà. Rivivevo quelle scene di continuo: il fuoco, quella donna che si era sacrificata per me.

Mia madre ha consultato tutti gli specialisti della Basilicata, che hanno fatto le loro diagnosi e mi hanno fatto seguire una terapia sia farmacologica sia psicologica, ma gli incubi non smettevano di tormentarmi.

Così mia madre, che non ha mai voluto accettare che potesse esserci anche un'altra verità legata alle mie visioni, ha deciso che dovevo cambiare aria, ricominciare da capo. E ricongiungermi con la parte "normale" – si fa per dire – della mia famiglia: mio padre.

Come un automa mi sono lasciata condurre via da Matera. Ho ricominciato la mia vita – e la scuola – daccapo, il più lontano possibile.

Come se la distanza potesse guarire le mie ferite.

Ma io non riesco a smettere di pensare a ciò che è successo.

La donna bruciata insieme alla statua della Madonna, quella che mi ha salvato la vita, non si trovava affatto lì per caso.

I giornali hanno detto che si chiamava Eva Bruni, ed era la figlia adottiva della coppia che era stata proprietaria dell'orfanotrofio Nivelli. Lei stessa era un'orfana, unica superstite dell'incendio che aveva distrutto l'orfanotrofio. Lo stesso luogo dove io, anni dopo, ho trovato il corpo straziato di Monica. È solo una coincidenza?

Ed è solo un caso che avesse i capelli rossi, come me e come nonna Anna? Che le assomigliasse così tanto, al punto da averla scambiata per lei? E che io abbia intravisto una sagoma dentro le fiamme andarle incontro?

Dicono che sia impossibile. Che fossi sotto shock.

Ma io so che non è così, anche se non posso spiegarlo. Nessuno mi crederebbe, tranne forse don Franco, che però è morto pochi giorni dopo l'incendio, portando con sé tutti i suoi segreti.

Quando ho salutato Vittorio per l'ultima volta, lui mi ha regalato un diario. Un'idea assurda, oggi non si usa più, ho pensato. Invece eccomi qui, a scrivere su queste pagine. Lui porgendomelo mi aveva detto: «Scrivi tutto quello che ti passa per la mente. Un giorno potrà esserti utile». L'ho buttato distrattamente in valigia e non ci ho più pensato.

Quando l'ho aperto, diversi mesi dopo, ho trovato la sua dedica sulla prima pagina: «Ad Angelica, la figlia che avrei voluto avere».

Anche io lo avrei voluto come padre. Di recente mi ha

mandato un WhatsApp con la foto del loro bambino in braccio. Alla fine, lo sapevo, avevo ragione che sarebbe arrivato!

Adesso ho degli amici. Non sanno nulla del mio passato, e con loro faccio cose normali: studiamo insieme, andiamo alle manifestazioni e ai concerti, il sabato sera andiamo a mangiare il sushi, che per nonna Anna sarebbe quasi una eresia. E non sono l'unica che ama vestirsi di nero: Sofia, la mia compagna di banco, adora il mio look e ha deciso di copiarlo. Pure lei ha i capelli rossi – anche se i suoi sono tinti – e viste da lontano sembriamo... quasi gemelle.

Daniele – così si chiama mio padre – di solito la domenica sera mi porta nella pizzeria vicina a casa mia e poi andiamo al cinema. Stiamo costruendo giorno per giorno il nostro rapporto, però... io e lui non parliamo la stessa lingua. Non abbiamo visto gli stessi orizzonti, non abbiamo respirato la stessa aria. Non apparteniamo alla Murgia, alle chiese rupestri, al profumo del pane appena sfornato, ai tramonti a strapiombo sui tetti della città più antica del mondo. O forse la seconda città, o la terza... ma poco importa.

Qui a Milano tutto va veloce. E invece quella lentezza, quella storia, è la mia storia. E a lui non potrò raccontarla mai.

Mi hanno detto che ero pazza, una svitata, mi hanno fatto credere che in me c'era qualcosa che non andava, che ero sbagliata. E mi avevano quasi convinta.

Ma adesso ho capito che la verità è un'altra. Che c'è sempre un'altra verità.

Mi chiamo Angelica Nero, e sono una ragazza magica.

Ringraziamenti

Prima di tutto ringrazio mia moglie Francesca che, con la sua pazienza (ma anche, per fortuna, con la sua impazienza!), dedizione e poesia, mi ha donato il prezioso mestiere dello scrittore: un sottomarino di vetro con cui scandagliare le remote profondità dell'inconscio alla ricerca delle infinite dimensioni della fantasia.

Ringraziamo Luisa Pistoia, Chiara Melloni e Sosia & Pistoia per aver gestito il nostro romanzo e averlo consegnato nelle sapienti mani di Beppe Cottafavi e Marilena Rossi e dunque tutta la casa editrice Mondadori.

Ringraziamo Moira Mazzantini per il supporto e per gli incastri talvolta "impossibili" fra gli impegni di set e il tempo da dedicare al libro.

Ringraziamo Gerardo Giuratrabocchetti, magico vinificatore lucano o, come lui si definisce, "contadino agronomo che prova a fare il vino" (benissimo!) che ha ispirato la nostra storia attraverso i suoi racconti, la sua passione e una sua fotografia.

Ringraziamo i lucani che abbiamo consultato, le nostre fonti segrete, i nostri amici e parenti che ci hanno accolto in Basilicata e si sono trasformati in guide.

E ora concludo io, Francesca, ringraziando mio marito Claudio, il miglior coautore e forse l'unico che io potessi mai far entrare nel mio mondo creativo: una pentola colma di personaggi in ebollizione folle e continua. Non avevo dubbi, ma sei stato davvero straordinario nel cimentarti anche in questo ruolo.

E grazie a chi ha creduto in noi e ha, ora, questo libro tra le mani.

Indice

Mondadori Libri S.p.A.

Questo volume è stato stampato
presso ELCOGRAF S.p.A.
Stabilimento - Cles (TN)

Stampato in Italia - Printed in Italy